Lilja und Die Liebe

KARIN LINDBERG

ISBN-13: 978-1517263454

ISBN-10: 151726345X

:

For my family

CONTENTS

ACKNOWLEDGMENTS

Thank you to everyone who has helped me on this book, in particular Katerine, Paula and all of my marvelous friends.
Also a big thank you to my husband for his endless patience.

PROLOG

„… fünf … vier … drei …zwei … eins … fertig!"
Gott sei Dank.
Ich stieg schwer atmend vom Crosstrainer und wischte mir den Schweiß mit einem Handtuch aus dem Gesicht.
„Und jetzt machen wir noch hundert Situps, Süße!"
Wie kam der Idiot überhaupt dazu, mich Süße zu nennen? „Nicht aufregen Lilja, bleib ruhig", sprach ich mir selbst zu.
Ich bemühte mich, meinen Unmut vor meinem Fitnesstrainer zu verbergen, und atmete noch einmal tief durch. Ich tat es schließlich für mich und meine Gesundheit und für niemanden sonst.
Der kleine Mann, der komplett in Adidas gekleidet war, hüpfte aufgeregt neben mir auf und ab: „Nun mach schon, Süße! Du schaffst das!"
Das war der Tropfen, der das Fass zum Überlaufen brachte.
Ich warf das Handtuch auf den blankpolierten Fußboden meines Fitnessraumes und schrie ihn an: „Nenn mich noch einmal *Süße* und du fliegst hier in hohem Bogen raus! Haben wir uns verstanden?"
Pétur schaute mich ungläubig an: „… aber …!"
„Halt die Klappe! Oder bezahle ich dich fürs Labern?"
Ich setzte mich auf die pinkfarbene Yogamatte und begann mit meinen Bauchmuskelübungen, während Pétur im Kreis um mich herum lief.
„Jaaaa, gut so. Genau so, Baby!"
Baby? Es reichte. Ich hielt es keine Sekunde länger aus.
Ich stoppte nach dem zehnten Situp, legte mich flach auf den Rücken und starrte an die Decke. Die eingebauten Strahler blendeten mich und ich musste blinzeln.
„Was ist los? Mach weiter, B…"
Mit einem Satz war ich auf den Beinen und baute mich vor Pétur auf. Ich war fast einen Kopf größer als er, was mich wahrscheinlich noch bedrohlicher wirken ließ.
„Ich habe dich gewarnt – das war's. Du bist gefeuert. Ich wünsche dir alles Gute für den weiteren Lebensweg und so weiter. Auf Wiedersehen!"

Sein Kinn klappte nach unten und er trat einen Schritt zurück, als wartete er darauf, dass ich lachen würde, als wäre es nur ein Witz.
Mitnichten! Es war mein bitterer Ernst. Ich konnte den Kerl keine Minute länger ertragen.
„Wie … was …?“, stammelte er.
„Hast du vielleicht was auf den Ohren? Den Weg nach draußen wirst du ja wohl noch finden.“
Damit war das Thema für mich erledigt. Ich schlüpfte aus meinen Turnschuhen und nahm einen Schluck aus der Trinkflasche, die sich noch in der Halterung am Crosstrainer befand. Pétur drehte sich wortlos um und verschwand. Solche Leute kosteten Nerven und ich verspürte das dringende Bedürfnis, ein Glas Nussnougatcreme auszulöffeln.
Ich seufzte und fuhr mir durch die schweißnassen Haare. Nach Péturs Abgang war es jetzt merkwürdig still im Raum. Wenn ich allein trainierte, lief sonst nebenbei immer eine DVD oder die Nachrichten versorgten mich mit Input. Aber um ehrlich zu sein, kam es selten vor, dass ich den Weg allein und freiwillig in mein kleines Fitnessreich fand.
Ein Blick auf die Uhr unter dem toten Flatscreen sagte mir, dass es höchste Zeit war. In einer halben Stunde hatte ich ein wichtiges Meeting.

1

Reykjavík

Der Wecker riss mich aus dem Schlaf. Ich hätte mich gerne noch einmal umgedreht, aber das wäre eine unverzeihliche Schwäche gewesen, und wenn ich eines hasste, dann Schwächlinge. Obwohl es erst kurz vor sechs war, strahlte die Sonne und der Himmel war tiefblau. Ich mochte den isländischen Sommer. Ausländer hatten hier öfter Probleme mit dem Schlafen, aber wenn man damit aufwuchs, war das permanente Tageslicht so normal wie die Dunkelheit im Winter.

Mit einer Tasse Kaffee ging ich ins Wohnzimmer und setzte mich aufs Sofa, um ihn dort zu genießen. Meine Penthousewohnung lag zentral in 101 Reykjavik. Von dort hatte ich einen atemberaubenden Blick auf die Reykjanesbucht und den Berg Esja, dem manche Isländer magische Fähigkeiten zusprachen. Ich selbst hielt davon nichts – mir lagen Fakten näher. Ich checkte als erstes auf dem iPad meine Mails. Nichts Wichtiges, also las ich kurz online die News im Morgunblaðid und auf M5. Wenn ich zuhause war, begann ich in der Regel so den Tag, denn im Büro hatte ich zum Zeitunglesen selten Zeit. Außerdem genoss ich die Ruhe am frühen Morgen. Ich war vierunddreißig, überzeugter Single, stolze Eigentümerin und CEO des Megakonzerns Fiskvís hf. Meine Eltern waren vor einigen Jahren kurz nacheinander gestorben und mir waren alle Anteile als Alleinerbin des Imperiums zugefallen.

Seit vier Jahren leitete ich den Konzern bereits, und das ziemlich erfolgreich. Ja, ich war stolz auf mich und meine Eltern wären es sicherlich auch gewesen. Erfolg kam nicht vom Nichtstun. Es war harte Arbeit und gerade nach der Finanzkrise lagen Isländer in der Businesswelt nicht gerade weit oben auf der Popularitätsliste. Ich hatte Glück, dass wir unser Geld mit Fisch verdienten – Essen mussten die Menschen immer. Eine mehr oder weniger krisensichere Branche, obwohl es anfänglich schwierig gewesen war, die Geschäfte nach dem Zusammenbruch 2008 weiterzufinanzieren. Aber mittlerweile bewegten wir uns wieder in ruhigerem Fahrwasser.

Nach einer heißen Dusche schlüpfte ich in ein graues Chanel-Kostüm und wählte schwarze Louboutin-Pumps dazu. Da ich keine Lust hatte, meine Kleidung in Schränken verstauben zu lassen, hatte ich eines der sieben Zimmer als Ankleidezimmer eingerichtet. Nicht weniger als zweihundert Paar Schuhe, unendlich viele Taschen und Businessoutfits waren dort penibel aufgereiht. Die Freizeitkleidung hatte eine eigene Ecke, Privates und Job trennte ich grundsätzlich strikt. Viel Freizeit hatte ich sowieso nicht, aber in jedem Fall musste ich mich auch ohne Kostüm und Pumps fortbewegen können. Als eine der reichsten Frauen einer Nation, die nur dreihundertzwanzigtausend Einwohner zählte, musste ich aufpassen, wie ich wo erschien.

Die „Dorfpost", wie ich es nannte, funktionierte fantastisch, jeder noch so kleine Fauxpas sprach sich schneller herum, als sich eine Grippe ausbreiten konnte. Doch damit war ich aufgewachsen, und ich bewegte mich sowieso nur in den besseren Kreisen. Obwohl Island nur ein kleines Land war, gab es kleine elitäre Grüppchen, und in diesen fühlte ich mich wohl. Innerhalb dieser war es normal, reich zu sein und die dazugehörenden Profilneurosen traten überall auf, damit kam ich klar. Mit Armut und Gewöhnlichkeit hingegen hatte ich so meine Probleme.

Ein Leben in der Durchschnittlichkeit, eine von vielen zu sein, war für mich nicht nur undenkbar, es wäre garantiert mein Ende gewesen. Dazu war ich einfach nicht geschaffen. Ich liebte meine Sonderstellung in der Gesellschaft und schätzte den Reichtum und die damit verbundenen Annehmlichkeiten. Und wenn die Menschen ehrlicher gewesen wären, würden meiner Meinung nach alle zugeben, dass sie lieber Champagner als billigen Jahrgangssekt tranken.

Ich war bereits spät dran und trippelte nervös im Lift hin und her, während ich das Aluminiumpapier meines Schokoriegels in der Manteltasche verschwinden ließ. Meine einzige Schwäche. Kalorienbomben. Deswegen auch die lästige Sache mit dem Sport. Für ein schlechtes Gewissen wegen des ungesunden Frühstücks blieb mir allerdings keine weitere Zeit, ich hatte es eilig.

Konnte der Lift nicht schneller vom vierzehnten Stock nach unten fahren? Ich würde mit dem Porsche ganz schön heizen müssen. Die Strecke zum Büro betrug zwar nur etwa einen Kilometer, aber der schwarze Cayenne war selbst dann fraglos die für mich bessere Wahl, wenn ich die Zeit gehabt hätte, in Turnschuhen zu Fuß zu gehen. Endlich öffnete sich die Aufzugtür. Ich spurtete zum Auto und trat in die Pedale.

Nachdem ich den Wagen auf meinem Parkplatz in der firmeneigenen Tiefgarage abgestellt hatte, fuhr ich direkt in die oberste Etage, in der mein

Büro lag. Das komplette Stockwerk war mit hellem Stäbchenparkett ausgelegt und an den Wänden hingen unzählige Kunstwerke. Jedes Gemälde ein Unikat. Wenn man allein deren Kaufwert zusammenzählte, hatte man wahrscheinlich den Gegenwert einer mittelgroßen Villa vor Augen.

Aber entweder man hatte Stil – oder nicht.

Ich legte Jacke und Tasche ab und fuhr mein Notebook hoch. Meine Assistentin Kristín brachte mir zeitgleich eine Tasse grünen Tee und wir gingen die Termine des Tages miteinander durch.

„Um fünfzehn Uhr hast du den Termin mit dem neuen Personal Trainer. Du hast das doch nicht vergessen?“

Fuck.

„Nein. Natürlich nicht. Hoffentlich ist er nicht so ein Vollidiot wie der letzte.“

„Ich will dir ja nicht zu viel versprechen, Lilja, aber er ist ein echter Geheimtipp.“

„Ich verstehe sowieso nicht, warum ich mich damit abquälen muss!“

Leider verstand ich ganz genau, warum ich mich mit einem Personal Trainer abgeben musste. Obwohl ich erst vierunddreißig war und eine ganz ansehnliche Figur hatte, war das alleine in meiner Familie kein Zeichen für gute Gesundheit. Neben meinem Vater waren etliche enge Verwandte an Herzinfarkten oder anderen Krankheiten verstorben, die mit dem Herz-Kreislauf-System zusammenhingen.

Meine letzte Untersuchung lag noch nicht lange zurück und der behandelnde Arzt hatte mir dringend geraten, mich an eine gesunde Ernährung und regelmäßige sportliche Betätigungen zu halten. Sonst wäre meine Lebenserwartung deutlich niedriger als die des Durchschnitts-Couchpotatos. Meine Cholesterinwerte waren mehr als nur leicht erhöht. Dazu kam noch der Darmkrebs, den meine Mutter dahingerafft hatte. Keine guten Voraussetzungen für ein langes Leben. Also musste ich, obwohl ich Sport hasste, meinen Körper quälen. Ich hatte zwar viel Disziplin, was gewisse Dinge anging, aber beim Sport mangelte es mir daran völlig.

Mein eigenes Fitnessstudio bedeutete nicht, dass ich die Geräte dort auch benutzte. Es gab kaum etwas Langweiligeres, als auf einem Laufband quasi auf der Stelle zu treten. Rein emotional gesehen also pure Zeitverschwendung, realistischerweise musste ich gestehen: lebensnotwendig. Also musste ich da durch. Ursprünglich hatte ich mir die Sache erleichtern wollen, indem ich einen Fitnessraum nach meinem Gusto ausstatten ließ. Warum sollte ich mich in einem Fitnessstudio zwischen den ganzen Proleten abrackern, wenn ich mir einen schnuckeligen Personal

Trainer leisten konnte? Der Nachteil dabei war nur, dass ich die Personal Trainer meist genauso schnell feuerte, wie Kristín sie auftrieb.

Mein vollständiger Name: Lilja Ósk Stefánsdóttir. Mein Vater hieß also Stefán. In Island kennen wir kein „Sie“ in der Anrede und auch der Nachname ist eigentlich kein echter Nachname. Vielmehr ist er – in der Regel – der Vorname des Vaters mit einem Zusatz „son“ für Sohn oder „dóttir“ bei einer Tochter. Wie vielen Ausländern ich das schon erklärt hatte, wusste ich nicht mehr, aber manchmal war ich es leid. Manchmal wünschte ich mir sogar, dass wir in Island das „Sie“ nicht in Urzeiten abgeschafft hätten. Ich fand es tatsächlich viel besser, in gewissen Situationen, zum Beispiel wenn ich mal wieder einen Mitarbeiter in seine Schranken weisen musste, eine Distanz zwischen mir und wildfremden Menschen oder Angestellten zu haben. So musste ich sie anders schaffen.

Mein Ruf als knallharte Businessfrau eilte mir voraus. Es kam durchaus vor, dass ich viele Menschen entlassen musste, um beispielsweise eine Tochterfirma erfolgreich restrukturieren zu können. Für Außenstehende mochte dies unter Umständen herzlos aussehen.

Aber um in der heutigen Welt überleben zu können, musste man eine gewisse Härte haben, damit Firmen konkurrenzfähig wurden und blieben. Ich hatte den besten Lehrer gehabt, der nur viel zu früh gestorben war. Und ich besaß diese Härte, ein entscheidender Vorteil. Leider verstanden viele Menschen nicht, was tatsächlich alles dazu gehörte, ein Unternehmen erfolgreich zu leiten.

An diesem Vormittag hatte ich mehrere Sitzungen und Telefonkonferenzen mit unseren Tochterfirmen im europäischen Ausland. Dass ich bei diesen hirnverbrannten Vollidioten immer erst auf den Tisch hauen musste, bis meine Anweisungen endlich umgesetzt wurden, ging mir gehörig auf die Nerven. Die durfte man nicht zu lange alleine vor sich hin tüfteln lassen. Es wurde bald Zeit für mich, die Lage in Frankreich und Belgien vor Ort zu bewerten. Wenn die Katze aus dem Haus war, tanzten die Mäuse auf dem Tisch; ganz genauso waren Mitarbeiter. Vertrauen war gut, Kontrolle nicht nur besser, sondern notwendig, damit ein Laden funktionierte. Den perfekten Mitarbeiter gab es leider nur in der Theorie, mit irgendeiner Macke musste man sich immer abfinden.

Zum Lunch brachte mir Kristín Sushi und eisgekühltes Wasser mit Zitronenscheiben. Kantinenessen konnte ich nicht ausstehen, und auf die Blicke meiner Angestellten beim Essen hatte ich auch nur selten Lust. Erfolg macht einsam; da war was dran. Aber ich konnte damit gut umgehen und ich brauchte auch niemanden, weder beruflich noch privat. Meine letzte Beziehung lag schon einige Jahre zurück und ich vermisste diese Klette überhaupt nicht.

Die meisten isländischen Frauen in meinem Alter hatten mindestens zwei Kinder und waren entweder schon einmal geschieden oder zumindest beim Ehetherapeuten in Behandlung. Darauf verzichtete ich gerne.

Meine Bedürfnisse konnte ich, wenn ich Lust hatte, auf diversen Wegen befriedigen. Heutzutage doch alles kein Problem mehr, zumal mit den Möglichkeiten einer finanziell unabhängigen Businessfrau. Aber ich verhielt mich immer sehr diskret. Besagte Dorfpost in diesem kleinen Land sorgte schnell mal dafür, dass man zum gefundenen Fressen für Klatschmäuler wurde.

An einer Beziehung war ich nicht interessiert. Ohne Ketten war der Spaß ohnehin viel größer. Warum sollte ich daran etwas ändern? Nur über meine Leiche.

Eine männliche Person gab es jedoch in meinem Leben – meinen Stylisten Gabríel. Wir kannten uns seit ewigen Zeiten und er war gleichzeitig meine „beste Freundin". Außer ihm durfte mich keiner ungeschminkt und in Gammelklamotten sehen.

Mist, es wurde spät. Langsam musste ich mich in mein Sportoutfit schmeißen. Lust hatte ich keine, aber die Alternative, früh zu sterben, war nicht besonders verlockend.

2

Reykjavík.

Er kam zu spät. Nicht gut.

Ich hasste Unpünktlichkeit. Eine Eigenschaft, die leider viele Isländer ihr Eigen nennen. Meistens entschuldigen sie sich damit, dass das aus der Historie des Landes gewachsen sei. Wenn das Wetter mal schlecht war, konnte man tagelang nicht aus dem Haus, oder so ähnlich. Ich dagegen fand es nur unprofessionell und der Sportheini hatte schon mal einen dicken, fetten Minuspunkt auf seinem Konto. Wenn es noch lange dauerte, bis er ankam, würde er einen neuen Rekord aufstellen und gefeuert werden, bevor ich ihn überhaupt zu Gesicht bekommen hatte.

Vielleicht war ich auch einfach nur unterzuckert und deswegen so schlecht gelaunt. Ich zog eine Tafel Schokolade aus meinem Schreibtisch und brach mir eine Rippe ab. Würde ich ja gleich wieder abtrainieren, also zählte es quasi gar nicht.

Endlich ging die Tür auf und Kristín brachte einen jungen Mann in mein Büro. Ich trank einen Schluck Wasser und musterte den vermeintlichen Sportguru von oben bis unten, bevor ich aus meinem Ledersessel aufstand, um ihn zu begrüßen. Er war schlank, nicht sonderlich muskulös, hatte dunkelblonde Haare, einen kurz geschnittenen Vollbart und grüne Augen. Anabolika schien er nicht zu benutzen, ihm fehlten die künstlichen Bodybuildermuskeln.

Immerhin etwas Positives, sofern ich das in Verbindung mit Sport sagen konnte. Wenn er mir auf der Straße begegnet wäre, wäre meine letzte Vermutung gewesen, dass er Geld damit verdiente, unwillige Menschen zum Sport anzutreiben. Ich runzelte die Stirn und ging auf die beiden zu, während Kristín ihn mir vorstellte.

„Lilja, das ist Tristan. Er arbeitet selbstständig und hat die besten

Referenzen. Ich sage nur Bryndís und Dagur.“ Sie zog eine Augenbraue nach oben, um ihrer Aussage mehr Ausdruck zu verleihen.

Jetzt war ich doch überrascht. Bryndís war Islands bekannteste Sängerin und Dagur der Sohn des mächtigsten Mannes im Land. Ich kannte beide und wusste, dass keiner von ihnen sich mit etwas Mittelmäßigem abgegeben hätte. Dann konnte dieser Tristan so schlecht nicht sein. Wir würden sehen. Letzten Endes bildete ich mir meine Meinung am liebsten selbst.

„Na, wunderbar. Sæll [Saitl], Tristan. Ich freue mich, dich zu sehen.“

Okay, das war gelogen. Aber höflich konnte ich ja sein.

„Sæl [Sail], Lilja. Gleichfalls. Ich freue mich auf die Zusammenarbeit.“

Meine Begeisterung hielt sich in Grenzen. Aber es nützte ja nichts. Ich musste Sport treiben, wenn ich nicht in fünfzehn Jahren an einem Herzinfarkt hops gehen wollte.

„Ja. Wir werden sehen. Womit fangen wir an?“

„Also, wenn es dir recht ist, möchte ich zunächst eine Bestandsaufnahme machen, bevor wir loslegen.“

Meine Güte. Hätte ich eine Stunde reden wollen, wäre ich zu einem Therapeuten gegangen. Wahrscheinlich war es doch nur Zeitverschwendung.

„Na, dann fang an. Was musst du wissen?“

Tristan stellte seinen abgenutzten, dunkelblauen Nike-Rucksack ab und Kristín verließ wortlos das Büro. Er packte eine Waage aus und stellte sie vor der Wand auf den Boden.

Ich dachte, ich sah nicht recht. Wie bitte? Eine Waage? Der hatte sie ja nicht mehr alle! Ging es noch demütigender?

Ja. Es ging.

„Das hier ist eine Körperfettwaage. Kannst du bitte die Schuhe ausziehen und die Socken auch?“

Es geschah nicht oft, dass ich sprachlos war.

Dies war eines der wenigen Male.

Hatte Kristín ihn die Vertraulichkeitsvereinbarung unterschreiben lassen? Ich hoffte es, musste mich aber vergewissern. Was konnte es Peinlicheres geben als mein Gewicht in der Seð og heyrt am kommenden Donnerstag? DEM Klatschmagazin Islands!

„Einen Moment bitte. Ich habe noch etwas vergessen.“

Nachdem mir Kristín versichert hatte, dass Tristans Unterschrift vorlag, ging ich noch einmal zur Toilette.

Das brachte ein paar Gramm weniger, alles zählte!

„So, kann losgehen“, forderte ich Tristan auf. Ich war ungeduldig. Meine Zeit war kostbar und ich hatte keine Lust, den ganzen Nachmittag mit einem Fitnesstrainer zu verbringen, auch wenn er eigentlich ganz schnuckelig aussah. Tristan drückte einen Knopf auf der Waage und nickte mir nach einem Piepton auffordernd zu: „Wunderbar. Dann kannst du dich jetzt draufstellen."

Ich hatte nur noch Sporthose und T-Shirt an, aber diese Kleidungsstücke mussten ziemlich schwer sein.

Wie konnte es sonst sein, dass die Waage dreiundsechzig Kilo anzeigte? Das bei einer Größe von eins zweiundsiebzig. Es war doch gut, dass der Sportsmann hier war. Das ging ja mal gar nicht. Das letzte Mal, als ich eine Waage bestiegen hatte, zeigte sie mir noch einundsechzig an.

Wo kamen die zwei Kilo her?

Viel demütigender war allerdings der Körperfettanteil.

Fünfundzwanzig Prozent.

Ein Viertel Fett. Holy Shit!

„Wie sieht es denn mit deiner Kondition aus, Lilja? Machst du regelmäßig Sport?"

Ja, klar, regelmäßig.

Alle vier Wochen, so ungefähr, das war eh fast zu oft!

„Ich würde sagen, meine Kondition ist eher mittelmäßig. Gehen wir mal davon aus, dass wir ganz von vorne anfangen."

So. Jetzt war es raus.

Die Konzernchefin war sportlich gesehen ganz weit unten.

Und schokosüchtig, aber das würde er niemals erfahren.

Irgendein Laster musste man haben. Ich rauchte nicht, trank nicht, oder nur selten, und hielt mich meistens an die goldene Regel Fünf am Tag. Fünfmal Obst oder Gemüse, war das nicht schon ganz gut? Ich seufzte, als Tristan sich die Werte in einem kleinen schwarzen Büchlein notierte. Das Buch war leer. Es war offensichtlich nur für meine Daten gedacht.

„Bin ich deine einzige Kundin?"

„Um ehrlich zu sein: im Moment ja."

„Wieso das denn?"

„Deine Sekretärin hat mir versichert, dass du unter der Woche meine volle Aufmerksamkeit benötigen würdest."

„Aha. Und machst du noch etwas außer Sport?"

Ich würde ihr gleich nachher den Hals umdrehen.

„Stimmt etwas nicht? Ich bin eigentlich Musiker, aber wer kann davon heutzutage schon leben ..."

„Nein. Alles bestens. Das ist ja interessant."

Tristan Troubadour.

Ein Künstler oder einer, der es mal werden wollte. Das wurde ja immer besser. Kristín war sowas von einen Kopf kürzer. Ich hatte ihr gesagt, zweimal pro Woche, nicht jeden Tag!

Wenn ich ganz ehrlich war, hatte Kristín natürlich recht, dass zweimal nicht ausreichen würde. Deswegen war sie ja meine Assistentin, verschwiegen, schlau und zuverlässig. Dennoch gewagt, sie wusste, wie ich zum Sport stand. Gleichzeitig wünschte ich mir, ich könnte von all meinen Managern sagen, dass sie vergleichbare Eigenschaften hatten. Leider war es schwer, gute Mitarbeiter zu finden, die nicht unter irgendwelchen Minderwertigkeitskomplexen oder Größenwahn litten und gleichzeitig ihr Geschäftsfeld im Griff hatten.

„Ich würde dir gerne einen Vorschlag für den Sportplan machen. Kannst du dir viermal die Woche vorstellen? Gibt es etwas, das du partout nicht machen möchtest?"

Schwitzen? Laufen? Gymnastik?

„Viermal wäre in Ordnung. Allerdings bin ich sehr viel auf Reisen, das könnte in der Realität manchmal zu viel werden. Und Fallschirmspringen und Tiefseetauchen kommen nicht ins Programm."

„Das mit dem Reisen ist kein Problem. Für diese Tage stelle ich Dir ein Cardioworkout mit leichten Übungen zusammen. Das kannst du praktisch überall durchführen."

Ich hatte es geahnt.

„Super. Dann schieß los!", antwortete ich so begeistert, wie es geboten schien.

Während Tristan den Trainingsplan ans Whiteboard malte, musterte ich ihn ausgiebig. Er trug eine schwarze, ausgewaschene Jogginghose und ein graues Langarmshirt. Seine Turnschuhe sahen ziemlich mitgenommen aus und hatten ihre besten Tage lange hinter sich. Dennoch strahlte er eine gewisse Stärke und Selbstsicherheit aus. Ich fragte mich, wo zum Teufel Kristín ihn aufgegabelt hatte.

„So, Lilja. Ich würde sagen, nachdem ich deinen Blutdruck gemessen habe, legst du deinen Brustgurt, der zum Pulsmesser gehört, an und wir legen los."

Blutdruck? War ich eine Oma?

Meine widerspenstigen, dunkelbraunen Locken hatte ich mir zu einem Zopf zurückgebunden und schob meinen Ärmel zurück, sodass Tristan das Messgerät anlegen konnte. Er roch nach Duschgel und strahlte eine Wärme aus, die meinen Puls beschleunigte. Mein Blutdruck war noch nicht besorgniserregend hoch, trotzdem blieb ich fürs Erste mit der Hightech-Pulsuhr ausgerüstet. Dann ging es los.

Ich betete, dass es keine ganze Stunde dauern würde.

Da wir uns im zehnten Stock befanden, ersparte mir Tristan die Treppen, ließ das aber nicht unkommentiert: „Wenn wir acht Wochen zusammen gearbeitet haben, wirst du den Lift nicht mehr benutzen wollen."

Ja, klar. Und außerdem war ich dann die Kaiserin von China.

Ich versuchte ein Grinsen zu unterdrücken: „Wir werden sehen."

Das Sportprogramm gestaltete sich angenehm locker und ich musste keine tausend Tode sterben, wie sonst üblich. Er versuchte nicht einmal, mich zum Joggen zu bewegen, sondern wir marschierten in einem angenehmen Tempo am Ufer entlang. Dabei begegneten wir unzähligen Touristen und anderen Sportwütigen. Diese Strecke war die Flaniermeile Reykjaviks. Hier ging man spazieren und joggen oder genoss einfach den einzigartigen Blick auf die Reykjanesbucht. Besonders schön war es natürlich, wenn das Wetter, so wie heute, mitspielte. Die Sonne spiegelte sich im Wasser und kein Wölkchen trübte den isländischen Sommerhimmel.

„Es ist wichtig, dass wir deinen Körper am Anfang nicht überfordern. Du solltest dich bei deinen Aktivitäten immer noch gut unterhalten können. Sobald du außer Atem gerätst, bist du zu schnell. Das wird dir auch dein Pulsmesser anzeigen. Optimales Fettstoffwechseltraining findet bei 60 bis 70 Prozent der maximalen Herzfrequenz statt. Dein Puls sollte zwischen 110 und 130 Schlägen pro Minute liegen. Alles andere ist zu schnell und am Anfang unseres Trainings nicht erwünscht. Das kommt später, wenn wir deine Grundkondition im Griff haben."

Irgendwie klang das ziemlich kompliziert in meinen Ohren. Aber ich war kein Fachmann auf diesem Gebiet und wollte es auch garantiert nicht werden.

„Gut. Du bist in diesem Fall der Boss."

„Sehr gut. Dann hätten wir das ja schon mal geklärt", lachte er und gab mir einen Klaps auf die Schulter. Ich fuhr leicht zusammen. Eine völlig ungewohnte Geste für mich, die meisten Menschen hatten doch eher zu großen Respekt vor mir, als dass sie mir zu nahe gekommen wären. Wusste er etwa nicht, wer ich war? Ich war leicht irritiert. Gut, dass die Sonnenbrille meine Augen verdeckte, sonst hätte er meine Verunsicherung eventuell bemerkt.

Diese erste Session dauerte fünfundvierzig Minuten. Das war die erste Sportstunde, nach der ich nicht völlig erschöpft und ausgepowert zurückkehrte. Konnte das überhaupt effektiv sein? Normalerweise ging ich grundsätzlich bis ans Limit. Bei allem. Wie sollte man sonst Erfolg haben? Aber ich gab dem Neuen eine Chance. Mein Verschleiß an Personal Trainern war wirklich zu groß. Irgendwann würde keiner mehr übrig sein und ich wäre auf mich allein gestellt. Und TT schien Ahnung zu haben, obwohl er auf den ersten Blick nicht so gewirkt hatte. Wie alt er wohl war … Er sah ziemlich jung aus. Aber mit dem Bart war das auch schwer zu schätzen. War auch egal.

Als ich ins Büro zurückkehrte, war Kristín etwas zu sehr vertieft in ihre Unterlagen. Offensichtlich war sie gespannt, was ich zu berichten hatte. Sie sagte zwar nichts, aber ich kannte sie gut genug, um zu wissen, dass ihre zusammengepressten Lippen nur mit Mühe die Frage, „Wie war's?", zurückhalten konnten.

Kristín arbeitete seit über zwanzig Jahren für unseren Konzern und hatte schon meinem Vater treue Dienste geleistet. Sie hatte kurzes, blondiertes Haar und ungefähr zwanzig Kilo Übergewicht, ein freundliches Gesicht und war immer gut gelaunt. In ziemlich vielen Punkten also genau das Gegenteil von mir, vor allem, was die gute Laune betraf. Ausgeglichenheit und Sanftmut waren nicht meine zweiten Vornamen. Aber das störte mich nicht sonderlich, wer nicht mit mir klarkam, hatte eben Pech.

Da ich einiges zu erledigen hatte, ging ich wortlos weiter, um mich schnell frisch zu machen. Zeit war in meinem Leben ein wirkliches Luxusgut, und deshalb hatte ich mir mein Büro so praktisch wie eben nur möglich eingerichtet. Dazu gehörte ein eigenes Badezimmer und ein privater Raum, in dem sich ein Sofa, eine kleine Küche und ein Fernseher befanden. Obwohl ich es nicht weit nach Hause hatte, schätzte ich diese Privatsphäre hin und wieder nach einem anstrengenden Meeting oder den Sportstunden, die zu meinem nicht geringen Verdruss in nächster Zeit öfter stattfinden würden. Es war jetzt siebzehn Uhr und ich hatte noch einen Stapel Berichte auf meinem Tisch liegen, die ich bis morgen lesen musste. Es würde mal wieder ein langer Tag werden.

Eine Stunde später verabschiedete sich Kristín und es wurde ruhig auf der Etage. Die meisten waren schon auf dem Nachhauseweg in den Feierabend. Aber auf mich wartete niemand, und selbst wenn es jemanden gegeben hätte, ich hatte keine Zeit. Ich widerstand der Versuchung, den Rest der Schokolade zu essen, und klappte einen Report zu, mit dem ich eben fertig geworden war. Als ich den nächsten zur Hand nehmen wollte, erstarrte ich mitten in der Bewegung.

Scheiße.

Ich hatte Gabríel vergessen. Wir waren um sechs Uhr verabredet gewesen. Hastig suchte ich nach seiner Nummer in der Anruferliste, um mich bei ihm zu entschuldigen.

„Es tut mir leid, Gabríel! Können wir uns in einer halben Stunde im Rub treffen?“

„Meine Liebe – das wird dich einiges Kosten. Wehe, du lässt mich noch länger warten! Ich sitze hier wie sauer gewordene Milch!“

Er klang ernsthaft beleidigt. Gabríel war nicht nur mein Stylist, er war auch mein engster Freund. Wenn man es genau nahm, sogar mein einziger. Ich packte die Unterlagen in meine Laptoptasche und marschierte los. Wie üblich fuhr ich viel zu schnell mit dem schwarzen Cayenne über die Sæbraut [Saibräut], eine der Hauptverkehrsstraßen Reykjavíks.

Nur fünf Minuten später hatte ich das Restaurant erreicht und stellte meinen Wagen im Halteverbot ab. Nie gab es einen Parkplatz, wenn man einen brauchte. Gabríel saß mit einem Cocktail an der Bar. Er war offensichtlich zutiefst beleidigt, denn er stand nicht auf, als er mich sah.

Ich küsste ihn auf beide Wangen und bestellte mir ein Glas Chardonnay. Wo ich heute so fleißig gewesen war, durfte ich mir das genehmigen.

„Komm schon, Gabbí, es tut mir leid, ich mach's wieder gut. Wellnesswochenende?"

Er schniefte nur und sog am Strohhalm. Ich wartete, es hatte keinen Sinn, sich mehrfach zu entschuldigen. Businesstermine vergaß ich nie. Es war mir wirklich unangenehm.

„Okay. Aber dann mit dem vollen Programm. Wo?" Seine Mundwinkel rutschten einen halben Millimeter nach oben.

„Das darfst du dir aussuchen." Ich hielt ihm die Karotte noch ein Stück weiter vors Gesicht.

Es blitzte in seinen Augen und er rückte sein violettes Hemd zurecht: „Dann fliegen wir nach Paris", verkündete er feierlich.

„Ich habe gedacht, du entscheidest dich zwischen Laugar Spa und dem Nordica, aber doch nicht – Frankreich!?", fauchte ich ihn an.

„Hey! Du hast gesagt, ich darf aussuchen!" Gabríel zuckte unschuldig mit den Schultern und grinste breit.

„Du nutzt mich schamlos aus", gab ich nach und trank einen Schluck vom eisgekühlten Chardonnay. Er hatte gewonnen. Ich überlegte. Warum eigentlich nicht, ich war schon eine Weile nicht in Paris gewesen. Wofür hatte ich schließlich einen Privatjet?

„Du spekulierst also auf den Summer Sale?"

„Ganz genau, meine Liebe! Ich bin mir sicher, wir werden dort für dich einige erstklassige Teile zu günstigsten Preisen finden."

Nur weil ich reich war, bedeutete das nicht, dass ich nicht auch günstig einkaufen wollte. Wenn man zum Beispiel für einen Prada-Mantel 1500 statt 3000 Euro bezahlte, war das ein Schnäppchen und allein fast schon die Reise wert. Außerdem hatte ich mir in den letzten Wochen wirklich selten Zeit für mich genommen. Vielleicht konnte ich die Reise auch mit dem ein oder anderen Termin verbinden, schließlich hatte ich eine Firma in der Normandie, die frischen Fisch für den französischen Markt verarbeitete. Der Geschäftsführer dort würde sich über einen Besuch von mir sicherlich freuen.

Ich musste ein Grinsen unterdrücken – wahrscheinlich würde er mich eher auf den Mond wünschen, aber das zeigte nur, wie dringend ich da tatsächlich mal wieder hin musste.

Es war also entschieden. Frankreich!

Und wenn ich schon hinflog, war das eine exzellente Gelegenheit, meine Bekanntschaft mit Stéphane aufzufrischen. Ich spürte, dass ich nun tatsächlich grinste, und Vorfreude kribbelte in meinem Bauch. Ich nahm den letzten Schluck meines Aperitifweins, setzte das Glas entschieden ab und sagte dabei zu Gabríel: „Gebongt. Wir shoppen in Paris, ich gehe meinem französischen Geschäftsführer auf die Nerven und du bist eingeladen. Zufrieden?“

Er prostete mir mit einer Kusshand zu und leerte sein Glas in einem Zug.

Der Kellner dirigierte uns zu unserem Tisch und wir bestellten als Vorspeise gegrillten Hummer und anschließend gekochten Saltfiskur [Saltfiskür], isländischen Kabeljau, der zu Salzfisch verarbeitet wurde, ganz ähnlich dem spanischen Bacalao.

Gabríel versorgte mich mit dem neuesten Klatsch und ich genoss den Abend und seine Gesellschaft. Trotzdem wurde ich irgendwann unruhig. Ich dachte, schon bevor die Teller abgeräumt waren, an die noch auf mich wartenden Berichte in meiner Tasche. Es blieb leider nicht unbemerkt.

„Mensch, Lilja, du bist nur noch körperlich hier! Dann kannst du auch gehen.“

„Ach, Gabbí. Du verstehst das doch, oder? Außerdem haben wir das ganze Wochenende für uns. Ich checke morgen den Terminplan und gebe dir Bescheid, wann wir abfliegen. In Ordnung?“

Damit konnte ich ihn versöhnlich stimmen. Er wirkte zwar immer noch etwas angesäuert, aber seine Antwort fiel bereits deutlich milder aus.

„Okay, du Schnecke. Aber wehe, du lässt dir einen Notfall einfallen und sagst das Wochenende ab!“

Wie kam er denn auf so eine blöde Idee? Als ob ich dergleichen machen würde oder je gemacht hätte.

„Natürlich nicht, du Tyrann. Lass mal, ich lade dich ein. Als Entschädigung für die Warterei.“

„Danke, Lilja. Aber das wäre nicht nötig gewesen.“

Das stimmte – Gabríel hatte selbst genug Geld, er war zwar nicht ansatzweise so reich wie ich, aber er konnte mehr als gut von seinem Geschäft und Stylingaufträgen leben. Man glaubte kaum, wie viel manche Menschen bezahlten, damit sie von der Welt akzeptiert wurden. Man wunderte sich, wie viele Prominente eigentlich keinen Geschmack hatten.

Für diese Fälle gab es Gabríel – dezent und effizient. Ich empfahl ihn, wo ich nur konnte.

Natürlich hatte ich einen Strafzettel an der Windschutzscheibe hängen. Ich knüllte ihn zusammen und steckte ihn in das Fach meiner Seitentüre, das leider schon übervoll mit weiteren Strafzetteln und leeren Schokladenpapieren war.

Kristín würde sich darum kümmern, wenn die Mahnungen ins Büro flatterten.

Zuhause angekommen, tauschte ich das Kostüm gegen eine Jeans und einen hellblauen Cashmerepullover. Mit einem Zitronenmineralwasser setzte ich mich an den Schreibtisch in meinem Arbeitszimmer.

Wie meine komplette Wohnung war auch dieser Raum modern eingerichtet. Die Schränke und der Schreibtisch waren aus dunklem Holz und der Boden mit hellem Dielenboden ausgelegt. Das Arbeitszimmer war bestens durchorganisiert und aufgeräumt, nur auf dem Schreibtisch hatten sich Stapel mit Unterlagen gebildet, die ich entweder noch durchgehen musste oder die wieder zurück ins Büro oder die Tonne gebracht werden sollten.

Ich würde Kristín bitten, hier in den nächsten Tagen klar Schiff zu machen. Meine Motivation für die kommenden Stunden hielt sich in Grenzen, aber am nächsten Morgen hatte ich wichtige Sitzungen, auf die ich mich noch vorbereiten musste. Ich seufzte, trank einen Schluck Wasser und legte los. Zu einigen Themen machte ich mir Notizen. Wissen ist Macht und es war in meiner Position besonders wichtig, den anderen immer einen Schritt voraus zu sein.

Stunden später schaute ich hoch und sah auf die Uhr. Es war kurz nach Mitternacht und, wie immer im Sommer, noch taghell, aber für heute wollte ich Schluss machen. Ich rieb mir die Augen und klappte die Unterlagen zusammen. Das sollte genügen, ich hatte alles, was ich wissen musste, gelesen und so ging ich mit gutem Gewissen zu Bett.

3

Reykjavík

Fünf vor neun. Ich war auf dem Weg in den Medienraum, wo die heutige Sitzung mit meinen drei Geschäftsführern der isländischen Firmen und der Islandsbanki stattfinden würde. Ein Tag wie viele andere, und doch war ich innerlich etwas unruhiger als üblich.

Das Einzige, was mir dazu spontan einfiel, war der Nachmittagstermin mit dem Musiker, aber wieso sollte ich deshalb nervös sein? Ich verwarf den Gedanken und versuchte mich auf die kommende Sitzung zu konzentrieren.

Die drei Betriebe mussten refinanziert werden, und heute wurden die Unternehmen der Bank vorgestellt. Natürlich waren noch nicht alle anwesend. Wie konnte man auch erwarten, dass erwachsene Menschen zu einer vereinbarten Zeit pünktlich erschienen?

Ich begrüßte die Banker, Margrét und Olafur, dann die beiden anwesenden Geschäftsführer und bot den Gästen Kaffee an. Es würde ein langer Vormittag werden. Tische und Stühle waren U-förmig aufgestellt. Damit hatten in dem ovalen Raum ungefähr zwanzig Menschen bequem Platz. Ich setzte mich in die Mitte des Us, links von mir nahmen die Geschäftsführer, auf der rechten Seite die Banker Platz. Die Zeiten der Projektoren waren vorbei und wir hatten stattdessen einen überdimensional großen Bildschirm an der Wand hängen. Das hatte die Qualität der Präsentationen um ein Vielfaches gesteigert.

In meinem Rücken hatte ich die monströs große Glasfront mit dem atemberaubenden Blick auf die Reykjanesbucht. Allein dafür hätte man fast Eintritt verlangen müssen, aber heute wollten wir ja etwas von den Bankern, also gab es den Ausblick für sie gratis.

Steingrímur, der dritte geladene Geschäftsführer, kam zehn nach neun in den Besprechungsraum, er sah nicht sonderlich abgehetzt aus. Ich runzelte die Stirn, sagte aber nichts. Was das anging, war bei ihm Hopfen und Malz verloren. Ich kannte ihn nun schon viele Jahre und er hatte es selten geschafft, Termine einzuhalten. Der einzige Grund, warum er trotz dieser Unart immer noch für mich arbeitete, waren seine Ergebnisse. Die sprachen für sich. Das wusste er auch, deswegen konnte er sich einiges erlauben.

Die Geschäftsführer präsentierten ihre Betriebe mittels einer Powerpoint-Präsentation. Ich kannte die Zahlen und Details, konnte mich also auf die Reaktionen der Bankleute und das Verhalten der anderen GFs konzentrieren. Steingrímur kam nicht nur zu spät, nein, er verhielt sich auch wie immer, als würde ihn das alles nicht interessieren.

Seine langen Beine hatte er lässig von sich gestreckt und er rührte lautstark in seinem Kaffee. Zu seinem dunkelgrauen Anzug trug er ein blaukariertes Hemd und eine leuchtend blaue Krawatte. An Selbstvertrauen mangelte es ihm offenbar auch bei der Kleiderwahl nicht.

Vielleicht sollte ich ihm einmal Gabríels Nummer geben. Manche Leute hatten wirklich keinen Geschmack.

Nachdem alle drei Führungskräfte ihre Vorträge präsentiert hatten, gab es eine kleine Kaffeepause. Das Servicepersonal hatte uns schon vor einiger Zeit Snacks und Getränke auf einem Servierwagen hereingebracht. Es gab süße Teilchen und Sandwiches, dazu Orangensaft und frischen Kaffee. Ich unterhielt mich angeregt mit den Bankern und nahm mir ein Sandwich. Die Gespräche beim Kaffeeklatsch sind grundsätzlich nicht zu verachten. Für mich war es ungemein wichtig, die Stimmung nach dem Input zu fühlen. Und ich hatte das Gefühl, es war bisher gut gelaufen.

„Ich sehe, ihr habt in den letzten Jahren viel an der Struktur der Unternehmen verändert. Das war sicher ziemlich aufwendig?“

Nein. So etwas lief immer reibungslos, Schlaukopf. Natürlich war das unendlich viel Arbeit und hatte einige Köpfe gekostet, dafür hatte ich jetzt ein paar Feinde mehr.

„Ja, das ist richtig. Aber weil wir im internationalen Konkurrenzkampf wettbewerbsfähig bleiben wollten, mussten wir das tun. Dafür sind es heute Unternehmen, die hochmoderne Anlagen und sehr gut geschultes Personal haben.“

„Das finde ich beeindruckend – und vor allem in dieser kurzen Zeit!“

„Zeit ist Geld. Das wisst ihr Banker doch am besten.“

Ich setzte mein schönstes Zahnpastalächeln auf und nahm noch einen Schluck Kaffee. Ich spielte meine Rolle als Konzernchefin gut, immer freundlich, immer kompetent und allwissend.

Mit dem Ende der Kaffeepause näherten wir uns dem unangenehmen

Teil der Veranstaltung. Danach konnten die Bankleute nämlich Fragen stellen. Es war immer das Gleiche. Zuerst war alles ganz wunderbar und wenn es ans Eingemachte ging, gab es noch tausend nervtötende Fragen.

Da das nicht neu war, hatte ich mir für die meisten Fragen schon am Vorabend die Antworten notiert. Meist kam mir meine Erfahrung zugute, die niemand bei mir vermutete, weil ich noch so jung war. Aber ich wusste, was Sache war, und hatte mir ein professionelles Auftreten angewöhnt. Trotzdem musste ich bei der ein oder anderen Frage die Zähne zusammenbeißen und mich beherrschen, um den beiden Finanzleuten nicht ins Gesicht zu springen.

Nach zwei weiteren intensiven und teils zähen Verhandlungsrunden hatten wir aber auch diesen Teil überstanden. Ich war erleichtert, dass meine drei Geschäftsführer eine gute Figur gemacht hatten, das nachlässige Benehmen von Steingrímur mal ausgenommen.

Als ich die Bankleute endlich verabschiedet hatte, ging ich zurück an meinen Schreibtisch.

Fünfzig neue E-Mails seit dem Morgen!

Manchmal fragte ich mich, ob ich oder die anderen bescheuert waren. Konnte es tatsächlich sein, dass man sich wegen derartiger Lappalien eine Mail nach der anderen zuschickte? Das alles mit zehn Personen im CC?

Ich seufzte und löschte die Wichtigtuer-Mails ungelesen.

Die restliche Schokolade von gestern musste dran glauben. Die leere Packung ließ ich unter einigen Papieren in meinem Mülleimer verschwinden, um meiner übereifrigen Sekretärin keinen Grund zum Tadeln zu geben, wenn sie das mitbekam.

Kristín hatte ich bereits am Morgen gebeten, alles für das Wochenende vorzubereiten. Ich hatte noch etwas Luft vor der nächsten Sportstunde und klickte mich durch die News des Tages. Entsetzt stellte ich fest, dass schon wieder einige Angestellte der Seðlabanki Islands, der Nationalbank, in Untersuchungshaft gesteckt worden waren.

Alles Nachwehen des Finanzcrashs von 2008; dass das nicht mal ein Ende nahm. Damals hatte meines Erachtens ausnahmslos jeder einzelne Banker Dreck am Stecken, aber nur ausgewählte Sündenböcke mussten tatsächlich dafür büßen. Die neuen Fälle waren höchstwahrscheinlich mal wieder Racheakte von einigen Politikerarschlöchern, denen es nicht passte, wie einige die Krise gemeistert hatten. Schrecklich. In solchen Momenten hasste ich es, in einem Land wie Island zu leben. Macht, Intrigen und Beziehungen konnten das Leben unschuldiger Menschen von heute auf morgen zerstören. Bei einer so geringen Einwohnerzahl spielten Einfluss und Verbindungen eine wesentlich größere Rolle als in anderen Nationen.

Kurze Zeit später stand ich in Sportklamotten vor dem Gebäude und wartete – mal wieder – auf Tristan. Er ahnte nicht, auf welch dünnem Boden er sich mit diesem Verhalten bewegte. Das Wetter hatte umgeschlagen und es nieselte. Das in Kombination mit eiskaltem Westwind hob nicht gerade meine Stimmung.

„Hallo, Lilja!“, rief er mir mit seiner noch nicht sonderlich vertrauten Stimme zu, als er um die Ecke bog.

„Na, das wurde aber auch Zeit. Hast Du keine Uhr?“ Ich schaute ihn absichtlich nicht gerade freundlich an und rückte meine Jacke zurecht.

„Es tut mir leid. Das holen wir gleich wieder auf. Dann musst du eben etwas schneller laufen.“ Er grinste mich verschmitzt an, und ebenmäßige, weiße Zähne blitzten mir entgegen. Eigentlich sah er gar nicht so schlecht aus, wenn er nicht diese fürchterliche Mütze und den Vollbart getragen hätte.

„Können wir anfangen? Ich habe wirklich noch andere Dinge zu tun.“ Ich rollte mit den Augen und startete meine Pulsuhr.

„Ist gut, Lilja, ich habe es verstanden. Wird nicht mehr vorkommen.“

„Gut, ist auch besser für dich.“

Wir walkten los und beschränkten uns auf eine Konversation über die Details des heutigen Trainings. Der Wind peitschte mir ins Gesicht und meine Stimmung verschlechterte sich mit jedem Meter. Warum musste ich mir diesen Scheiß überhaupt antun? Wissenschaftler erfanden doch Pillen für jeden Mist, warum nicht für Menschen, die keinen Sport mochten?

„… und jetzt werden wir einige Kraftübungen machen. Dort vorne ist eine Bank, die ist genau richtig für unsere Übungen.“ Tristan ließ sich nicht von meiner Laune beeindrucken und flötete mir weiterhin seine Ansichten über die Vorzüge der einen oder anderen Übung und des Trainings an sich ins Ohr.

„Wenn es sein muss“, gab ich ihm mürrisch zurück. Es war mir klar, dass ich rüberkam wie eine Zicke, aber das war mir vollkommen gleichgültig.

Er blieb vor mir stehen und sein Blick wurde etwas ernster. Vorsichtig tastete er sich vor: „Lilja – ich habe mitbekommen, dass du heute nicht die beste Laune hast, aber ehrlich, das hilft dir nicht weiter. Du machst das hier für dich und nicht für mich.“

Was erlaubte sich der Kerl?

Ich atmete scharf ein und bekam einen meiner berühmten Wutausbrüche: „What the fuck! Habe ich dich um einen Rat gefragt? Nein! Wofür bezahle ich dich? Fürs Labern? Nein. Also halt die Klappe und zeig mir die verdammten Übungen. Klar?!“

Er grinste mich an: „Zu Befehl Sir, äh, Miss, Mrs. – Lady?“

Der Kerl war einfach unglaublich. Zeigte keinerlei Respekt vor mir.

Das war erfrischend, bei all den Schleimern, mit denen ich es täglich zu tun hatte. Innerlich musste ich schmunzeln und meine Stimmung verbesserte sich, was ich ihn aber nicht spüren lassen wollte. Ganz so einfach wollte ich es ihm auch nicht machen.

„Können wir dann weitermachen? Ich hab' dir schon mal gesagt, ich habe nicht den ganzen Tag Zeit für den Käse hier."

Er stellte sich vor mich und zeigte mir die Übungen, die ich anschließend jeweils zehnmal ausführen sollte. Ich beobachtete Tristan und stellte fest, dass seine Reize bei sportlicher Betätigung erst richtig zur Geltung kamen.

Knackiger Hintern.

Netter Körper.

Eigentlich hätte ich mit ihm was anderes machen sollen als Kniebeugen.

Während ich meine Gymnastik brav ausführte überlegte ich, ob ich ihm ein kleines Angebot unterbreiten sollte.

Was spräche dagegen?

Die Erklärung hatte er unterzeichnet und es wäre zu seinem Schaden nicht. In meinen Moralvorstellungen sprach nichts dagegen, sich einen hübschen Mann ins Bett zu holen, einfach, weil ich Lust darauf hatte. Auf Hollywoodliebe und große Gefühle legte ich keinen Wert. Sex war auch außerhalb von Beziehungen schön, eigentlich sogar besser als mit all den Einschränkungen, die eine Partnerschaft bedeutete. Die Affäre mit Stéphane war eine echte Befreiung nach dem Ende einer dreijährigen Beziehung gewesen. Davon konnte ich ruhig mehr haben.

Auf dem Rückweg zum Büro war ich erstaunlich gut gelaunt und überlegte, wann ein Termin mit Tristan in meinen Kalender passen würde.

„Wir sehen uns dann morgen wieder?", flötete ich fröhlich.

„Siehst du, Lilja. War doch gar nicht so schlimm, der verdammte Sport, oder?"

Er zwinkerte mir zu und ich erwiderte sein Lächeln.

Ab und zu konnte selbst ich höflich sein. „Sag mal. Was hast du sonst noch im Sportangebot? Bist du auch so eine Granate im Bett, wie du laufen kannst? Dein Schaden soll es nicht sein …" Mein Gesicht zeigte höchstwahrscheinlich keine Regung, zu häufig spielte ich Spiele, in denen mein Gegenüber nicht wissen sollte, was ich dachte.

Tristan schien auch nicht überrascht, jedenfalls wies nichts darauf hin, falls dem so war. Wir standen vor dem Bürogebäude, aber außer uns wollte niemand bei diesem Mistwetter vor die Tür. Wir waren alleine. Tristan näherte sich mir und flüsterte in mein Ohr: „Weißt du was, Lilja, eines Tages zeige ich es dir. Aber bezahlen wirst du dafür nicht." Er nahm mein Gesicht in beide Hände und küsste mich leidenschaftlich. Nur wenige Sekunden, aber es genügte, um mir den Atem zu rauben.

„Das ist nur ein leichter Vorgeschmack. Aber ich bin nicht käuflich. Da musst du dir jemand anderen suchen. Bis zum nächsten Mal dann. Sport. Angezogen."

Damit ließ er mich stehen.

Ich konnte nicht einmal antworten, so schnell war er verschwunden.

Völlig perplex legte ich die Hand auf meine Lippen. Sein Kuss hinterließ ein Prickeln, das ich im ganzen Körper spüren konnte. Sein Bart war bei weitem nicht so störend, wie ich es mir während der Kniebeugen ausgemalt hatte.

Dieser kleine Arsch. Er wollte also Spielchen spielen.

Konnte er haben, der Kleine!

Ich liebte Wettkämpfe. Das ganze Leben war ein einziges Spiel. Und am Ende siegte ich. Immer.

Den Rest des Tages kreisten meine Gedanken immer wieder um einen bärtigen Musiker, während ich eine langweilige Sitzung mit noch langweiligeren Menschen nach der anderen absaß. War der Sport also doch nicht völlig umsonst gewesen. Ich fuhr spät nach Hause und als ich meine Wohnung betrat, freute ich mich auf den morgigen Tag. Wer hätte gedacht, dass ich noch mal zur Sportlerin werden würde? Der ein oder andere Hintergedanke war nicht ganz unschuldig daran. Vielleicht sollte ich in ein paar neue Sportoutfits investieren. Konnte sicher nicht schaden. Heute Abend hatten die Läden bereits geschlossen, ich konnte den Gedanken also nicht sofort in die Tat umsetzen. Zuhause angekommen, stellte ich fest, dass meine Haushälterin Gemüseauflauf mit fettreduziertem Käse zum Abendessen in den Kühlschrank gestellt hatte, ich musste ihn nur aufwärmen.

Warum, du blöder Cholesterinspiegel? Hmpf.

Zu gerne hätte ich mir eine fette Salamipizza von Domino's geholt, blieb aber stark und mümmelte den Auflauf. Dazu zappte ich durch das Abendprogramm, blieb kurz bei einem Bericht über die armen Schweine in Untersuchungshaft hängen, wollte mir aber nicht die Stimmung verderben lassen und schaltete ab. Diese Arschlöcher in der Regierung hatten wirklich nichts Besseres zu tun. Furchtbar!

Übermorgen würde ich zum Glück mal für ein paar Tage von der Insel runterkommen, das war echt überfällig.

Wenn ich ehrlich war, konnte ich seit dem Nachmittag kaum noch an etwas anderes als Zerstreuung denken, nicht nur von der Arbeit. Und erotische Aktivitäten mit Stéphane waren genau das Richtige, um meine heute geweckten Bedürfnisse zu befriedigen, im wahrsten Sinne des Wortes.

4

Reykjavík

Ich stand im Ankleidezimmer und suchte nach einem Gürtel. Ein neuer Tag im Crazyhouse, wie ich meine Firma manchmal nannte, erwartete mich. Ich hatte wirklich fähige Mitarbeiter, aber jeder hatte so seine Macken, mit denen man als Chefin und auch als Kollegin erst mal klarkommen musste. Es war alles in allem anstrengend, Menschen zu führen; trotzdem betrachtete ich es als eine meiner Stärken und die lästigen Seiten als notwendiges Übel.

Ich war zwar bekannt dafür, dass ich bei Restrukturierungen ziemlich gnadenlos vorging, andererseits blieb ich dabei immer fair. Die Leistung der einzelnen Mitarbeiter zählte für mich und nicht, wer am besten arschkriechen konnte. Meine Einstellung dazu wurde von den meisten geschätzt. Natürlich nicht von denen, die ihren Job verloren, aber daran konnte ich nun mal nichts ändern.

Denn es würden viel mehr Menschen arbeitslos auf der Straße stehen, wenn ein Betrieb in Schwierigkeiten nichts änderte; sonst war da bald keine Firma mehr, die Gehälter bezahlen konnte. Und wenn es in den Firmen gut lief, bekamen die Mitarbeiter ihren Teil davon ab. Es gab zig verschiedene Möglichkeiten, sie mittels Prämien, Tantiemen oder Boni zu belohnen.

Endlich fand ich den gesuchten Dior-Gürtel und zog ihn durch die Hosenschlaufen. Mit einem Blick in den Spiegel versuchte ich festzustellen, ob sich meine sportlichen Bemühungen schon bemerkbar machten, was leider nicht der Fall war. Aber selbst wenn nicht, die Brünette, die mir gegenüberstand, war gepflegt und attraktiv. Meine braunen Locken hatte ich locker hochgesteckt und zum dunkelblauen Strenesse-Hosenanzug trug ich einen grauen Seidenpullover von Armani.

Besonderes Augenmerk hatte ich heute allerdings auf die Auswahl meines Sportoutfits gelegt. Wenn ich schon nicht fit war – noch nicht –, dann wollte ich wenigstens gut aussehen. Andererseits, wenn ich sportlich gewesen wäre, hätte ich mir keinen Personal Trainer zulegen müssen. Ich freute mich wahrhaft auf die nächste Runde.

Am Vormittag hatte ich Besprechungen mit der Finanzabteilung, der Qualitätssicherung und der Personalabteilung. Es bestätigte sich mal wieder: Menschen zu managen war nicht immer einfach und sehr ermüdend. Ich war froh, als ich damit durch war und endlich in Ruhe meine Mails lesen und beantworten konnte. Außer den geschäftlichen Mails waren zwei private dabei, die meine Aufmerksamkeit erregten.

Die erste war die Antwort von Stéphane, den ich natürlich gleich angesimst hatte, ob er am Wochenende in Paris war. Er war da, hatte Zeit und freute sich. Für sexuelles Vergnügen war also gesorgt. Hurra! Die andere Nachricht kam von einer in die USA ausgewanderten alten Schulfreundin, Dagný, deren amerikanischer Schwager Urlaub in Reykjavik machte und den ich treffen sollte. Gegen derartige Verkupplungsversuche war ich nicht nur allergisch, sondern auch restlos immun. Das konnte also warten.

Kristín hatte mir einen Stapel Post auf den Tisch gelegt, den ich bis zur Sportstunde abgearbeitet haben wollte. Das Telefon machte mir aber einen Strich durch die Rechnung. Was war heute nur los? Donnerstag. Da wollte jeder seine Sachen erledigt haben, um sich auf das Wochenende vorbereiten zu können. Mist. Und anschließend musste ich auch noch zum Zahnarzt. Heute blieb mir wirklich nichts erspart. Glücklicherweise hatte ich mir auf dem Weg ins Büro noch eine Schachtel Konfekt gekauft, von der ich zwischen den einzelnen Telefonaten hin und wieder naschte. Damit gelang es mir, die Contenance zu wahren, wenn meine Gesprächspartner auf dem Schlauch standen oder meinten, mich über den Tisch ziehen zu können.

Tristan wartete bereits, als ich unten eintraf. Das Wetter war mir gnädig, es regnete nicht und war sogar windstill. Sehr angenehm.

Aber nicht nur das Wetter, auch der knackige Trainer.

„Hallo, Lilja. Wie du siehst, bin ich heute pünktlich. Ich nehme meinen Job sehr ernst." Er betonte „ernst" mit Nachdruck und lächelte mir spitzbübisch zu.

„Hallo, Tristan. Wunderbar. Du lernst schnell. Vielleicht nimmst du mein Angebot ja doch noch an." Ich musste grinsen.

So schnell gab ich nicht auf. Er sah einfach zu lecker aus!

„Welches Angebot noch mal?" Er spielte den Unwissenden und gab meinem Jagdinstinkt damit Zunder. Ich war es gewohnt zu bekommen, was ich wollte.

„Hm. Was hab' ich gestern noch mal gesagt? Überleg in Ruhe. Wenn dir das verlockende Angebot partout nicht wieder einfallen sollte, werde ich dir nachher auf die Sprünge helfen. Können wir jetzt anfangen? Ich habe noch wahnsinnig viel zu tun, wenn wir hier fertig sind."

„Aber sicher doch. Aber warte kurz …", er kam einen Schritt auf mich zu und sein Blick war auf meinen Mund geheftet. Er würde doch nicht…? Mein Puls schnellte in die Höhe.

„Du hast hier was. Warte ... du hast doch nicht etwa Schokolade gegessen?" Tristans Finger wischten über meine Wange.

Er hatte mich erwischt. Shit!

„Äh. Das kann gar nicht sein ...", versuchte ich mich aus der Affäre zu ziehen und rieb mir übers Gesicht.

Tristan grinste und schleckte seinen Finger ab.

„Eindeutig Schokolade. Sehr lecker."

Ich spürte die Hitze in meinen Wangen. Zum einen, weil er mich ertappt hatte, zum anderen, weil sein auf mir ruhender Blick, während er seinen Finger ablutschte, Wünsche in mir weckte, die so schnell offensichtlich nicht erfüllt werden würden. Ich schluckte.

„So. Genug Zeit verschwendet, Lilja. Wie du sagst, du hast nicht den ganzen Tag Zeit. Um die Schokolade kümmern wir uns ein anderes Mal. Los geht's!"

Tristan zwinkerte mir zu und zupfte mich am Windbreaker. Ich folgte ihm wortlos. Wir walkten los und dieses Mal wurde die Runde schon viel anstrengender. Er legte im Tempo zu und ich hatte Mühe, mitzuhalten. Was war das? Eine Bestrafung? Mein Pulsmesser piepte besorgniserregend und ich hatte die empfohlene Herzfrequenz deutlich überschritten.

„Willst du mich umbringen? Hast du nicht was von wegen man sollte langsam anfangen erzählt?"

„Wir haben doch langsam angefangen. Bin ich dir etwa zu schnell?" Er grinste mich von der Seite an und walkte im gleichen Tempo weiter. Die Arme schwangen locker mit, ich dagegen schnaufte schon wie eine Dampflok.

Mistkerl. Er versuchte mich zu provozieren. Konnte er haben!

„Nein. Sicher nicht. Du bist der Trainer, wenn du sagst, das Tempo ist okay, dann muss das wohl so sein."

Ich würde mir vor ihm keine Blöße geben!

Nach einer Weile musste ich allerdings zugeben, dass ich mir etwas vormachte, denn meine Pulsuhr piepte immer noch wie verrückt. Ich ignorierte sie. Es würde mich schon nicht umbringen. Ich lief etwas langsamer und er entfernte sich ein Stück, drehte sich aber schon nach kurzer Zeit um: „Was ist los, Lilja. Machst du schon schlapp? Alles in Ordnung?"

„Ich, schlapp? Nie im Leben. Ich finde es einfach nur schöner, dein Hinterteil zu sehen. Das spornt mich an." Ich nickte ihm zu und winkte mit der Hand, dass er ruhig weitergehen solle.

So einfach gab ich mich nicht geschlagen.

„Sehr gut. Wie du möchtest. Morgen bestimmst du dann das Tempo und gehst voraus. Ich habe dann den Ausblick. Oder nein, wir gehen morgen schwimmen, das verbessert meine Perspektive um ein Vielfaches. Das war ja nicht auf deiner No-go-Liste. “ Er zwinkerte mir zu. Aber bevor er mich im Badeanzug sehen würde, kippte eher der schiefe Turm von Pisa um.

„Vielleicht bin ich morgen ja gar nicht verfügbar. Es sei denn, du fliegst mit nach Paris!“

Ha! Keine schlechte Idee eigentlich.

Allerdings würde Gabríel es sicher nicht so prickelnd finden, wenn ich meinen Personal Trainer dabei hätte. Und Stéphane …

„Da muss ich leider passen. Egal wie gerne ich auch dabei wäre. Ich habe am Wochenende einige Auftritte. Du weißt ja, ich bin jung und brauche das Geld.“

Zu schade, aber besser so.

Wir verabredeten uns zu einer frühen Sportstunde am morgigen Tag. Sieben Uhr vor meiner Wohnung. Im Sommer kein Problem, im Winter würde ich derartigen Terminen sicher nicht zustimmen. Aber bis dahin wäre ich bestimmt fit und brauchte keinen Personal Trainer mehr – oder wir verlagerten das Training dann nach drinnen. Tristan verschwand und ich fuhr mit dem Aufzug in mein Büro, um mich umzuziehen. Nach einer heißen Dusche machte ich mich direkt auf den Weg zu meiner Zahnärztin. Damit war es mit der guten Laune auch schnell vorbei.

Die Sitzung war, wie erwartet, grauenvoll. Das Geräusch der Instrumente, mit denen die freundliche Assistentin den Zahnstein entfernte, raubte mir den letzten Nerv. Im Geiste verfluchte ich den Erfinder dieser Teile. Ätzend! Außerdem tat es verdammt weh. Ich erwog ernsthaft, mich beim nächsten Termin in Tiefschlaf versetzen zu lassen, dann könnten sie auch sämtliche Löcher neu bohren und füllen und mich erst dann wieder aufwecken, wenn die Arbeit getan wäre.

„Wir sehen uns dann in sechs Monaten wieder.“

„Ja, wunderbar. Ich kann es kaum erwarten.“

Manchmal war eine Zeitspanne von sechs Monaten deutlich zu kurz. Für mich würde Zahnarzt regelmäßig alle zehn Jahre vollkommen ausreichen. Ein halbes Jahr war ausschließlich für Affären ein vernünftiger Abstand.

5

Reykjavik

Das Wetter am nächsten Morgen war sehr isländisch. Ein eisiger Wind pfiff ums Haus und es regnete in Strömen. An solchen Tagen hasste ich es, rauszugehen. Warum nur hatte ich einen Termin mit Tristan gemacht? Ich fluchte und schlüpfte müde in die Sportklamotten.

Tristan wartete schon, als ich aus dem Hintereingang nach draußen kam.

„Guten Morgen, konntest du kein besseres Wetter bestellen?"

„Guten Morgen. Es gibt kein schlechtes Wetter."

„Ach, nein? Ich hasse diesen Spruch." Es klang griesgrämiger als ich wollte. Warum kümmerte mich das überhaupt?

„Wir haben auch immer noch die Alternative mit dem Schwimmbad. Da ist es schön warm." Tristan grinste mich verschmitzt an, aber ich ging nicht darauf ein.

„Nein, lass mal. Dann doch lieber Sturm."

„Du hast es so gewollt. Wir drehen heute aber nur eine kleine Runde, du trainierst jetzt den vierten Tag in Folge. Deine Muskeln brauchen eine Pause."

„Sportpause mag ich am liebsten."

„Dachte ich mir."

„Was soll das jetzt schon wieder heißen?"

„Nichts – los, komm! Oder möchtest Du heute wieder hinterherlaufen?"

„Keine schlechte Idee, aber bei dem Regen sieht man sowieso nicht viel. Das wäre vergebene Liebesmüh."

Wir walkten los und nach einigen Minuten hatte ich mich an den Regen gewöhnt. Ich genoss die frische Luft sogar. Ziemlich ungewöhnlich für mich. Vielleicht musste man ab und zu auch offen für etwas Neues sein. Die meiste Zeit liefen wir schweigend nebeneinander her und ich ging im

Geiste meine Termine des heutigen Tages durch. Ich musste dringend noch ein paar wichtige Telefonate vor dem Nachmittag erledigen. Meine To-do-Listen waren immer so lang, dass ich einige Punkte gerne vor mir herschob. Manches erledigte sich auch von selbst, aber leider nicht alles.

„Kompliment für die erste Woche, Lilja. Ich finde, du hast wirklich gut mitgemacht. Für das Wochenende werde ich dir keinen Trainingsplan mitgeben. Wir können Anfang kommender Woche weitermachen, wenn du zurück bist."

„Das klingt vernünftig. Ich hätte sowieso nicht trainiert."

„Eben. Das erspart dir das schlechte Gewissen. Vielleicht stelle ich dir aber einen kleinen Plan zusammen, für den Fall, dass dir in Paris langweilig werden sollte."

„Du bist ganz schön von dir überzeugt, was?"

„Hey! Hat dir das Training Spaß gemacht oder nicht?"

„Ich hasse Sport." Dabei versuchte ich ein Grinsen zu unterdrücken, aber er hatte recht. Der kleine Flirt hatte mir gefallen und somit das Training auch. Zu dumm, dass er nicht auf mein Angebot eingegangen war. Das wäre sicher ein Mordsspaß gewesen ...

„Alles klar. Du hattest trotzdem Freude daran. Bis Dienstag dann?"

Er klopfte mir auf die Schulter und blieb vor mir stehen. Seine grünen Augen fingen meinen Blick ein. Das Walken schien anstrengender gewesen zu sein, als ich dachte, denn mir wurde plötzlich ziemlich warm und das Atmen fiel mir schwer. Ich verlor mich im Grün seiner Augen.

„Kristín meldet sich bei dir", sagte ich hastig.

Tristan umfasste meine Schultern und gab mir einen Kuss auf die Wange: „Wie schade. Ich dachte, du klingelst selbst nach deinem Callboy. Bis dann." Ich spürte seine Wärme. Sein Vollbart kitzelte mich und ich bekam eine Gänsehaut.

Und dann war er auch schon verschwunden.

Dieser Mistkerl. Callboy! Dem würde ich's schon zeigen.

Zufrieden beeilte ich mich, unter die heiße Dusche zu kommen. Eigentlich kein schlechter Start in den Tag. Während das heiße Wasser über meinen Körper lief, schweiften meine Gedanken zu meinem vollbärtigen Fitnesstrainer. Zu dumm, dass er kein Interesse an einer – für ihn lukrativen – sexuellen Beziehung hatte. Aber vielleicht war es genau das, was mich an ihm reizte? Diese Widerspenstigkeit? Interesse hatte er, das konnte ich gut einschätzen. Wahrscheinlich doch die Angst vor mir. Zu schade – oder vielmehr: was für eine Verschwendung. Als ich im Bad fertig war packte ich einen kleinen Koffer für die Reise nach Frankreich.

Viel würde ich nicht brauchen, ich hatte ja vor, mit Gabríel shoppen zu gehen.

Auf dem Weg zum Büro stoppte ich bei Kaffitár, meinem Lieblingscoffeeshop, und gönnte mir eine Vanilla Chai Latte und ein Stück Gulrótakaka [Gülrotakahka], Möhrentorte. Quasi als Belohnung für die sportliche Woche. Das hatte ich mir redlich verdient. Mein Telefon klingelte ununterbrochen, aber ich beantwortete keine Anrufe. Es war die einzige Störung meiner kleinen Kalorienparty. Für den restlichen Vormittag verschwand ich in Meetings. Als ich an meinen Schreibtisch zurückkehrte, kam Kristín in mein Büro und meinte: „Der Pilot hat mich gerade angerufen. Es sieht nicht gut aus heute mit Fliegen. Zu viel Wind. Die Maschine ist nicht schwer genug."

„Mist, das habe ich mir schon fast gedacht. Was sagt denn der Wetterbericht?"

„Schlechte Aussichten, eine Besserung wird für frühestens Samstagnachmittag oder -abend erwartet."

„Kann man nichts machen. Das wird Gabríel nicht erfreuen."

„Soll ich ihn anrufen?"

„Nein, danke. Das mache ich selbst."

Die Nachricht kam für mich tatsächlich nicht überraschend. Dennoch war ich enttäuscht. Aber vielleicht klappte es ja morgen. Mein Wiedersehen mit Stéphane würde also kürzer als geplant ausfallen, was aber auch nicht unbedingt schlecht sein musste. Für das, was ich von ihm wollte, hatten wir sicher genug Zeit. Ich tippte schnell eine SMS, dass wir einen Tag später anreisten und ich ihn dann anrufen würde. Das Gute an Affären war, dass man sich nicht rechtfertigen musste. Ich liebte diese Unkompliziertheit.

Gabríel hingegen nahm die News alles andere als erfreut auf und ich musste ihm zum Ausgleich versprechen, mit ihm am selben Abend loszuziehen. Eigentlich überhaupt nicht mein Fall, aber andererseits eine weitere Gelegenheit, über den eigenen Schatten zu springen. Es war schon lange her, dass ich im Reykjavíker Nachtleben unterwegs gewesen war. Die Änderung der Reisepläne verschaffte mir Luft und ich machte mich daran, einige überfällige Sachen zu erledigen, bevor ich mich mit Gabriel traf.

Am frühen Nachmittag brachte mir Kristín ein kleines Päckchen und legte es mir auf den Tisch: „Das hat Tristan eben für dich abgegeben. Er sagte, er schreibt es mit auf die Rechnung."

Ich war überrascht und gespannt. Was das wohl sein mochte? Es sah nicht nach einem Trainingsplan aus.

„Vielen Dank. Du kannst auch bald Feierabend machen, ich brauche dich heute nicht mehr."

„Okay, wenn was ist, kannst du natürlich jederzeit anrufen."

„Vielen Dank und Grüße an deinen Mann."

„Schönes Wochenende, Lilja."

„Gleichfalls, wir sehen uns am Mittwoch."

Nachdem Kristín mein Büro verlassen hatte, riss ich das Papier auf und fand eine Nachricht, einen iPod und – einen Trainingsplan.

Daher wehte der Wind. Ich grinste.

Liebe Lilja,
anbei findest Du einen kleinen Trainingsplan, falls es Dir in Paris doch langweilig werden sollte. Den Plan kannst Du natürlich auch für spätere Reisen benutzen. Auf dem iPod habe ich Dir einige Playlists für unterschiedliche Workouts zusammengestellt. Ich hoffe, ich habe Deinen Musikgeschmack getroffen.
Beste Grüße
Tristan

Ich stöpselte die Kopfhörer ein und verschaffte mir einen Überblick über die Playlists. Er hatte sich wirklich Mühe gegeben.

Cardio langsam

Cardio schnell

Kraftübungen

Stretching

Es waren nur wenige, offensichtlich sorgfältig ausgewählte Lieder. Ein Song, „Everytime we touch", war keiner Playlist zugeordnet. Ich kannte ihn nicht und hörte ihn mir gleich an.

„... Cause everytime we touch
I get this feeling
And everytime we kiss
I swear I could fly
Can't you feel my heart beat fast
I want this to last
Need you by my side

Cause every time we touch
I feel the Static
And every time we kiss
I reach for the sky
Can't you feel my heart beat so
I can't let you go
Want you in my life ..."

Dieser Spinner! Also doch ein echter Troubadour. Eigentlich süß.

Irgendwie aber auch wieder nicht. Ich hatte keine Lust auf

Verkomplizierungen in meinem Leben. Der Typ sollte einfach nur Sport mit mir treiben und dafür wollte ich ihn bezahlen. Nicht, dass er sich Hoffnungen machte oder glaubte, dass er bei mir Chancen auf mehr als eine Geschäftsbeziehung oder maximal ein unverbindliches Stelldichein hatte. Aber darüber wollte ich mir jetzt nicht den Kopf zerbrechen, meine Mitarbeiter waren sicher gleich in der Leitung.

Ich trug immer noch ein Headset und war gerade mitten in der Telefonkonferenz, als Gabríel in mein Büro stürmte. Ich winkte ab, zeigte auf meinen Kopf und machte ihm klar, dass er ruhig sein sollte. Er stellte seine Umhängetasche auf das Sofa gegenüber der Fensterfront, packte eine Flasche Bollinger mit zwei Gläsern aus und winkte mir zu. Er öffnete die Flasche und schenkte den Champagner in zwei Gläser. Dann reichte er mir ein Glas und prostete mir zu. Ich zwinkerte und warf ihm einen Luftkuss zu, er war doch der Beste!

Zum Glück hatte er eingesehen, dass ich das Wetter nicht manipuliert hatte und aufgehört zu schmollen. Mein schwuler Freund konnte manchmal ziemlich wilde Theorien aufstellen. Als ob ich auf die Idee käme, die Parisreise zu sabotieren, um länger arbeiten zu können. Würde mir doch im Traum nicht einfallen! Im Zeitalter des Internets konnte man ja praktisch überall arbeiten. Insofern musste ich fairerweise zugeben, dass die Vorstellung nicht ganz und gar abwegig war.

Wenn man jemanden als Workaholic bezeichnen konnte, dann mich. Außer meinen Firmen hatte ich keine Hobbys. Wozu auch? Das war doch das, was mir Spaß machte.

Die kleinen Nebenkriegsschauplätze mit den Mitarbeitern mal ausgenommen. Ansonsten war ich diejenige, die etwas ausprobierte und neue Wege ging, sei es auf Seiten der Verarbeitungstechnologie oder der Finanzierung. Ich war begeisterte Firmeninhaberin und die Hingabe an das Geschäft zahlte sich aus. Damit machte ich mir zwar nicht überall Freunde, aber auf diese Weise hatte sich mein Konzern an die Spitze dieser Industrie gesetzt.

Und darauf war ich verdammt stolz.

Und das, obwohl in unserer Gesellschaft Frauen oft belächelt wurden. Wobei wir mit einer Lesbe als Häuptling des Landes sicher einen neuen Trend gesetzt hatten.

Die Telefonkonferenz zog sich hin. Gabríel wurde nach zehn Minuten ungeduldig und forderte mich wortlos auf, zum Ende zu kommen. Die Freitagsrunde mit den Geschäftsführern aus dem Ausland war auch so gut wie vorüber, jeder hatte seinen kleinen Wochenbericht abgegeben. Für mich hieß es bei dieser Konferenz zuhören und ein paar Fragen stellen, aber selbst dafür hatte mein lieber Freund keine Geduld mehr. Ich gab ihm zu verstehen, dass es nicht mehr lang dauern würde. Mein Glas war fast leer und in meinem Bauch breitete sich ein wohliges Gefühl aus, das mich umnebelte und entspannte. Champagner stieg mir immer gleich in den Kopf.

Endlich wünschten sich alle ein gutes Wochenende und legten auf. Jetzt war nur noch eine Unterschriftenmappe zu bewältigen.

„Hallo, mein Lieber, schön, dich zu sehen! Was hast du dir für heute ausgedacht?“

„Ach, Süße. Ich bin wirklich traurig, dass wir nicht in die Stadt der Liebe fliegen. Ich bin mir sicher, heute hätte ich meinen Traummann gefunden.“

„Aufgeschoben ist nicht aufgehoben! Wenn das Wetter mitspielt, fliegen wir morgen Abend.“

„Ich hoffe es. Trotzdem, es ist eine Schande. Sonntags haben die Läden in Paris zu. Wie sollen wir da einkaufen?“

„Ich hänge einen Tag dran. Zufrieden?“

„Gutes Mädchen. Hier, nimm noch einen Schluck.“

Eigentlich war der Franzose der Grund für die Verlängerung, aber das musste Gabríel nicht wissen.

Er schenkte uns nach und grinste breit. So unterschiedlich Gabríel und ich auch waren, so gut verstanden wir uns vielleicht gerade deshalb. Er hatte mir in den letzten Jahren immer mit Rat und Tat zur Seite gestanden, denn einfach war das Leben nach dem Tod meiner Eltern für mich nicht. Aber ich war viel zu verschlossen, um andere um Hilfe zu bitten. Gabríel war immer da gewesen, auch wenn ich nicht gefragt hatte. Das rechnete ich ihm hoch an und uns verband eine tiefe Freundschaft. Ich stand auf und folgte ihm zum Sofa.

„Du machst mich ja gleich betrunken. Was hast du heute noch vor mit mir?“

„Das meine Liebe, ist ein Geheimnis. Zuerst fahren wir ins Laugar Spa und lassen uns mal schön durchkneten. Für dich habe ich noch eine Gesichtsbehandlung gebucht, du hast es mal wieder nötig.“

„Du bist charmant wie immer, mein Lieber.“

„Come on. Wenn du nicht genug auf dich achtgibst, muss ich es tun. Dafür bin ich dein Stylist.“

„Ich dachte, du wärst mein Freund?“

„In diesem Falle nicht. Du bist mein Aushängeschild.“

„Aha. Du benutzt mich.“

Ich grinste ihn an und boxte ihm an den Oberarm.

„Hey, willst du mich verletzen?“

„Ich treibe jetzt richtig Sport, also pass auf!“, grinste ich. „Könnte passieren, sei nett zu mir.“

„Sport?“, er zog die Augenbrauen hoch, schaute demonstrativ auf meine

Hüfte und zuckte die Schultern. „Bist du dann soweit? Wir haben Termine!“

„Ich brauche noch drei Minuten!“

Er seufzte und ließ sich aufs Sofa fallen: „Deine drei Minuten kenne ich. Ich trink dann mal die Flasche leer. Wir sollten mit dem Taxi fahren, weil ich, bis du fertig bist, blau bin.“

Ich schüttelte den Kopf und nahm mir die Unterschriftenmappe vor. Zwischendurch klingelte mein Telefon einige Male und ich ging ran, Gabríel wartete geduldig, füllte zwischendurch die Gläser auf und wir leerten die Champagnerflasche bis auf den letzten Tropfen.

Als ich fertig war, war es kurz vor sechs und ich fühlte mich ordentlich beschwipst. Die Büros der anderen Mitarbeiter auf der Chefetage waren verwaist, als wir gingen. Freitags verließen die meisten das Büro zeitiger, ein Segen, dachte ich, als ich leicht schwankend den Gang entlang schritt – wenn mich meine Mitarbeiter in diesem Zustand gesehen hätten ...

Wir nahmen ein Taxi direkt zum Wellnesstempel. Ich genoss es, durchgeknetet zu werden. Die Massageliegen waren beheizt und ich kuschelte mich in die Handtücher. Die polnische Masseurin sprach so gut wie kein Isländisch, was mir sehr gelegen kam. Ich hatte im Moment generell wenig Bedarf an Konversation, Gabríel ausgenommen. Bei ihm konnte ich einfach Lilja sein.

Ich nickte ein und erwachte erst, als mir die Polin zu verstehen gab, dass sie nun fertig sei. Sie reichte mir ein Glas Wasser mit Zitronenscheiben, das ich in einem Zug leerte. Champagner machte durstig.

Etwas später stand ich mit Gabríel in meiner Wohnung und wir suchten nach einem passenden Outfit für den heutigen Abend.

„Meine Güte, Lilja, was ist denn hier passiert? Wie lange ist es her, dass wir für dich einkaufen waren? Das sieht ja übel aus. Ich glaube, wir müssen den Aufenthalt in Paris um einige Tage verlängern.“ Er schlug die Hände über dem Kopf zusammen und schüttelte sich.

„Na, so schlimm kann es nicht sein. Das hast alles du ausgesucht.“

„Ja, aber wann? Im vorigen Jahrhundert?“

„Ich gehe selten aus, also brauche ich auch keine Partykleidung. Cocktailkleidchen wäre für heute sicher auch nicht das richtige.“ Denn davon hätte ich genügend im Schrank gehabt.

„Pfff. Lilja, Lilja! Was machen wir nur mit dir?“ Er schüttelte erneut den Kopf und setzte eine leidende Miene auf.

„Pass auf, Gabbí. Ich hol’ uns ein Glas Weißwein. Vielleicht geht es dann einfacher.“

„Ja, bitte. Und mach es voll.“

Er klatschte mir auf dem Po und schubste mich aus meinem Ankleidezimmer. Beim Blick in den Spiegel musste ich grinsen. Ich hatte mir nach der Gesichtsbehandlung gleich ein Abend-Make-up auflegen lassen, damit stand ich nun in Unterwäsche in meinem Ankleidezimmer. Es sah zu komisch aus. Das perfekt geschminkte Gesicht zur schwarzen Spitzenunterwäsche von La Perla und sonst nichts weiter als mein weißer Körper. Wie ein französisches Haute-Couture-Modell für Übergrößen. Vielleicht ein netter Anblick für meinen Liebhaber in Paris, ich fand's eher schräg. Solarium würde nicht schaden, aber Hautkrebs wollte ich auch nicht bekommen.

Als ich mit dem Weißwein zurückkehrte, hatte Gabríel drei potenzielle Outfits auf der Chaiselongue, die in der Mitte des Ankleidezimmers stand, ausgebreitet.

„Das meinst du nicht ernst, oder?"

„Doch, meine Liebe. Todernst. Probier's an."

Ich seufzte und gab nach. Mit ihm über Mode zu diskutieren, war sinnlos. Das erste Outfit bestand aus einer Karen-Millen-Jeans im Metalliclook und einem schwarzen Neckholdertop von Gucci. Das zweite bestand aus einem schwarzen Joop-Lederminirock mit blickdichter schwarzer Strumpfhose und einem kurzärmeligen, weiten und bunt gemusterten Top von Escada. Das dritte Outfit schlug dem Fass den Boden aus, ein Kleid von Hugo Boss mit Schlangenprint – all over!

„Bist du des Wahnsinns? Ich geh' hier sicher nicht als Python durch Reykjavík!"

„Zieh es doch erst mal an."

Ich probierte zuerst das Schlangenkleid. Wie war das überhaupt in meinem Schrank gekommen? Dem Kauf hatte ich niemals zugestimmt. Dann den Lederminirock und zuletzt die Jeans. Für den heutigen Abend entschied ich, dass die Jeans wohl die beste Wahl war. Dazu hochhackige, schwarze Ankleboots von Tod's. Beim Neckholdertop machte ich mir ein wenig Sorgen um meine Rückenansicht, aber Gabríel versicherte mir, dass ich erstklassig darin aussähe. Wenn ich ihm nicht vertrauen konnte, wem dann? Ich drehte mich vor dem Spiegel und musterte mich kritisch. Meine Locken hatte mir die Stylistin glatt geföhnt und mit dem ungewohnten Outfit erkannte ich mich fast nicht wieder.

„Du siehst großartig aus, Lilja. Du musst einen erstklassigen Stylisten haben." Er grinste selbstzufrieden und trank einen Schluck Weißwein.

Ich klopfte ihm auf die Schulter und lachte: „Ja, ich kann dir mal seine Nummer geben."

Wir tranken das Glas noch aus und machten uns dann auf den Weg zum Domo, das wir von meiner Wohnung gut zu Fuß erreichen konnten. Ich ärgerte mich sofort, dass wir nicht doch ein Taxi genommen hatten, denn meine Locken fingen nach einigen Sekunden wieder an, sich zu kräuseln. Wir beeilten uns daher und ich war froh über meine Übung im Highheels-Dauerlaufen. Vielleicht ein etwas merkwürdiger Anblick, aber das war mir egal. Ich hatte mir die Kapuze tief ins Gesicht gezogen, um größeren Schaden an Frisur und Make-up zu verhindern.

Wir erreichten das Restaurant atemlos, aber noch nicht völlig durchnässt. „Gut, dass ich jetzt so viel Sport mache. Solltest du auch mal, Gabbí. Mein Personal Trainer ist echt süß."

„Süß?" Er zog eine Augenbrauch nach oben und beobachtete mich, während er seine Jacke auszog und der Dame am Eingang des Restaurants in die Hand drückte.

„Ja, was? Wenn ich schon Sport machen muss, kann ich das doch auch mit einem hübschen Adonis tun!" Ich grinste und tippte ihm auf die Brust.

„Yeah, right. Keine Hintergedanken? Welche Art von Sport denn? Ach ja, das wird es sein. Erwischt."

„Ja, klar. Um ehrlich zu sein, hatte ich genau diesen Gedanken, aber der Herr spielt Spielchen."

„Na, wunderbar! Da hat er in dir ja seine Meisterin gefunden." Wir lachten und folgten der Dame, die uns zu unserem Tisch führte. Gabríel hatte uns einen ruhigen Tisch in einer dunklen Ecke reserviert, so dass wir ungestört waren. Ich mochte es nicht, wie auf dem Präsentierteller im Mittelpunkt zu stehen. Nicht in meinem Privatleben jedenfalls.

„Jetzt ist Schluss mit dem Kindergeburtstag. Ich bestelle uns zwei Gin Tonic."

„Kannst du machen, aber dann bring mich heute sicher nach Hause, falls ich nicht mehr selbst gehen kann."

„Klar doch, ich passe auf mein Mädchen auf." Er grinste und vertiefte sich wieder in die Speisekarte. Wir orderten eine Sushi-und-Sashimi-Platte, lecker und gesund. Der Koch in diesem Restaurant war eine echte Koryphäe auf seinem Gebiet. Nach den ganzen leeren Alkoholkalorien konnte es sicher nicht schaden, beim Essen etwas einzusparen. Nachdem wir das Sushi restlos verputzt hatten, fühlte ich mich nicht mehr ganz so angetrunken. Trotzdem schwante mir, dass ich morgen mindestens eine Aspirin benötigen würde.

„Was steht noch auf deinem Programm, heute?"

„Wir machen das, was alle in Reykjavik tun!"

„Und das wäre?"

„Ziehen von einer Bar zur nächsten und betrinken uns."

„Großartig. Wie aufregend." Ich rollte mit den Augen und widmete mich meinem Drink.

„Sei doch nicht immer so. Das macht doch Spaß!"

„Ich kann es kaum erwarten." Ich rollte noch einmal mit den Augen, um Gabríel zu provozieren.

„Du bist doch echt eine versnobte Kuh, Lilja. Was ist denn, wenn ich hier und heute in Reykjavík meinen Traummann treffen würde? Das willst du doch nicht verhindern?“

Ich lachte: „Nein, das Risiko können wir nicht eingehen. Aber in Reykjavík kennst du doch sowieso schon alle.“

Gabríel wiegte den Kopf hin und her: „Meine liebe Lilja, weißt du überhaupt, wie viele Touristen sich im Sommer in unserem schönen Land aufhalten? Mehr als wir Einwohner haben, viel mehr! Fast eine Million, um genau zu sein. Also wenn da nicht mal einer dabei ist, dann weiß ich es auch nicht ...“

Ich atmete hörbar aus und nahm einen Schluck Wasser.

„Ist gut. Ich mach’ ja mit. Es ist heute dein Wunschabend.“

Der Kellner räumte den Tisch ab und ich stand auf, um zu bezahlen. Ich suchte kurz nach meiner Tasche und erschrak – bis mir einfiel, dass ich sie zuhause gelassen hatte. Normalerweise schleppte ich meine braune Birkin Bag zu jeder Gelegenheit mit mir herum und fühlte mich gerade ein wenig nackt. Ich hatte nur eine silberne Clutch von Fendi dabei, mehr als Handy, Lippenstift, Haustürschlüssel, etwas Bargeld und meine Kreditkarte passten da nicht rein. Viel mehr würde ich für diesen Abend aber auch nicht benötigen.

Ich war dankbar, dass ich eine Hose und keinen Rock trug, als wir wieder in den strömenden Regen hinaustraten. Obwohl es schon Mitternacht war, war es natürlich nicht dunkel. Eine der positiven Seiten des Sommers. Trotzdem musste ich daran denken, wie merkwürdig es für viele Ausländer war, wenn sie aus einem dunklen Club oder Restaurant kamen und draußen war es plötzlich wieder taghell – und das mitten in der Nacht. Vielleicht auch ein Grund, warum die Isländer nie ein Ende fanden und immer weitertranken, manchmal bis spät in den nächsten Tag. Es spielte keine Rolle, wann man schlief. An einem Sonntagvormittag traf man in der Stadt in der Regel nur auf Touristen oder Familien mit Kindern.

Wir gingen auf den Laugavegur [Läugarwegür], der Einkaufs- und Vergnügungsstraße Reykjavíks, und nahmen uns eine Bar nach der anderen vor. Ich zählte die Drinks nicht, aber ich fühlte mich ziemlich betrunken, als wir schließlich im Nasa, einem Club auf dem Austurvöllur [Äustürvötlür], endeten. Dass ich freiwillig tanzen ging, war ein eindeutiges Zeichen, dass ich voll war. Ein Vorteil in Island gegenüber manch anderer Kultur, was ich so mitbekommen hatte, war: Es nahm einem auch als Frau keiner krumm, wenn man mal über die Strenge schlug. Anderswo wurden Frauen abgestempelt und verhöhnt, bei uns durfte sich unabhängig vom Geschlecht jeder danebenbenehmen. In der Hinsicht herrschte echte

Gleichberechtigung. Ich nahm an, dass in diesem Club keiner meiner Geschäftspartner war, die waren ja im Regelfall bereits in einem Alter jenseits der Vierzig und zappelten nicht mehr in Clubs rum. Ein wenig enttäuscht hingegen war ich, dass ich den vollbärtigen Musiker heute nicht live in einer der Bars gesehen hatte. Vielleicht spielte er nicht in den angesagten Kneipen, sondern irgendwo in Hinterhof-Garagen. Nur – wieso dachte ich an ihn? Ein Anfall von Sentimentalität und damit ein deutliches Signal, mit dem Trinken aufzuhören! Glücklicherweise hatte ich nicht viel Zeit, diesen Gedanken weiterzuverfolgen, denn Gabríel kam mit dem nächsten Bier und zog mich wieder auf die Tanzfläche. Ich war keine Befürworterin des Rauchens, wahrhaftig nicht, aber seit das Rauchen in Kneipen und Clubs verboten worden war, hing immer ein fieser Schweißgeruch in der Luft, wirklich unangenehm. Wenig später hatte ich allerdings nicht mehr genügend Puste, um üblen Körpergerüchen nachzuhängen, denn mein schwuler Freund forderte alles von mir.

Ich tanzte wild mit Gabríel und wir hatten mächtig Spaß. Er gab mir nach einiger Zeit zu verstehen, dass er einen potenziellen Traummann gesichtet hatte und ich entfernte mich in Richtung Bar. Es war sowieso ein guter Zeitpunkt, meinen Füßen eine kleine Pause zu gönnen, daher setzte ich mich auf einen Barhocker und überblickte die Lage im Club. Mein Bier war leer und ich bestellte beim Barkeeper ein Neues. Es war brechend voll und laut, die Bässe dröhnten durch die Halle. Plötzlich umfassten zwei Hände meine Taille und eine dunkle Stimme flüsterte mir ins Ohr, während mich an der Wange Bartstoppeln kitzelten: „Ich hätte dich fast nicht erkannt. Du siehst umwerfend aus und tanzt wie eine Göttin. Wolltest du nicht in Paris sein?“ Ein leichter Schauer lief mir über den Rücken und ich musste mich nicht umdrehen, um zu wissen, wer hinter mir stand. Ich schwang den Barhocker herum, so dass Tristan ganz dicht vor mir stand.

„Der Herr Musiker! Was ist mit deinem Bart passiert?“

Tristan legte seine Wange an meine und mein Magen flatterte. Ich hatte definitiv zu viel getrunken.

„Nur so ein Gefühl. Ich dachte, du magst ihn nicht. Und Mann will es seiner Auftraggeberin ja schließlich recht machen.“ Tristan legte eine spezielle Betonung auf „Auftraggeberin“ und ich verstand die Anspielung auf mein Angebot.

Tristan trug ein weißes T-Shirt mit V-Ausschnitt und ich konnte einen Blick auf seine breite Brust erhaschen. Er war muskulöser, als man mit diesen langweiligen Sportklamotten erkennen konnte. Von ihm ging ein frischer, herber Geruch aus. In seinem warmen Atem konnte ich einen Hauch Whisky ausmachen.

Ich überlegte, ob ich meine Hände auf seine Hüften legen sollte, um ihn zu mir heranzuziehen. Im nüchternen Zustand wäre ich niemals auf eine

Idee wie diese, inmitten von Hunderten von Menschen, gekommen. Aber der Alkohol zeigte seine Wirkung und machte mich wenn nicht willenlos, so doch willig.

„Ach ja? Seit wann bist du so …“, und ich legte einen Finger auf die Stelle, an der die Schlüsselbeine zusammentrafen und fuhr langsam über das Shirt bis zu seinem Gürtel, „… fügsam?“ Sein Blick verdunkelte sich und das Grün seiner Augen wurde noch intensiver. Er hielt meine Hand fest und zog mich vom Barhocker herunter und zu sich heran. Sein warmer Atem streifte mein Gesicht und mein Herz schlug schneller.

„Da hast du etwas falsch verstanden, Lilja. Ich bin niemals fügsam.“

Bevor ich antworten konnte, zog er mich nach draußen. Ich konnte gerade noch meine Clutch schnappen und stolperte dann hinter ihm her. Wir liefen in den Regen, aber es störte mich nicht im Geringsten, nass zu werden. Tristan lief mit mir bis um die Hausecke und drückte mich gegen die Wand. Seine grünen Augen fixierten mich einige Sekunden, als ob er nach Einverständnis suchte. Mein Gehirn schaltete ab. Nein, ich hatte es bereits vor einigen Minuten in Schlummerfunktion versetzt. Keine Bedenken, kein Wenn und kein Aber. Nicht heute, nicht in dieser Nacht. Jetzt war ich nicht Konzernchefin, sondern nur eine Frau. Seine Lippen berührten meine, ganz sanft und vorsichtig, als ob er noch immer auf meine Zustimmung wartete. Ich dagegen hatte schon viel zu lange gewartet und erwiderte seinen Kuss fordernd. Als wären unsere Lippen füreinander gemacht. Wir verschmolzen in einer innigen Umarmung und unsere Zungen trafen sich. In meinem Kopf drehte sich alles, die Schmetterlinge in meinem Bauch drohten zu explodieren. Raum und Zeit verschwanden im Nirvana. Nach einer kleinen Unendlichkeit löste sich Tristan schwer atmend von mir und nahm mein Gesicht in beide Hände. Wir waren beide komplett durchnässt, aber ich nahm es in diesem Moment kaum wahr. Er hielt meinen Kopf in seinen Händen und bog mein Gesicht in seine Richtung: „Ich will dich. Seit der ersten Sekunde!“

Noch immer atemlos, antwortete ich nicht, sondern verschloss seinen Mund mit meinen Lippen. Im Handumdrehen hob er mich in seine Arme und lief mit mir los, weiter weg vom Nasa.

„Was …?“

„Du holst dir den Tod hier draußen, es ist eiskalt heute.“

„Und du holst dir einen Leistenbruch, hast du eine Ahnung …“

„Sch, ich weiß, was ich tue.“ Forschen Schrittes liefen wir, vielmehr er, drei Straßen weiter, bis er mich vor einer Tür absetzte. Ich kam nicht zu Wort, denn er küsste mich erneut, und jeglicher Protest war vergessen. Blind schloss er die Tür auf und wir stürzten die Treppen nach oben in seine Wohnung. Ich nahm jedenfalls an, dass es seine Wohnung sei. Ich fragte ihn nicht. Ich nahm nichts wahr, außer ihm.

Tristan zog mich in das kleine Badezimmer und drehte das Wasser in der Dusche auf. Er entkleidete mich und küsste dabei jeden Zentimeter meines Körpers. Der Alkohol und Tristan hatten mich berauscht. Ich riss ihm das Shirt vom Leib, öffnete seine Jeans und zog sie komplett mit den Shorts nach unten. Ich fühlte mich animalisch, wild und erregt. Mir stockte der Atem beim Anblick seines makellosen Körpers und ich umfasste ihn mit meinen Händen. Tristan sog hörbar die Luft ein und zog mich in die Dusche: „Hör auf damit, sonst ist es vorbei, bevor wir überhaupt angefangen haben." Ich kicherte und wir drängten uns unter das heiße Wasser. Überhitzt wie wir waren, hätten wir eigentlich keine heiße Dusche nötig gehabt ...

Die Wohnung war sehr klein, dunkel und die Möbel waren bunt zusammengewürfelte Einzelstücke. Tristan schlief und ich hatte Zeit, mich in Ruhe umzusehen. In einer Ecke standen ein Klavier und eine Gitarre. In der Mitte des Zimmers ein altes Sofa und ein kleiner Fernseher. Auf dem winzigen Esstisch lagen ein Notebook, einige Zeitschriften und Bücher. Das Schlafzimmer war eigentlich kein Schlafzimmer, sondern ein Mäuseloch. Besonders sauber und aufgeräumt war es hier auch nicht. Ein echter Männerhaushalt, es sah aus wie eine typische Studentenbude. Langsam kam ich wieder zu mir. Das hier war nicht meine Welt, und das würde sie auch niemals werden. Normalerweise würde ich so eine Wohnung nur mit Widerwillen und Gummihandschuhen betreten. Was für ein Kontrast zu meinem Leben. Aber was interessierte mich das überhaupt. Es würde nicht wieder vorkommen. Die Realität hatte mich wieder. Hastig zog ich meine durchnässten Klamotten an. Sie waren klamm, teils pitschnass. Ich würde mir tatsächlich den Tod holen, würde ich so vor die Tür gehen. Kurzerhand zog ich mir einen Wollpullover von Tristan, der über einer Stuhllehne hing, über. Ich schrieb einen kleinen Zettel für Tristan und legte ihm etwas Geld auf den Esstisch.

Vielen Dank für die Nacht, ich hoffe, das ist angemessen.Lilja

Damit verließ ich die Wohnung und lief nach Hause. Meine Jacke hatte ich im Nasa vergessen, aber das war jetzt geschlossen. Es war sieben Uhr morgens und ich gleichermaßen übernächtigt wie ernüchtert. Eigentlich sollte ich mich erleichtert und befriedigt fühlen, das war schließlich nicht mein erster One-Night-Stand. Was war nur los mit mir? Ich stieg in ein Taxi und verscheuchte die trüben Gedanken, indem ich an Paris dachte.

Zuhause angekommen spülte ich eine Aspirin mit einem Glas Wasser herunter, und zog mir frische Kleidung an, eine gemütliche Jogginghose und ein Sweatshirt. Als ich den Lopapeysa von Tristan auszog, hielt ich ihn kurz in den Händen, er roch nach ihm. Ich schloss die Augen und erinnerte mich an die Nacht.

Schluss damit!

Ich setzte mich in meinen Wintergarten, blickte über die Dächer von Reykjavík und versuchte, die wirren Gedanken in meinem Kopf zu ordnen.

Viel später erwachte ich vom Klingeln an meiner Haustür.

Wer konnte das jetzt sein? Wie spät war es überhaupt?

Mein Schädel platzte beinahe und mein Nacken fühlte sich, als würde er ei einer falschen Bewegung abbrechen. Ich war in einer unmöglichen Position auf dem Sofa eingenickt und brauchte dringend eine weitere Kopfschmerztablette. So schnell es mir möglich war, stand ich auf und lief zum Türöffner. Ein Blick auf den Bildschirm zeigte mir, dass es Gabríel war. Hatte ich etwas oder vielmehr jemand anderen erwartet?

Quatsch.

Ich drückte auf den Türöffner und ließ ihn ins Haus. Kurze Zeit später klopfte es an meiner Tür und ich öffnete ihm. Gabríel sah frisch und munter aus. Ganz im Gegensatz dazu, wie ich mich fühlte.

„Ach, du meine Güte, Süße! Wie siehst du denn aus?“ Gabríel legte die Hände entgeistert an seine Wangen und schaute mich schockiert an. So schlimm konnte es doch nicht sein. Ich hatte noch keinen Blick in den Spiegel riskiert, machte jetzt aber einen Schritt zur Seite und ...

Schockschwerenot!

Meine Haare standen in alle Richtungen. Von der gestern so akkurat glatt geföhnten Frisur war nichts mehr übrig. Meine Locken hatten sich verselbstständigt und ich sah aus, als hätte ich in eine Steckdose gefasst. So ähnlich war es ja auch. Irgendwie stand ich immer noch unter Strom. Die Wimperntusche war komplett zerlaufen und mein Gesicht wirkte, als wäre ich für „Halloween“, Teil sechs, geschminkt worden. Kein schöner Anblick.

„Ups.“

Gabríel umarmte mich und drückte mich fest.

„Warum gehst du denn nicht ans Telefon? Ich habe ungefähr hundertmal angerufen, seit du aus dem Nasa verschwunden bist. Wo warst du? Was ist passiert? Geht es dir gut? Ich bin tausend Tode gestorben, Lilja!“

Er ließ mich los und betrachtete mich eindringlich.

„Es ist alles in Ordnung. Es geht mir gut. Ich bin auf dem Sofa eingeschlafen und vorher im Regen gelandet.“

„Da lässt man dich mal fünf Minuten alleine und dann bist du vom Erdboden verschluckt! Wieso bist du denn einfach abgehauen?“

„Jetzt komm erst mal rein. Willst du Kaffee? Zieh deine Jacke aus und beruhig dich. Außerdem habe ich Kopfschmerzen, also nicht so brüllen!“

Gabríel war korrekt und hypermodern gekleidet, wie üblich. Die Frisur saß und seine Augen hatte er auch am heutigen Samstag mit einem schwarzen Kajalstift betont. Wie spät war es überhaupt? Er legte seine Jacke auf einen Stuhl und folgte mir in die Küche. Die Uhr am Backofen zeigte 11:27 Uhr an. Das ging ja noch. Während ich die Kaffeemaschine einschaltete, bändigte ich meine Locken zu einem Pferdeschwanz.

„Was ist denn jetzt, Lilja?"

„Wie? Was soll sein?" Ich wusste genau, dass er von mir eine Erklärung wollte, aber ich hatte mir selbst noch keinen Reim auf die letzte Nacht gemacht. Ich lief, um Zeit zu gewinnen, ins Badezimmer und wusch mir das Gesicht. Gabbí wahrte wenigstens so viel Anstand, mir nicht dorthin zu folgen. Einige Minuten später kehrte ich von Make-up-Resten befreit in die Küche zurück.

„So, jetzt sehe ich doch besser aus, nicht?"

„Immer noch furchtbar, Liebes."

Die Kaffeemaschine war bereit und ich drückte auf die Taste für Latte Macchiato, stellte ein Glas unter und wartete auf das vertraute Geräusch der mahlenden Bohnen.

„Wie ist es mit deinem Traummann gelaufen? Der sah doch vielversprechend aus."

„Ach. War nichts. Was uns gleich wieder zum springenden Punkt bringt. Was hast du getrieben?"

„Damit hast du es auf den Punkt gebracht."

„Wie bitte?"

„Ich habe es getrieben." Seelenruhig nahm ich das mittlerweile volle Glas unter der Kaffeemaschine weg, stellte es auf einen Unterteller, legte einen Löffel dazu und reichte es Gabríel. Seine Augen waren weit geöffnet und sein Mund stand offen.

„Äh. Wie jetzt?"

Ich schluckte eine weitere Aspirin und trank das Glas Wasser restlos aus. Herrlich.

„Bist du schwer von Begriff, Mann. Ich hatte Sex."

„Wann?"

„Letzte Nacht. Herrgott, was ist denn los mit dir? Seit wann bist du so lahm?"

Gabríel setzte sich auf einen Hocker an der Küchentheke und stellte sein Glas vor sich auf der schwarzen Granitplatte ab: „Spuck es aus Mädel, muss ich dir jedes Wort einzeln aus der Nase ziehen? Wer, warum, wo? Wie machst du das nur immer?"

Er rührte aufgebracht in seinem Latte Macchiato und verfolgte meine Aktionen in der Küche. Ich ließ mir einen Cappuccino aus der Maschine und holte Toast, Butter und Käse aus dem Kühlschrank. Ich ließ mir Zeit, stellte noch zwei Teller und Besteck aus den cremefarbenen Küchenschränken auf die Theke und ließ Gabríel zappeln.

„Na, wird´s bald, Mädel!"

Ich rollte mit den Augen, umrundete die Theke und ließ mich auf den Hocker neben Gabríel fallen.

„Während du auf der Jagd nach deinem Traummann warst, saß ich alleine und einsam an der Bar. Dort habe ich zufällig den Fitnesstrainer getroffen und wir haben uns spontan darauf geeinigt, in dieser Nacht etwas Matratzensport zu betreiben. Ende der Geschichte."

„Lilja, du bist echt unglaublich."

„Wieso? Darf ich nicht auch meinen Spaß haben?"

„Ja, natürlich. Aber wolltest du gestern nicht zuhause bleiben, weil du das Reykjavíker Nachtleben langweilig findest?"

„Ja, und? Wenn ich dann mal rausgehe, kann ich doch wenigstens versuchen, Spaß zu haben." Ich lachte und legte uns beiden eine ungetoastete Scheibe weiches Sandwichbrot auf die Teller.

Gabríel schüttelte mit dem Kopf und sah mich von der Seite an. „Wie war er?"

Ich grinste, zeigte ihm eine Spanne mit beiden Händen und sagte: „Gigantisch."

„Ich bin so neidisch auf dich, du blöde Kuh!"

„Ha, ha. Das kannst du ruhig sein. Die Nacht hat sich gelohnt, wie man so schön sagt."

„Details, please!"

„Willst du nichts essen?"

„Das ist doch nicht dein Ernst, Liebes. Ich esse doch nicht sowas!" Gabríel rümpfte die Nase und schob den Teller von sich.

„Gott, bist du versnobt", ich kicherte und boxte ihn in die Seite. „Etwas anderes kann ich dir nicht anbieten. Ich kann höchstens meine Haushälterin anrufen, ob sie uns einen Brunch zaubert. Sie hat heute frei. Eigentlich sollten wir ja in Paris sein, wenn du dich erinnerst."

„Lass uns doch irgendwohin gehen und was Ordentliches essen. Aber du lenkst ab. Was ist jetzt?"

Ich atmete hörbar aus, hob beide Hände und spielte die Kapitulierende.

„Also gut. Was genau willst Du denn wissen?"

Sein Gesicht hellte sich auf und er nahm einen großen Schluck Kaffee.

„Alles. Jedes Detail."

6

Reykjavík-Paris

Wie angekündigt hellte sich das Wetter am Samstagnachmittag auf und wir konnten unsere Reise nach Frankreich antreten. Meinem Kopf ging es nach einer ausgiebigen Dusche und einem American Brunch, den wir aus einem Hotelrestaurant zu mir liefern ließen, deutlich besser. Fettige Speisen wirkten bei einem Kater tatsächlich Wunder. Der Pilot begrüßte uns, als wir die Maschine auf dem Privatflugplatz in Reykjavík erreichten.

„Guten Tag, Lilja. Wie geht es dir?"

„Danke, gut, Sindri. Was sagt das Wetter?"

„Es ist wesentlich besser geworden, wir könnten die erste halbe Stunde noch ein paar Turbulenzen haben, aber Richtung Europa sieht die Lage deutlich entspannter aus."

„Wunderbar. Vielen Dank."

Ich reichte der Flugbegleiterin mein Gepäck und warf mein Notebook auf den Sitz.

„Wir werden ungefähr dreieinhalb Stunden unterwegs sein. Sie sind also rechtzeitig zum Dinner in Paris."

„Sehr gut. Danke."

Gabríel legte Mantel und Mütze auf einen Platz und ließ sich in den Sessel, der mir gegenüber stand, fallen.

„I love it. Schenkst du mir auch ein Flugzeug?"

„Ach, Gabríel. Du kannst jederzeit meine Maschine haben, wenn ich nicht unterwegs bin. Du brauchst kein eigenes Flugzeug."

„Menno." Er schob die Unterlippe vor und spielte beleidigtes Kind, seine Augen funkelten aber in Vorfreude. Für ihn war es auch nach den unzähligen Malen, in denen ich ihn mitgenommen hatte, noch etwas Besonderes.

Wir verschliefen die meiste Zeit des Fluges. Sobald sich meine Augen schlossen, musste ich an die letzte Nacht zurückdenken.

Hammersex. Gut gebauter Körper. Könnte mich dran gewöhnen.

Merkwürdige Gedanken. Normalerweise nahm ich mir einfach, was ich wollte, aber an ein Gewöhnen hatte ich dabei noch nie gedacht. Schnell verwarf ich den Gedanken und versuchte abzuschalten, indem ich mich auf das Wiedersehen mit Stéphane konzentrierte.

Paris empfing uns mit kontinentaleuropäischem Hochsommerwetter. Für zwei Isländer ein ganz schöner Kontrast, wenn man aus dem Fünf-Grad-Wetter eines isländischen Sommersturmes nach Paris kam, wo es ungefähr dreiunddreißig Grad hatte. Bereits die 45-minütige Taxifahrt war schweißtreibend und ich war froh, als wir im Hotel ankamen, wo ich als erstes unter die Dusche sprang. Kristín hatte für uns zwei Suiten im Champs Elysées Plaza gebucht, gleiches Hotel, gleiche Suite wie immer. Ich hatte auf Reisen keine Lust auf Experimente und für meine häufigeren Reiseziele daher Stammhotels festgelegt. Die wussten, was ich wollte, und ich wusste, was mich erwartete. Das Hotel lag in einer Seitenstraße der Champs-Elysées, wir waren also mitten drin im Pariser Leben.

Für den Abend hatte ich ein schwarzes Cocktailkleid von Hervé Leger dabei. Der Clou daran waren die cremefarbig abgesetzten Nähte, die meine Brüste hervorragend betonten. Zwei Teile an meinem Körper, auf die ich wirklich stolz war. Dazu cremefarbene Pumps von Jimmy Choo und ich fand mich grandios gut angezogen. Meine Habseligkeiten verstaute ich in einer schwarzen Clutch von Lanvin.

Es klopfte und Gabríel trat ein. Ein Wunder, dass er tatsächlich schon fertig war. Ich hatte eigentlich gedacht, dass er in Paris extra lange brauchen würde, um sich für den Abend zu stylen. Ein schwuler Mann konnte schlimmer sein als fünf Frauen zusammen.

„Komm rein. Ich bin noch nicht ganz fertig mit dem Make-up. Mach uns doch schon mal den Champagner auf, die Flasche steht auf dem Tisch in der Lounge."

„Zu ihren Diensten, Madame. Du hast nicht ernsthaft zwei Schokoriegel aus der Minibar gegessen, seit wir angekommen sind?" rief er mir hinterher.

Ich zuckte schuldbewusst mit den Schultern und schminkte mich weiter. Auch wenn Gabríel schwul war hatte er keine Ahnung vom Körper einer Frau. Im Stadium des PMS brauchte ich Süßigkeiten, um zu überleben. Zehn Minuten später präsentierte ich mich meinem Stylisten. „Und, kann ich so gehen?"

„Du siehst bezaubernd aus. Hast du abgenommen? Schokodiät?"

„Du Schmeichler. So hab ich es gerne."

Ich grinste und nahm einen Champagnerkelch vom Tisch. Gabríel sah aus wie aus einem Modekatalog. Seine schlanke Silhouette kam in der weißen Hose und dem blauen Sommerhemd wunderbar zur Geltung. Eigentlich Verschwendung, dass er schwul war. Seine dunklen Haare hatte er kunstvoll zurückgegelt und eine Sonnenbrille saß auf dem Kopf. Wenn da nur nicht die Schminke gewesen wäre, und sein Schmuck. Aber gut, mir mussten seine Accessoires ja nicht gefallen.

„Gucci?“, frage ich ihn.

„Woher du das wieder erraten hast … gutes Auge, meine Liebe. Mir scheint, ich habe dir in den letzten Jahren doch einiges beigebracht.“

Er prostete mir zu und wir tranken eisgekühlten Champagner. Dass das nach der gestrigen Nacht überhaupt schon wieder möglich war, war mir ein Rätsel. Aber der Schlaf im Flieger hatte Wunder gewirkt. Gegen 22 Uhr verließen wir das Hotel und fuhren mit dem Taxi zum Restaurant 1728 in der Rue d’Anjou. Im Sommer waren es zwei Stunden Zeitverschiebung zwischen Island und Frankreich, für uns also die perfekte Uhrzeit für ein Abendessen. Für die Franzosen war das auch eine keineswegs unnormale Dinnerzeit, die Straßen waren voll. Mir kam es so vor, als ob die Pariser erst aufwachten, wenn es dunkel wurde. Das Restaurant war voll besetzt und wir bekamen einen schönen Tisch in einem der Säle. Das Restaurant war original wie aus dem Jahr 1728 eingerichtet, man fühlte sich in eine andere Zeit zurückversetzt. Ein wirklich tolles Ambiente mit erstklassigem Essen. Die Franzosen ließen sich so ein Noebelessen auch ganz gut bezahlen, aber die Höhe der Rechnung interessierte mich an diesem Abend nicht im Geringsten. Qualität kostete eben. Nach dem Essen täuschte ich Müdigkeit vor und Gabríel zog alleine um die Häuser. Ich eilte zurück ins Hotel, wo Stéphane, den ich bei unserer Ankunft kurz angeklingelt hatte, schon in der Lobby auf mich wartete.

Franzosen waren einfach die perfekten Liebhaber. Stéphane kannte er meinen Körper ganz genau, er war mehr als nur ausdauernd, er war hingebungsvoll und zudem wusste er, was mir gefiel. Trotzdem dachte ich ein paar Mal an die Nacht mit Tristan zurück. Die wilde Leidenschaft, die ich mit ihm gefühlt hatte, war mit nichts zu vergleichen.

7

Paris-Reykjavík

Stéphane hatte mir am Morgen ein Etui überreicht, in dem ich ein schmales, silbernes Armband fand. Er strahlte mich mit seinen blauen Augen an und küsste mich zärtlich am Hals, als ich mich bedankte.

„Pour toi, chérie, merci pour les nuits extraordinaires", hauchte er mir dazu ins Ohr. Obwohl der Wert des Geschenks gering war, empfand ich doch jedes Mal, wenn ich das Armband an meinem rechten Handgelenk ansah, eine innere Wärme, die mich auch beim Rückblick auf die intimen Momente mit meinem Liebhaber durchströmte. Ich hatte mir noch keine Gedanken darüber gemacht, wann und ob ich Stéphane wiedersehen wollte, aber die gemeinsamen Stunden würde ich in jedem Fall als positiv und erfüllend in Erinnerung behalten.

Die Zeit in Paris ging viel zu schnell vorüber. Tagsüber hatte ich Spaß mit Gabriel, wir chillten und saßen in Straßencafés, lästerten über Leute oder schlenderten durch die Straßen. Durch das nächtliche Ausleben wilder Phantasien mit Stéphane war ich zwar ziemlich müde, aber durch und durch entspannt. Nach dem Wochenende standen Power-Shopping und Wellness auf dem Programm. Den Dienstag verbrachte ich in meiner Firma in der Normandie und Gabríel vertrieb sich die Zeit in Paris und shoppte weiter. Der Rückflug war für Mittwoch geplant. Gut, dass wir in der eigenen Maschine kein Übergepäck bezahlen mussten, denn das wäre mit Sicherheit heftig geworden. Ich kicherte bei dem Gedanken daran, wie sich Gabríel an einem normalen Flugschalter mit seinen geschätzt sieben Koffern vorstellte. Ein Mitreisender schaute mich über den Rand seiner Zeitung strafend an, aber ich konnte nicht anders. Ich saß im TGV von Lille zurück nach Paris und checkte nebenbei meine Mails. Es war eine von Kristín mit dem Betreff „Zeitschriften-Scan aus Seð og heyrt" dabei.

Ach du grüne Neune!

Wenn Kristín mir einen Artikel aus der Klatschpresse Islands einscannte, bedeutete das nichts Gutes. Mein Herz klopfte schneller, als ich das Dokument aufrief.

Warum dauerte das so lange? Eine scheiß Verbindung war das hier! Konnten die Franzosen nicht mal ein Netz aufbauen?

Klopfte mein Herz eben noch schneller, so blieb es mir beim Anblick der Bilder und Schlagzeilen fast stehen:

„Milliardenerbin hat musikalischen Fisch an der Angel

Die milliardenschwere Lilja Ósk Stefánsdóttir (34) hat ein neues Eisen im Feuer. Der Glückliche ist ein bisher mäßig erfolgreicher Musiker aus Reykjavík. Die ehrgeizige Geschäftsfrau und Alleinerbin des Multikonzerns Fiskvís, ließ sich in den letzten Monaten nur selten in der Öffentlichkeit blicken. Umso erstaunlicher ist dieser offensive Vorstoß mit ihrer heißen Affäre Tristan Gíslason (32)…“

Mehr konnte ich nicht lesen. Ich starrte nur auf die drei unscharfen Fotos, die mich mit Tristan zeigten. Das erste ging ja noch. Tristan und ich beim Walken im Regen. Das nächste Bild zeigte uns vor dem Bürogebäude, Tristan stand dicht vor mir und seine Hand war an meiner Wange, ich lächelte.

ICH LÄCHELTE!

Das dritte Bild war schrecklich. Ich und Tristan knutschend im Regen vor dem Nasa. Wie ein billiges Flittchen ließ ich mich von ihm betatschen.

Diese verfluchten Paparazzi!

Wie konnte das passieren!?

Wie konnten sie das wissen?

Wer hatte das eingefädelt?

Ich rieb mir die Stirn und versuchte ruhiger zu atmen.

Scheiße. Scheiße. Scheiße.

Ich wusste schon, weshalb ich normalerweise nicht in Reykjavík ausging. Aber konnte das möglich sein? Das waren zu viele Zufälle auf einmal! War es denkbar, dass Tristan das arrangiert hatte? Die Paparazzi hatten ihm bestimmt ein hübsches Sümmchen für die Gelegenheit zum Schießen dieser Fotos angeboten. War ich wirklich so dumm, dass ich das nicht bemerkt hatte? Die ganze Flirterei und alles war nur ein Spiel gewesen! Nach einem Spiel fühlte es sich an, aber doch nicht so!

Ich fühlte mich dumm und ärgerte mich über mich selbst. War ich nicht selbst schuld? Hatte mich das Leben denn gar nichts gelehrt? Offensichtlich nicht. Ich überlegte, ob ich noch einige Tage im Ausland bleiben sollte, aber ich hatte wichtige Termine am Donnerstag in Reykjavík.

Sehr viel länger konnte ich also nicht bleiben. Es widerstrebte mir auch, davonzulaufen. Trotzig reckte ich mein Kinn nach vorne.

Diesen Arschlöchern würde ich es schon zeigen!

Konnte ich mich in Tristan wirklich so getäuscht haben? Für gewöhnlich hatte ich eine gute Menschenkenntnis. Aber dieses Mal schien sie versagt zu haben. So ärmlich wie er eingerichtet war, konnte ihm ein leicht verdienter Scheck nicht schaden.

„Verdammt", fluchte ich leise vor mich hin. Was für ein mieser Verräter.

An diesem Artikel konnte ich nichts mehr ändern. Aber was würde mich jetzt noch erwarten? Wenn Tristan wirklich ein Geschäft mit der Regenbogenpresse eingegangen war, konnte er auch noch Schlimmeres anrichten. Was, wenn er eine Kamera im Zimmer oder im Bad versteckt hatte? Damit konnte er sich ein hübsches Sümmchen verdienen. Das wäre nicht das erste Mal gewesen, dass jemand mit Erpressung seinen Lebensunterhalt verdienen wollte. Und ich würde dafür sicher einiges springen lassen. Welch eine Vorstellung! Die ganze Nation beim Sehen eines Videos, in dem ich mit einem erfolglosen Musiker vögelte …!

Absurd, dass gerade mir das passierte. Und das, wo ich immer so höllisch aufpasste. Bis auf dieses Mal. Aber was war mit der Vertraulichkeitserklärung? Ich telefonierte mit Kristín, sie sollte sich mit meinem Anwalt in Verbindung setzen und mich dann anrufen. Sie teilte mir außerdem mit, dass Tristan heute bei ihr angerufen und gekündigt habe. Sie solle mir von ihm ausrichten, er sei nicht käuflich und habe meine Spende nicht nötig.

Ach, nein? Das sah aber ganz anders aus.

Ich war nicht nur wütend. Ich kochte vor Wut. Ich lief im Zug hin und her und die anderen Passagiere der ersten Klasse musterten mich neugierig. Es interessierte mich nicht. Als es mir zu dumm wurde, schrie ich einen ganz besonders aufdringlich stierenden Mann an: „Fuck off, man, don't you have anything better to do than watching me?"

Ich atmete tief durch und setzte mich wieder auf meinen Platz. Es nützte mir ja auch nichts, wenn ich fremde Menschen beleidigte. Ich schüttelte erneut den Kopf, stützte die Ellbogen auf den Tisch und legte den Kopf in meine Hände. Ich kannte Island gut genug. Innerhalb des heutigen Tages würde jede einzelne Zeitung einige Zeilen online über diesen Artikel hinzudichten. Am Ende war ich mit Tristan verlobt und mein „Imperium" aufgelöst.

Fuck.

Der Anwalt rief mich zurück und teilte mir mit, dass meine Chancen nur mittelmäßig bis schlecht seien. Der Text enthielt keine direkten Aussagen von Tristan und die Bilder konnten tatsächlich rein zufällig aufgenommen worden sein.

Rein zufällig? Bestimmt nicht.

Aber es schien, dass Tristan schlauer war, als ich ihm zugetraut hatte. Ich war wütend, verletzt und maßlos enttäuscht. Das würde mir nie wieder passieren.

Meine Lust auf Frankreich war vergangen und ich ließ die Maschine noch am selben Abend den Rückflug nach Reykjavík antreten. Gabríel versuchte, mich zu beruhigen, aber ich schnitt ihm das Wort ab und verbot ihm, über dieses Thema zu sprechen. Er kannte mich und wusste, wann man mich besser in Ruhe ließ. Als guter Freund hielt er sich daran.

Ich war es gewohnt, in den Nachrichten zu sein. Aber dieses Mal war es anders. Üblicherweise drehten sich die Berichte um mein Geschäftsleben, denn mein Privatleben war sonst wenig ergiebig für die Klatschspalten. Da war diese Story ein gefundenes Fressen für die Idioten von der Presse. Im Kontrast zu meiner Stimmung zeigte sich der isländische Sommer an diesem Donnerstag von seiner schönsten Seite. Strahlend blauer Himmel, Sonnenschein und spiegelglatte See. Ich gab mich, als wäre es ein Arbeitstag wie jeder andere, aber in mir sah es finster aus. Meine Mitarbeiter gingen mir so weit wie möglich aus dem Weg. Niemand wagte es, mich auf die Sache anzusprechen, nachdem ich Steingrímur bei offener Tür zur Sau gemacht hatte, als er mir zur Begrüßung aus seinem Büro heraus mit einer Ausgabe des Seð og heyrt zugewunken hatte.

Hauptsächlich hatte ich noch immer an meiner Fehleinschätzung zu knabbern und rang innerlich damit, ob ich Tristan zur Rede stellen sollte oder nicht. Ich konnte mich nicht entscheiden. Außerdem fürchtete ich, dass ich handgreiflich werden würde, sollte mir dieses Arschloch unter die Augen kommen. Das machte man nicht mit Lilja Ósk Stefánsdóttir! Am Nachmittag hatte ich bereits eine ganze Tafel Schokolade intus und hätte ohne Weiteres eine Schachtel Pralinen nachschieben können.

Der Tag war und blieb beschissen. Dank meiner lieben Schulfreundin Dagný hatte ich am Abend auch noch ein Date mit dem Amerikaner. Dummerweise hatte ich in einem Zustand der geistigen Umnebelung zugestimmt, ihm ein paar Sehenswürdigkeiten Reykjaviks zu zeigen. Und das musste natürlich unbedingt heute stattfinden. Manchmal blieb einem nichts erspart. Zu allem Überfluss hatten wir auch noch einen Brand auf einem unserer Trawler, der durch einen unachtsamen Mitarbeiter entstanden war. Hatte ich es nur mit Vollidioten zu tun? Der Schaden war noch nicht komplett beziffert, aber es war klar, dass dieses Fangschiff für die kommenden Wochen nicht zur Verfügung stehen würde. Und das in der Hochsaison! Hatten sich alle gegen mich verschworen? Ich brauchte dringend mehr Zucker. Ich schiss auf die Vorsätze und beschloss, mir etwas zu gönnen.

Normalerweise würde ich Kristín schicken, aber ich musste mir selbst die Füße vertreten und etwas frische Luft schnappen. Ich zog meinen Blazer über und ging eine kleine Runde bis zum nächsten Kaffitár. Möhrentorte und Vanilla Latte würden meine Stimmung garantiert aufhellen. Ich setzte mich mit meiner Kalorienbombe an einen der Tische vor dem Café in die Sonne und eine praktische, überdimensionale Prada-Sonnenbrille schützte meine Augen und gab mir ein gewisses Gefühl der Anonymität.

Ich verschluckte mich an einem Krümel, als ich Tristan direkt auf mich zukommen sah. Er hatte mich noch nicht gesehen und ich wollte in diesem Café auch keine Szene machen. Aufmerksamkeit bekam ich derzeit genug. Und wer wusste schon, wo der nächste Paparazzo lauerte. Das waren zu viele Zufälle in der letzten Zeit. Was aber machte er hier?

Als er auf Höhe meines Tisches war, brach es aus mir heraus:

„Verfolgst du mich?“

„Was?“, Tristan blinzelte gegen die Sonne und hob eine Hand, um seine Augen abzuschirmen: „Ach, du bist es.“

Seine Stimme klang nicht sonderlich erfreut.

„Ja, ich bin es. Sonst hast du nichts zu sagen?“

„Lilja. Geht's noch?“

„Schrei hier nicht so rum. Geht es auch etwas leiser?“

Tristan schaute mich entgeistert an und setzte sich auf den Stuhl neben mir. „Was willst du? Ich habe nichts getan. Als ich aufgewacht bin, warst du weg und hast mir ungefähr dreißigtausend Kronen auf dem Tisch gelassen. Ich habe dir gesagt, ich bin kein Callboy. Das war das Letzte!“

Er wirkte aufgebracht und hatte Mühe, seine Stimme zu kontrollieren. Dabei hatte ich ihm nur den Gegenwert für seinen Pullover geben wollen – und nicht ihn für den Sex bezahlen. Eine Ader trat an seinem Hals hervor. Ich fand sein Auftreten glaubhaft. Aber ich hatte mich ja schon einmal in ihm getäuscht.

„Und mit den Bildern hast du sicher auch nichts zu tun? Und hier im Café kommst du auch rein zufällig vorbei?“

Er seufzte und fuhr sich durch die zerzausten Haare. Er war nicht rasiert und die kurzen Bartstoppeln glänzten in der Sonne.

„Ich arbeite hier. Meine Schicht fängt gleich an. Willst du mir das verbieten? Und nein. Ich habe nichts mit den Bildern zu tun.“

„Ach, ja? Und wieso hab ich dich hier noch nie gesehen?“

Okay. Punkt für ihn. Normalerweise schickte ich Kristín los, um meine Sünden zu besorgen.

Er winkte ab und stand auf.

„Du hast einen Knall. Die Leute haben doch recht mit dem, was sie über dich sagen, eiskalt und selbstverliebt. Ich habe mich wohl in dir getäuscht. Mach´s gut, Lilja."

Damit ließ er mich stehen und zur Abwechslung war ich diejenige, die wie ein Fisch auf dem Trockenen nach Luft schnappte. Meine Lust auf Kuchen war vergangen und ich eilte wutentbrannt davon. Ich musste mich dringend abreagieren und lief noch einige Runden um den Block. Zum Glück hatte ich heute Loafers und keine Pumps an. Was für eine ätzende Situation, und dieser Arsch leugnete es auch noch?

Er hätte Schauspieler werden sollen und nicht Musiker. Mann!

Als ich ins Büro zurückkehrte, war ich immer noch auf hundertachtzig. Und in zehn Minuten hatte ich die nächste Telefonkonferenz. Heute war ein Tag, den ich besser aus dem Kalender gestrichen hätte.

Aber auch dieser Tag sollte zu Ende gehen. Gegen zwanzig Uhr packte ich meine Sachen und machte mich auf den Nachhauseweg. Brandschaden, privates Desaster, Zeitungsartikel. Mein Kopf rauchte und ich wollte nur noch meine Ruhe. Ich stellte den Cayenne in der Tiefgarage ab und fuhr mit dem Lift nach oben. Hoffentlich hatte meine Haushälterin heute keinen Gemüsefraß vorbereitet. Das konnte ich nicht auch noch ertragen. Glücklicherweise erwartete mich Schellfisch mit Kartoffeln und Erbsen. Dazu öffnete ich eine Flasche Chablis und nach dem ersten Schluck atmete ich tief durch. Meine Schultern waren schrecklich verspannt und ich war unglaublich müde. Ich kickte die Schuhe von meinen Füßen und genoss das Gefühl, barfuß auf den kühlen Steinfliesen in der Küche zu stehen. Für heute hatte ich genug Trubel und ich verzichtete auf Fernsehen oder Radio, sondern legte eine CD ein. Ich drehte die Bang & Olufsen-Anlage auf und verspeiste mein Abendessen. Ob es die Nachbarn störte, war mir scheißegal, schließlich gehörte mir das Gebäude. Wenn es denen nicht passte, sollten sie doch ausziehen. Die Lautsprecher hatten genügend Leistungsfähigkeit, um eine Turnhalle zu beschallen, und ich reizte ihre Kapazität voll aus. Es beruhigte meine Nerven, dass die Musik meine Gedanken überspielte. Evanescence war genau das, was ich brauchte! Nicht mehr ganz neu, die Scheibe, aber für Tage wie diese immer wieder gut. Nach dem Essen tigerte ich unruhig durch meine Wohnung und ging mit einem Glas Weißwein in den Wintergarten. Das Wetter war herrlich. Ich schnappte mir einige Fachmagazine und ließ mich auf das weiße Rattansofa fallen.

Dort stolperte ich über die Ankleboots, die ich am Samstagmorgen ausgezogen hatte. Meine Haushälterin hatte wohl vergessen, hier aufzuräumen. Erinnerungen an die heiße Nacht kamen in mir hoch. Im gleichen Moment ärgerte ich mich, dass ich so dumm gewesen war, auf das abgekartete Spiel reinzufallen. Seinen beschissenen Pullover wollte ich hier auch nicht mehr haben. Den sollte Kristín ihm morgen zukommen lassen. Wenn er schon keinen Anstand hatte, wahrte ich wenigstens Stil! Es gelang mir nicht, mich auf die Magazine zu konzentrieren, also warf ich sie achtlos zur Seite. Ich seufzte und nahm noch einen Schluck Weißwein. Ätzende Situation. Es sah mir nicht ähnlich, dass mich derartige Ereignisse so aus dem Konzept brachten. War vielleicht einfach nur etwas zu viel im Moment. Stress im Büro, die Sache mit Tristan und dann noch der miese Artikel in der Seð og heyrt. Wie sollte man sich da auf die aktuelle Diskussion über Kabeljauquoten konzentrieren? Völlig unmöglich.

Ich schaute auf meine Armbanduhr und der Amerikaner fiel mir siedend heiß wieder ein – er wartete sicher schon auf mich in seinem Hotel. Lustlos stand ich auf, griff mir einen legeren Chanel-Strick und eilte zum Auto.

Eine halbe Stunde später saß ich mit einem attraktiven, dunkelhaarigen Mann Mitte dreißig im Perlan, einem bekannten Restaurant, das sich dreht, womit man die ganze Stadt im Rundblick betrachten konnte. Wider Erwarten war der Abend ganz amüsant und ich genoss den kleinen Flirt. Er lenkte mich tatsächlich ein wenig von den Ereignissen der letzten Tage ab. Zur Sicherheit speicherte ich seine Handynummer. Wenn es mich überkam, würde ich mich noch einmal bei ihm melden. Sein Körper sah zumindest vielversprechend durchtrainiert aus, soweit ich das erkennen konnte. Peinlicherweise hatte ich in der ganzen Hektik seinen Namen vergessen. Ich bat ihn daher, ihn zu buchstabieren.

„D – A – N. Es reicht aber, wenn du mich Dan nennst“, sagte er mit seiner warmen Stimme und dem weichen amerikanischen Akzent. Humor hatte er. Ich spürte, wie ich rot wurde, viel zu vergessen war da wirklich nicht dran. Diese Art von Blamage war vermeidbar. Wir zogen noch in zwei Clubs, aber seine Einladung, zum Abschluss einen Whisky in seinem Hotel zu trinken, lehnte ich ab. Nicht dass ich Bedenken gehabt hätte, mit Dan ins Bett zu gehen, sein Humor, seine Manieren und nicht zuletzt sein Aussehen waren durchaus verlockend. Aber ich war zu mitgenommen von den Ereignissen. Daher vertröstete ich ihn auf ein weiteres Treffen und verschwand gegen halb zwei nach Hause.

Am nächsten Morgen fühlte ich mich wie gerädert. In der Nacht hatte ich mich stundenlang schlaflos im Bett hin und her gewälzt. Nach einer ausgiebigen Dusche fühlte ich mich etwas besser, aber meine Laune war immer noch weit unter dem Nullpunkt. Vielleicht sollte ich mir einen Tag Auszeit nehmen und für ein verlängertes Wochenende in mein Sommerhaus nach Akureyri fahren. Ja, das war eine gute Idee. Dort ging mir keiner auf den Zeiger! Ich packte einige Freizeitklamotten in eine kleine

Vuitton-Reisetasche und meine Stimmung besserte sich ein wenig. Das würde mir gut tun, raus aus dem Dunst der isländischen Hauptstadt. Telefonieren konnte ich von dort aus und Internetzugang hatte mein Haus selbstverständlich auch. Sommerhaus war auch fast das falsche Wort für das Anwesen im Norden Islands. Eine Villa im Bauhausstil mit 15000-qm-Grundstück, vier Badezimmern, Schwimmbad und acht Schlafzimmern sowie einem großen Wohnraum mit offenem Kamin.

Gleich nach dem heutigen Board-Meeting würde ich losfahren. Die vierstündige Autofahrt zog ich ausnahmsweise meinem Privatjet vor, das würde mehr Distanz zu meinem derzeit nervigen Alltag herstellen. Außerdem würde man meine Maschine am Flughafen in Akureyri erkennen und es wäre ein offenes Geheimnis, dass ich gerade vor Ort weilte. Darauf hatte ich keine Lust. Eigentlich war ich am Abend mit Gabríel verabredet, das musste ich verschieben, was mir leid tat, aber er war es gewohnt – hatte ich seiner Meinung nach doch ständig etwas, was dazwischenkam. Ich schrieb ihm eine SMS, dass ich mich sofort melden würde, wenn ich wieder zurück war. Wie ich ihn kannte, war er erst mal sauer, würde sich aber spätestens morgen beruhigt haben.

Deutlich beschwingter steuerte ich meinen Cayenne Richtung Büro. Im Aufzug fiel mir ein, dass ich Tristans Pullover im Wagen vergessen hatte, wollte aber nicht noch einmal umdrehen und deswegen zu spät kommen. Auf einen Tag früher oder später kam es sowieso nicht an. Und eigentlich wäre es sowieso angebracht gewesen, den Scheiß-Pullover zu verbrennen! Die letzten beiden Tage hatte ich keine Zeitungen aufgeschlagen, ich hatte einfach keine Lust mehr, den Schund und die wilden Spekulationen über mein Privatleben zu lesen.

Die Zeit bis zum Nachmittag verging wie im Flug, Telefonkonferenzen, Personalgespräche und das Board-Meeting. Ich wollte gerade zusammenpacken, als ich einen Anruf erhielt. Ein alter Freund meines Vaters aus dem Ministerium. Er wollte mir einen Wink geben.

Nach dem Gespräch musste ich mich kurz setzen. Das war so irreal. Konnte das möglich sein? Er meinte, dass es ihn den Kopf kosten würde, sollten meine Telefone bereits jetzt abgehört werden, er wäre es mir und meinen Eltern aber schuldig, mich zu warnen.

Fuck.

Fuck. Fuck. Fuck.

Mein Herz schlug mir bis zum Hals. Ich war wie vor den Kopf geschlagen.

„Okay, Lilja, denk nach!“, versuchte ich mich zusammenzureißen.

Es gab Hinweise, dass die Seðlabanki, die isländische Nationalbank und

Aufsichtsbehörde, es nun auf mich abgesehen hatte. Angeblich gab es Beweise, dass ich vor einigen Jahren in Insiderhandel involviert gewesen sei.

So ein Bullshit!

Ich mochte eine knallharte Geschäftsfrau sein, aber meine Erfolge basierten nicht auf Betrug und Aktivitäten außerhalb des gesetzlichen Rahmens. Ich wurde wütend und überlegte fieberhaft, wie ich mit der Situation klarkommen konnte. Auf gar keinen Fall würde ich mich von denen in Untersuchungshaft werfen lassen! Ich packte meine Unterlagen zusammen und rief Kristín in mein Büro. Nachdem ich ihr die Situation kurz dargestellt hatte, gab ich ihr Anweisungen für die kommenden Tage. Ich wollte untertauchen, ihr aber keine Details hinterlassen, so musste sie nicht für mich lügen oder noch schlimmer, mich verraten. Weil ich wusste, dass ich Kristín zu hundert Prozent vertrauen konnte, vereinbarten wir, über zwei neu anzulegende Hotmail-Accounts zu kommunizieren. Ich machte ihr aber deutlich, dass wahrscheinlich auch ihr Telefon angezapft werden würde, ebenso wie ihr PC.

Was für eine heikle Situation. Kommunikation ging nur im Notfall, obwohl das hier ein einziger Notfall war, also nur Nachrichtenaustausch im Notfall im Notfall!

Nachdem sie mich fest umarmt hatte, verließ ich mein Büro. Mein Notebook nahm ich selbstverständlich mit, ansonsten konnten die Idioten alles haben. Ich hatte nichts zu verbergen und ich hoffte, dass diese verdammte Untersuchung nur wenige Tage dauern würde. Und ich wollte mir das Ganze unter gar keinen Umständen aus dem Gefängnis heraus ansehen.

Ich setzte mich in meinen Cayenne und fuhr los. Ich war schon fast aus Reykjavík heraus, als mir einfiel, dass ich Gabríel bereits darüber informiert hatte, wohin ich fahren würde. Nach Akureyri konnte ich also nicht mehr, sonst würde ich in vier Stunden von freundlichen Beamten empfangen werden.

Scheiße! Ich fühle mich wie eine Kriminelle! So schnell kann es gehen.

Ich musste mir zügig etwas überlegen, fuhr ziellos weiter und grübelte über meine Situation. Mein Auto würde sicherlich in die Fahndung gehen, wenn sie mich nicht in der Firma oder in meiner Wohnung antreffen konnten. In ein Hotel konnte ich unter fremdem Namen einchecken, aber womit sollte ich bezahlen? Meine Kreditkarten konnte ich ja schlecht benutzen, dann konnte ich mich auch gleich stellen. Wie absurd! Ich hatte nichts Unrechtes getan! Ich hasste diese Machtspiele in Island. Irgendjemandem hatte es offensichtlich nicht gefallen, wie erfolgreich meine Firma und damit ich war. Ich war nicht die Erste, der etwas Derartiges passierte. Die drei von der letzten Woche hatten höchstwahrscheinlich auch keine hochkriminellen Akte begangen. Ich beschloss, mir so viel Bargeld wie möglich aus dem Bankomaten zu holen und anschließend meine Karten nicht mehr zu verwenden. Aber das löste noch nicht mein Problem, wo ich hingehen konnte. Gabríel wollte ich da keinesfalls mit reinziehen. Bei ihm konnte ich also nicht aufschlagen. Seine geschäftliche Existenz wäre mehr als gefährdet, wenn er mich in dieser Situation decken würde.

Jesus Maria!

Konnte es noch schlimmer kommen?

Das war mir im Moment unvorstellbar, aber man sollte ja bekanntlich niemals nie sagen. Ich fuhr noch eine Weile ziellos umher und mein Telefon klingelte ein paar Mal. Ich schaltete es kurzerhand aus. Wohin konnte man gehen, wenn man nicht gefunden werden wollte? Von der Insel kam ich nicht runter und wollte es auch gar nicht. Nach einer überstürzten Flucht ins Ausland durfte es nicht aussehen. Alles würde sich nach einigen Tagen aufklären, und mit einer Flucht würde ich den Behörden doch nur bestätigen, dass ich etwas verbrochen hatte. Ich schüttelte zum hundertsten Mal den Kopf, immer noch ungläubig und fassungslos. Meine Hände krampften sich ums Lenkrad und die Fingerknöchel traten weiß hervor.

Ich war schon über zwei Stunden unterwegs und hatte immer noch keine Lösung gefunden. Daher beschloss ich, mir etwas zu essen zu holen – mit einer Mahlzeit im Bauch konnte man besser denken. Ich fuhr in den Drive-in und holte mir einen Cheeseburger mit Pommes und Coke, fuhr weiter bis zum Leuchtturm in Seltjarnarnes und parkte den Wagen zwischen den vielen Touristen. Dort stieg ich aus und aß mein Luxusmenu im Sonnenschein. Eigentlich ein wunderschöner Tag, nur erschien mir alles so unwirklich. Ich fühlte mich nackt, ohne mein Handy. Betrogen und allein. Immerhin regnete es nicht, Glück im Unglück. Aber ich wollte es nicht beschreien, das Wetter konnte ziemlich schnell umschlagen; Regen würde mir jetzt noch fehlen. Wo sollte ich schlafen – im Auto?

Ich fürchtete, dass mich dann das Klopfen der Polizei an der Scheibe wecken würde.

Es war zum Aus-der-Haut-fahren!

Ich musste mir dringend etwas einfallen lassen. In jedem Fall musste ich das Outfit wechseln. Mit meinem Hosenanzug und den Pumps sah jeder auf den ersten Blick, dass ich keine Touristin war. Ich fuhr zur nächsten Tankstelle und zog mich dort in der Toilette um. Wie demütigend – in so einem Drecksloch! Zum Glück hatte ich die Reisetasche im Auto. Tristans Pullover stopfte ich noch hinein, vielleicht brauchte ich den heute Nacht. Dann wäre er wenigstens zu etwas nutze.

Ich schüttelte den Kopf, als würde das etwas an meiner Situation ändern. Beim Blick in den Spiegel starrten mir zwei große Augen aus einem blassen Gesicht entgegen. Die Situation kam mir vor wie in einem schlechten, sehr schlechten Film. Vielleicht kam gleich jemand um die Ecke und schrie „versteckte Kamera"?

Schön wäre es gewesen.

Ich fuhr in den Hafenbereich und stellte den Porsche auf dem Parkplatz vor einigen Restaurants ab, buckelte meine paar Habseligkeiten und ließ mich in einer Filiale des Kaffitár nieder. Was sollte ich bestellen? Ich hatte noch knapp hundertfünfzigtausend Kronen, also den Wert von 1000 Euro, in der Tasche, der Automat hatte nicht mehr als das ausgespuckt, und ich wusste nicht, wie lange ich damit auskommen musste. Ich begnügte mich daher mit einem Cappuccino und verkroch mich in eine ruhige Ecke. Meine Haare hatte ich mir zurückgebunden und mit dem breiten Buff-Kopfband sah ich tatsächlich aus wie eine Touristin. Hier würde man mich bestimmt nicht gleich suchen. Aber übernachten konnte ich hier auch nicht. Ich loggte mich ins Internet ein und suchte nach einer Schlafgelegenheit.

Ich fluchte auf die Touristen.

Alles voll!

Die Bed & Breakfasts und Hostels waren natürlich ausgebucht. Restlos. Die Zeit verstrich und ich fand keine Lösung. Im Hilton waren noch Zimmer frei, aber sie kosteten fünfundvierzigtausend Kronen pro Nacht. Hatte ich eine Wahl? Ich würde bestimmt nicht im Auto schlafen und unter einer Brücke schon gar nicht. So tief war ich noch nicht gesunken. In meinem Aufzug würde man mich bestimmt auch nicht erkennen, lief ich sonst doch nur in den teuersten Designerfetzen durch die Stadt. Outdoor war für Akureyri gedacht. Ich musste lachen. Das Ganze war so absurd, abartig und unglaublich. Irreal! Gestern hatte ich noch Probleme, weil mir jemand eine Affäre mit einem unbekannten Musiker andichten wollte, und heute stand mein ganzes Leben auf dem Kopf! Ich und Insiderhandel? Wer sich den Schwachsinn ausgedacht hatte, sollte sich in Acht nehmen. Ich hatte Kristín Instruktionen hinterlassen, meinen Anwalt und Wirtschaftsprüfer über die Lage zu informieren, damit die Herren sich vorbereiten konnten. Je eher die Sache vom Tisch war, desto besser.

„Heeeey, Lilja. So nice to see you. How are you?"

Mein Herz setzte eine Sekunde aus. Als ich von meinem Computer aufblickte, sah ich Dan auf mich zukommen. Musste er so schreien?

„Hi, Dan! So nice to meet you again. How are youuu?", entgegnete ich in gesenktem Tonfall und bemühte mich um ein Lächeln. Hoffentlich kam er jetzt nicht auf die dumme Idee, dass ich mich hier stundenlang um ihn kümmern konnte. Es war zwar schade, aber zur Not musste ich ihn direkt abweisen. Er blieb vor meinem Tisch stehen und erklärte mir in seinem sanften Amerikanisch:

„Ich will nur kurz einen Kaffee holen und treffe auf eine entzückende junge Dame, wenn das mal nicht Bestimmung ist, was?"

„Ha, ha. Ja, auf jeden Fall."

Ich klappte den Bildschirm etwas nach unten, so dass Dan nicht sehen konnte, dass ich auf Zimmersuche war.

„Oh, sorry. Du bist beschäftigt! Ich wollte dich nicht stören."

„Nein, natürlich störst du mich nicht, ich hab nur ehrlich gesagt ein paar Sachen hier fertig zu machen. Kann ich dich später anrufen? Dann zeige ich dir ein bisschen mehr vom schönen Reykjavík. Das würde ich wirklich gerne tun."

Ich versuchte, einen möglichst koketten Blick aufzulegen, und strahlte ihn an.

„Ja, natürlich, Dear. Ich lass dich in Ruhe arbeiten und warte geduldig auf den Anruf einer schönen Lady."

„Danke, Dan. Du hörst von mir!"

„Bis dann."

„Jau, bis später."

Damit verließ Dan das Café und ich atmete auf. Das hätte auch schiefgehen können, wenn zum Beispiel statt Dan ein durstiger Polizist hereingekommen wäre. Ein Grund mehr, schnellstens abzuhauen. Da meine Suche nach einer Unterkunft erfolglos geblieben war, klappte ich das Notebook endgültig zusammen.

Wohin sollte ich gehen? Über Geld für ein Hotel dachte ich im Normalfall gar nicht nach, aber jetzt? Ich war der letzte Gast und das Mädchen hinter dem Tresen gab mir zu verstehen, dass sie allmählich schließen wollten. Ich raffte mein Hab und Gut zusammen und verließ meinen Platz. In den Nachrichten gab es noch keine Informationen über meinen Fall, aber ich beschloss, das Risiko mit meinem Auto nicht einzugehen. Hätte ich einen Range Rover gehabt, wäre die Lage anders gewesen, davon fuhren unzählige durch Reykjavíks Straßen, aber mein Auto war hier eher ein Exot. Hätte ich mal bei James Bond besser aufgepasst. Der klaute sich einfach einen Wagen, wenn er es nötig hatte … Humor, alles was ich derzeit noch hatte. Ich schlenderte am Wasser entlang und ließ mich schließlich auf einer Parkbank nieder. Mittlerweile war es schon kurz vor Mitternacht, aber was sollte ich tun. Ich war müde, entsetzt und irgendwie … planlos. Es fröstelte mich und ich war dankbar, dass ich Tristans Pullover noch in der Tasche hatte.

Meine erste Nacht als Penner! Großartig. Und ich hatte nicht mal Alkohol, um mich zu besaufen. Ich würde eine schlechte Obdachlose abgeben. Bereits jetzt kotzte es mich an. Dafür würde jemand büßen müssen. Aber vorerst musste ich sehen, wie ich klarkam. Die Touristen wurden weniger und es wurde ruhig rund um meine Parkbank. Ich kuschelte mich in den Pullover und starrte aufs Wasser. Wie friedlich. Wie beschissen.

Ich wurde durch ein Rütteln geweckt.

Was? Wo war ich? Aua.

Ich blinzelte und öffnete die Augen. Mein Nacken schmerzte und mir tat jeder Knochen im Körper weh.

„Lilja?"

Auch das noch!

Ich blickte in die grünen Augen von Tristan.

Reykjavík war einfach ein Dorf!

„Was willst du?"

„Also, das könnte ich ja eher dich fragen. Was machst du hier mitten in der Nacht? Mit meinem Pullover? Sehnsucht?"

„Jesus, du bist so ein selbstgefälliges Arschloch."

Er grinste mich an und ich stand auf. Meine Lendenwirbelsäule war komplett steif und ich hatte Probleme, gerade zu stehen.

Scheiße!

„Nenn mich Tristan."

„Verfolgst du mich, oder was?"

„Das könnte ich wohl eher dich fragen. Und nachdem du dich so schön in meinem Pullover eingekuschelt hast, könnte man meinen, du verzehrst dich nach mir."

Ich atmete hörbar aus und schüttelte den Kopf. Der hatte mir gerade noch gefehlt.

„Warum schläfst du hier draußen, Lilja? Hast du deine Schlüssel verloren? Du hast doch sicher Lakaien, die dir die Tür öffnen können." Er klang spöttisch. Ich war zu erschöpft, um mich darüber aufzuregen.

„Schön wär's. Aber ich wüsste nicht, was dich das angeht."

„Entschuldigung. Willst du einen Drink? Ich kenne eine Bar ganz in der Nähe."

Woher dieser plötzliche Umschwung?

„Nein."

„Du bist aber widerspenstig heute."

„Halt die Klappe und lass mich in Ruhe."

„Ei, ei. Da hat aber jemand schlechte Laune."

„Und, stell dir mal vor, du bist ausnahmsweise nicht der Grund dafür. Also hau ab und lass mich in Frieden."

„Alles klar. Ich wollte nur höflich sein. Willst du meinen Pullover noch behalten?"

Er verschränkte die Arme vor der Brust und musterte mich. Er machte sich über mich lustig.

Ich musste eine schöne Figur abgeben. Lose Strähnen wehten mir ums Gesicht, mein Mascara war höchstwahrscheinlich in alle Himmelsrichtungen verlaufen und mit den Trekkingschuhen sah ich sicherlich aus wie ein Dorftrampel. Ich zählte innerlich bis zehn, um nicht zu explodieren und zog den Pullover aus.

„Du kannst deinen beschissenen Lopapeysa [Lopape-isa] wiederhaben. Der stinkt sowieso. Und jetzt verpiss dich."

Es fröstelte mich, aber das hätte ich nicht mal unter Folterandrohungen zugegeben.

„Bist du sicher?"

Ich drehte mich um und lief mit meiner Luis-Vuitton-Tasche und meinem Rucksack, in dem sich mein Notebook befand, davon. Auf der gottverdammten Parkbank wollte ich sowieso nicht bleiben. Ich stapfte ziellos weiter, bis ich schnelle Schritte hinter mir hörte. Eine Hand legte sich auf meine Schulter.

„Irgendwas stimmt doch nicht bei dir", stellte er stirnrunzelnd fest.

„Als ob dich das interessieren würde, du Verräter. Hast du ein hübsches Sümmchen bekommen für die Bilder?"

„Lilja, du spinnst. Ich habe es dir doch gesagt, ich habe damit nichts zu tun!"

„Wer's glaubt! Aber ob du es glauben magst oder nicht, du bist derzeit mein kleinstes Problem."

„Wo willst du denn hin und was ist überhaupt los?"

„Geht dich einen Scheiß an!"

„Warte doch mal! Du kannst doch nicht die ganze Nacht hier alleine rumlaufen ..."

„Und ob."

Ich hatte auch keine Lust, die ganze Nacht draußen zu verbringen, aber Tristan war die letzte Person auf Erden, mit der ich jetzt was zu tun haben wollte. Gleich danach kam der Chef der Nationalbank.

Er hielt mich fest und baute sich vor mir auf.

„Dann lass mich wenigstens deine Tasche tragen. Die passt gar nicht zu deinem Outfit." Er grinste schon wieder. Was wollte er denn noch von mir; hatte er nicht alles bekommen?

„Willst du mich beklauen?"

Er lachte laut: „Lilja, du bist einmalig."

Ich runzelte die Stirn und meine Fassade bröckelte. Dieser Tag war einfach die Krönung gewesen, meine Nerven lagen blank.

Nicht heulen. Nicht heulen. Nicht heulen.

Ich schluckte und spürte das Pipi in meinen Augen. Wie ich es hasste! Ich blickte schnell auf den Boden und einzelne Tränen tropften auf den

Asphalt. Ich zählte erneut bis zehn und atmete tief durch, blickte in seine grünen Augen und schrie ihn an. „Was weißt du schon!“ Wütend lief ich weiter. Ich wollte nicht weinen, aber ich konnte es nicht verhindern. Es war, als wäre ein Damm gebrochen. Tristan kam hinterher und stoppte mich erneut. Er nahm mir die Tasche und den Rucksack ab und nahm mich in den Arm.

„Ich hasse es, wenn ihr Frauen heult. Ich halte das nicht aus.“

Ich sträubte mich gegen seine Umarmung und funkelte ihn an: „Ich habe dich nicht um deine Gesellschaft gebeten.“

Nachdem ich mich aus seiner Umarmung freigekämpft hatte, schaffte ich es, die Tränen zu stoppen.

„Komm schon. Einen Drink. Danach kannst du wieder auf deine Parkbank gehen.“

Ich seufzte. Gab er denn nie auf?

„Also gut. Einen Drink. Du zahlst.“

„Was sind denn das für neue Töne! Aber mit Vergnügen – dann komm.“

Er wollte meine Tasche aufheben, aber ich kam ihm zuvor: „Das kann ich schon selbst. Besten Dank.“

„Wie Prinzessin Lilja wünschen.“

Ich rollte mit den Augen und ließ es unkommentiert. Was sollte ich davon halten? Warum war er so hartnäckig? Und wo war diese Bar?

Zehn Minuten später schloss er seine Haustür auf und ließ mir den Vortritt.

„Ich wusste gar nicht, dass du auch Barbesitzer bist.“

Mir war klar, dass ich extrem miesepetrig rüberkam, aber genauso fühlte ich mich und ich hatte keine Lust einen auf Friede, Freude, Eierkuchen zu machen.

„Ich bin sehr vielseitig. Drinks mixen gehört zu meinen besonderen Spezialitäten.“ Tristan ließ sich von meiner schlechten Laune nicht anstecken und lächelte mich an. Er hatte sich die letzten Tage offensichtlich nicht rasiert und sah mit dem Drei-Tage-Bart ziemlich verwegen aus. Der cremefarbene Pullover zur ausgewaschenen Jeans komplettierte seinen Look. Er sah wirklich verdammt gut aus.

Ich seufzte und ging voran: „Ich hoffe du hast was Starkes da, das kann ich heute gebrauchen.“

Wieso war ich überhaupt mitgekommen?

Weil ich keine Wahl hatte, wie ich mir selbst eingestehen musste. Parkbank oder das hier. Tatsache!

Er öffnete die Wohnungstür und ließ mich abermals vorangehen. Ich stellte meine beiden Taschen ab und zog meine Schuhe wortlos aus. Ich redete mir ein, dass ich einfach nur müde war und dass ein Waffenstillstand vielleicht nicht das Dümmste wäre. Im Moment war das hier meine einzige

Alternative.

„Was kann ich dir anbieten?"

„Hast du Whisky?"

Er zögerte und hob eine Augenbraue: „So schlimm?"

„Hab ich dir doch gesagt."

„Okay. Was hältst du von Macallan Fine Oak, 17 Jahre alt?" Er blickte mich aufmerksam an.

„Kein schlechter Tropfen. Das sollte helfen."

„Super. On the rocks? Soda?"

„Natürlich nicht. Ich werde mir doch das gute Tröpfchen nicht verwässern." Ich musste zum ersten Mal seit längerem lachen. Ich folgte Tristan mit meinem Blick und beobachtete ihn, wie er zwei Gläser aus dem Schrank holte und eine halb leere Flasche des schottischen Whiskys vom Regal nahm. Im Moment konnte alles nur halb leer, nicht halb voll sein. Er goss einen guten Schuss in jedes Glas und drehte seinen Kopf in meine Richtung.

„Setz dich. Oder willst du dort anwachsen?"

Erst jetzt wurde mir bewusst, dass ich mich keinen Zentimeter vom Eingang wegbewegt hatte, seit wir die Wohnung betreten hatten. Viel zu bewegen gab es auch nicht, die Zwei–Zimmer-Wohnung war nicht besonders geräumig. Ich ging zum Sofa und ließ mich fallen. Die Sitzfedern federten nicht mehr und ich bildete mir ein, dass eine Staubwolke in die Luft gewirbelt wurde, als ich mich hineinsinken ließ. Nicht mehr das neueste Modell, hier hatte sich wahrscheinlich der Dreck der letzten zwanzig Jahre eingenistet. Tristan besaß genug Taktgefühl, um mir nicht zu nahe zu kommen, und nahm sich einen Stuhl vom Esstisch. Zu viel Nähe hätte ich jetzt einfach nicht ertragen. Das Sofa war sehr klein und wir wären quasi wie Sardinen in der Dose aneinandergequetscht worden. Er reichte mir ein Glas und prostete mir zu.

„Cheers."

„Danke."

Ich nahm einen Schluck und genoss es, den goldbraunen Whisky durch meine Kehle rinnen zu lassen. Es brannte ein wenig und nach kurzer Zeit breitete sich Wärme in meinem Bauch aus. Ich schloss für einen Moment die Augen und roch am Glas. Ich stellte mir vor, ich säße in einer schicken Bar und mein Leben wäre wieder in Ordnung. Als ich die Lider nach einigen Sekunden wieder öffnete, blickte ich in Tristans grüne Augen.

„Was ist los, Lilja?"

In meinem Bauch flatterte es. Die Wirkung des Whiskys schien heute stärker zu sein als gewöhnlich.

„Nichts", antwortete ich.

Er lachte: „Dieses Nichts kenne ich. Wenn eine Frau nichts sagt, dann ist üblicherweise die Kacke am Dampfen!"

Ich verzog die Lippen zu einem ironischen Grinsen und trank mein Glas in einem Zug aus: „Noch einen. Bitte!"

Tristan stand wortlos auf und holte die Flasche. Er warf die Zeitungen, Magazine und Bücher vom Sofatisch und stellte die Flasche auf dem kleinen, quadratischen Holztisch ab.

„Bedien dich." Er drehte sein Glas in der Hand und schien damit beschäftigt zu sein, die Farbe des Macallan zu beurteilen.

„Wie kommt es, dass du Whisky trinkst? Ich meine, ist nicht gerade das Lieblingsgetränk der meisten Frauen."

„Ich bin nicht wie die meisten Frauen."

„Das habe ich schon bemerkt. Aber trotzdem."

„Keine Ahnung. Ich mag den rauchigen, intensiven Geschmack und das leichte Brennen, nachdem man einen Schluck getrunken hat. Feuerwasser eben. Aber mein Vater nahm mich oft mit zu Veranstaltungen und in Clubs, ich glaube, vielleicht wollte ich ihm damit näher sein. Ich bilde mir ein, das verband uns. Nicht der Alkohol, ach, ist schwer zu beschreiben."

„Nein, nein. Ich verstehe schon. Glaube ich jedenfalls."

„Tja. Das Leben ist kein Kindergeburtstag."

„Nein. Meist nicht."

Wir schwiegen eine Weile und ich überlegte, was ich tun sollte. Meine Wahlmöglichkeiten hatten sich innerhalb der letzten zwanzig Minuten nicht groß verändert. Hopp oder Top. Ich straffte meine Schultern und atmete tief durch.

„Hattest du etwas mit dem Zeitungsartikel zu tun?"

Er spannte seinen Körper merklich an und seine Miene verfinsterte sich. „Meine Fresse, Lilja! Ich habe es dir gesagt, noch einmal und hoffentlich das letzte Mal: Nein! Ich sollte dich jetzt eigentlich rausschmeißen."

„Dann mach das doch." Ich reckte mein Kinn trotzig nach vorne. Ich hatte keine Angst.

Er seufzte und fuhr sich durch die zerzausten Haare.

„Warum bist du hier, Lilja?"

„Gute Frage. Nächste Frage."

Er schüttelte den Kopf und lachte.

„Was ist so lustig?"

„Du. Ich habe noch nie jemanden wie dich getroffen."

Ich hob eine Augenbraue und legte den Kopf schief.

Warum wollte er jetzt schleimen?

„Willst Du mich wieder flachlegen, oder warum sollte ich mitkommen?"

Er grinste und trank einen Schluck, bevor er antwortete: „Gute Idee. Was hältst du davon?"

„Vergiss es." Ich brachte mich wieder in eine bequemere Position auf dem Sofa:

„Hör zu, Tristan. Ich weiß nicht, ob ich dir vertrauen kann. Das sind schon ziemlich merkwürdige Zufälle gewesen, wie häufig wir uns begegnen, die Bilder und so weiter und so fort."

Er blickte an die Decke: „Gott sende Lilja ein Zeichen! Tristan ist unschuldig!"

Ich kicherte, obwohl ich das gar nicht wollte. Der Whisky hatte mich benebelt.

Tristan reichte mir die Hand: „Waffenstillstand?"

Ich überlegte kurz und reichte ihm meine rechte Hand und drückte kräftig: „Okay."

Seine Hand war warm, kräftig und seine Haut fühlte sich trocken und samtig an. Mein Herz schlug schneller und mir wurde warm, sehr warm. Unsere Blicke trafen sich und ich vergaß für einen Moment zu atmen. Die Luft knisterte zwischen uns, aber viel zu schnell entzog er mir seine Hand und räusperte sich.

„So. Und bevor wir übereinander herfallen, habe ich noch ein paar Fragen."

Ich versuchte meine Gedanken zu ordnen und meinen Körper wieder auf Normaltemperatur zu bringen: „Bin ich hier bei der Inquisition?"

„Nicht ganz, aber fast. Also – was ist los?"

Ich seufzte und, um Zeit zu gewinnen, richtete ich meine Haare. Es hatten sich einige Strähnen gelöst, die ich zurück in geordnetere Bahnen brachte.

„Ehrlich gesagt, weiß ich das selbst noch nicht so genau. Fakt ist, ich habe ernstere Probleme als dich."

„Wie enttäuschend. Ich hatte gehofft, die Sehnsucht nach mir hätte dich mit meinem Pullover auf die Parkbank getrieben."

„Eingebildet bist du ja gar nicht."

„Ein wenig." Wir grinsten beide und ich fühlte mich wohler. Der Whisky hatte mich etwas gelockert. Mein zweites Glas war leer und Tristan schenkte uns beiden nach.

„Du willst mich betrunken und damit gefügig machen."

„Vielleicht. Vielleicht auch nicht. Wir haben noch eine Rechnung offen."

„Haben wir?"

„Jepps."

Ich fragte mich, wie er diese Rechnung begleichen wollte, und mir kamen ziemlich unzüchtige Lösungsvorschläge in den Sinn.

Ich riss mich gewaltsam zusammen. Ich hatte wirklich andere Sorgen, als hier mit dem Troubadour zu flirten.

„Kann ich heute hier übernachten?"

Seine Augen weiteten sich und ich sah ein belustigtes Funkeln darin: „Aber sicher doch. Komm in meine Arme!"

„So nicht. Zwischen uns wird nichts laufen. Ich brauche eine

Übernachtungsmöglichkeit."

„Und das Hilton hat geschlossen, oder was?"

„Schmeißt du mich raus?" Ich versteifte mich. Das war ja klar. Erst tat er so scheiß freundlich und dann …!

„Bleib locker. Das war ein Scherz. Erst sagst du mir, was los ist, und dann sehen wir weiter."

„Das ist Erpressung."

„Nenn es, wie du willst."

„Pfff. Woher weiß ich, dass ich dir vertrauen kann?"

Sein Blick wurde ernst: „Das musst du selbst entscheiden. Aber so lange ich nicht weiß, was los ist, kannst du nicht hierbleiben."

Ich stellte das Glas ab und stand auf. Das war zu viel. Ich war wütend und funkelte ihn an: „Du bist so ein selbstgefälliges Arschloch. Ich bin nicht auf dich angewiesen und in dieser Pissbude will ich sowieso nicht bleiben. Das ist unter meiner Würde."

„Aha."

„Was, aha?"

„Wenn dir meine Pissbude nicht zusagt, kleine Prinzessin, es zwingt dich niemand hierzubleiben." Er lehnte sich belustigt zurück und trank einen Schluck. Ich kochte vor Wut und zog meine Schuhe an. Was dachte der sich eigentlich? Da schlief ich doch lieber auf der Straße. Oder im Hilton. Ich würde morgen eine andere Lösung finden. Ganz bestimmt. Ich spürte seinen Blick im Rücken, hatte aber keine Lust mehr auf weitere Diskussionen. Ich hätte es wissen müssen. Ungeschickt schnürte ich meine Trekkingschuhe zu und packte meine beiden Taschen.

„Wie, und meinen Lopapeysa willst du wieder mitnehmen?"

Er machte sich lustig über mich. Sollte er doch. Mir egal.

„Ich dachte das Geld wäre ausreichend gewesen."

„Wie jetzt. Und ich dachte, die Kohle war für meine Liebesdienste ..."

„Touché. Dann behalt deinen stinkenden Scheißpullover. Erstick dran!"

Ich schnappte meine Taschen und stürmte aus seiner Wohnung. Der Boden schwankte gefährlich unter meinen Füßen, aber ich schaffte es ohne zu stürzen nach unten. Wutentbrannt lief ich den Laugavegur entlang. Gut, dass seine Bruchbude zentral lag. Ich lief zum Hilton und buchte mich unter Anne Smith ein. Es bewährte sich einmal mehr, dass ich in Cambridge studiert hatte. Mein Englisch war nahezu perfekt und ich konnte die Ausländerin glaubhaft spielen. Ich war relativ sicher, dass mich so niemand als Lilja Ósk Stefánsdóttir identifizieren konnte. Offiziell war ich ja auch noch gar nicht an den Pranger gestellt.

Als ich die Zimmertür hinter mir verriegelt hatte, ließ ich mich mit dem Rücken an der Tür entlang auf den Boden gleiten. Ich blieb eine Weile sitzen und stützte meinen Kopf in den Händen ab. Was war nur los? Womit hatte ich das verdient?

„Reiß dich zusammen, Lilja!", sprach ich mir Mut zu. Ich war stärker als die!

Schließlich raffte ich mich auf. Ich ging ins Bad, entkleidete mich und machte mich bettfertig. Vielleicht würde sich morgen ja alles aufklären. Das hoffte ich zumindest immer noch. Mein letzter Gedanke, bevor ich einschlief, galt Tristan.

Arschloch!

8

Reykjavík

Ich blinzelte. Wo war ich?

Ach ja. Hotel.

Fuck.

Es war leider kein schlechter Traum gewesen. Mein Kopf schmerzte und die Angst vor dem heutigen Tag lauerte in jeder Ecke. Ich brachte es nicht über mich, mich in diesem Zustand damit zu befassen, daher ging ich ins Badezimmer und drehte das Wasser auf. Nach einer heißen Dusche würde ich eher in der Lage sein, mich der Realität zu stellen.

Sie tat zwar gut, aber ich beschloss, bis nach dem Frühstück mit der Konfrontation zu warten. Da ich nicht das Risiko eingehen wollte, dass mich im Hotel doch jemand erkannte, lief ich zum kleinen Supermarkt um die Ecke und kaufte mir die heutigen Tageszeitungen, etwas zu trinken und einige Snacks. Ich ahnte, dass ich die meiste Zeit auf meinem Zimmer verbringen würde und sorgte lieber vor. Im Zimmer zurück las ich den mich betreffenden Artikel im Morgunblaðid, der Tageszeitung Islands.

„Lilja Ósk Stefánsdóttir in Insiderhandel verwickelt?

Von der Börse in den Knast!

Hat die Milliardenerbin des Megakonzerns Fiskvís ihren Erfolg dem Insiderhandel mit Technologieaktien zu verdanken? Ist es möglich, dass der Erfolg seit ihrer Übernahme im Jahr 2008 nicht auf harter Arbeit sondern Betrug beruht? 25 Millionen Euro soll die Tochter des verstorbenen Firmengründers durch unlautere Machenschaften am Gesetzgeber vorbeigeschleust und einkassiert haben. Die Seðlabanki hat eine offizielle Untersuchung eingeleitet und die Büros des Hauptsitzes und der Tochtergesellschaften werden ab heute überprüft. Quellen berichten, dass …“

Mir wurde übel. Ich kämpfte mich durch den Artikel und die beiden anderen Zeitungen. Ein Desaster. Ein Alptraum. Ich schäumte vor Wut. Wie war so etwas möglich, in einem demokratischen Land? Woher hatten die derartige Zahlen? Unfassbar. Unfair. Unglaublich. Ich drehte eine Runde nach der anderen in meinem 25 qm großen Einzelzimmer und dachte fieberhaft nach, was ich tun konnte, um meine Ehre zu retten. Aber es musste sich alles aufklären! Wie lange konnte das dauern? Mein Bargeld reichte für zwei weitere Nächte in diesem Hotel. Mir rauchte der Kopf. Die nächsten Stunden verbrachte ich in Schockstarre vor dem Fernseher, mit meinem Notebook und dem Internet. Wie fies Menschen sein konnten. Ich las unter den Artikeln unglaublich gemeine Kommentare, die mich bis ins Mark trafen. Alle waren boshaft, machten keinen Hehl aus ihrer Häme und waren im selben Ton abgefasst:

„Geschieht ihr nur recht, der verzogenen Schickse!"

„Hoffentlich verrottet sie im Knast!"

„War doch klar, dass die Dreck am Stecken hat, wahrscheinlich hat sie noch viel mehr beiseitegeschafft."

„Ich wünsche ihr die Pest an den Hals, wir kleinen Leute müssen es ausbaden!"

„Hochmut kommt vor dem Fall. Bei Wasser und Brot sollte man sie halten."

Und dergleichen mehr.

Es war mir klar, dass man sich als erfolgreicher Mensch nicht nur Freunde auf dem Planeten schuf, aber derartige Hasstiraden hätte ich nicht erwartet. Ich verließ das Hotelzimmer nicht und verkroch mich im Kingsize-Bett. Der Fernseher lief ununterbrochen bis zum nächsten Morgen. Es folgten neue Meldungen, die über mein Verschwinden berichteten. Ein klares Schuldeingeständnis für viele meiner Landsmänner und -frauen. Es gab kaum jemanden, der auf meiner Seite stand. Die Lage war klar, die Nation hatte einen neuen Sündenbock gefunden. Mich. Ich schaffte in diesen endlosen Stunden nicht mehr als den Weg vom Bett zur Toilette und wieder zurück. Wofür auch? Mein Leben war am Ende. Was würden meine Eltern dazu sagen? Ich dankte Gott, dass sie das nicht mehr erleben mussten. Ich fühlte mich einsam. Alleine. Schwach. Zum ersten Mal in meinem Leben wusste ich nicht mehr weiter.

Den Tod meiner Eltern hatte ich verkraftet, dagegen konnte ich nicht rebellieren. Das Schicksal schlug zwar mit aller Kraft zu, aber ich konnte es akzeptieren. Menschen starben, manche viel zu früh, wie meine Eltern. Ich vermisste sie, aber ich kam damit klar, ich lernte damit umzugehen. Ich war schon immer ein starkes Kind gewesen und auf einen Schlag war ich nicht nur erwachsen, nein, ich war auch Herrscherin über ein Imperium, das in der Krise steckte. Ich konzentrierte mich mit jeder Zelle meines Körpers darauf, das Lebenswerk meines Vaters zu retten. Ich wollte nicht wie viele andere Unternehmen in der Kreppa, der Finanzkrise, untergehen. Ich hatte es geschafft. Ein blühendes Unternehmen mit einer gesunden Bilanz und einer rosigen Zukunft. Und dann das! Wie war das möglich? Ich fasste es auch am zweiten Tag noch nicht. Wie konnte man aus dem Nichts eine solche Story kreieren? Wer konnte das tun? Wer hasste mich so sehr, dass man eine derartige Manipulation zustande brachte? Womöglich hatten diese Wichte auch Beweise gefälscht und ich wurde am Ende offiziell verurteilt? Das erschütterte meinen Sinn für Gerechtigkeit. Das konnte doch nicht sein. Ich war als Chefin hart und unnachgiebig, aber bis zum heutigen Tage hatte ich immer fair gespielt.

Am dritten Morgen kam noch ein weiteres Problem dazu. Ich musste das sichere Hotelzimmer verlassen. Aber wohin sollte ich gehen? Ich hatte nach dem Begleichen der Rechnung und nach meinen Einkäufen noch isländische Kronen im Wert von etwa 50 Euro. Nicht viel, da unklar war, wie viele Tage ich davon leben musste.

Ein letzter Blick in den Spiegel meines Hotelzimmers und dann stellte ich mich der Realität da draußen. Ich sah schlecht aus. Mein Gesicht war eingefallen, dunkle Ringe lagen unter meinen Augen und meine Haut war grau. Aber es interessierte mich nicht. Ich suchte Sonnenbrille und Buff, band meine Locken zu einem Knoten im Nacken zusammen und zahlte meine Schulden an der Rezeption. Ich hätte auch davonlaufen können und die Rechnung prellen, aber so stillos wollte ich selbst im dunkelsten Kapitel meines Lebens nicht sein.

Selbst der Wettergott war mir nicht gnädig gestimmt, der isländische Sommer zeigte sich von seiner übelsten Seite. Regen und kalter Wind peitschten mir entgegen, als ich das Hotel durch die große Drehtür mit den chromfarbenen Griffen verließ. Schnell zog ich meine Regenjacke über und lief ziellos durch Reykjavík. Mein Kopf war leer und ich war immer noch im Schock. Ohne es zu merken fand ich mich irgendwann auf „meiner" Parkbank am Wasser wieder. Ein paar einzelne Touristen und Jogger passierten mich. Eigentlich hätte ich mich bei Dan melden sollen, aber dazu hatte ich nicht die geringste Lust und mir war es auch herzlich egal, ob er es als unhöflich empfinden würde, ich hatte weiß Gott größere Sorgen. Es war nicht viel los bei dem Wetter. Das kam mir gelegen. Gleichzeitig war mir schrecklich kalt und ich zitterte. Da ich nicht wusste, wo ich hingehen sollte, blieb ich einfach sitzen. Ich zog die Beine an und versuchte so, warm zu bleiben. Nur, wie lange konnte ich das durchhalten? Lieber würde ich sterben, als mich den Behörden zu stellen. Vielleicht sollte ich mich einfach umbringen, mein Schicksal schien ja sowieso besiegelt.

Aber eine Stimme in meinem Kopf rebellierte gegen das Selbstmitleid. „Lilja, kämpfe!“, forderte sie mich auf. „Du hast immer gekämpft, du kannst jetzt nicht aufgeben“. Also blieb ich sitzen. Redete mir ein, dass es nicht so kalt sei, wie es sich anfühlte, und hoffte auf ein Wunder.

„Ist das dein neues Zuhause?“

Oh. Nein. Er war wie ein Geschwür, den wurde ich anscheinend nie los.

„Hau ab. Was geht dich das an? Verfolgst du mich immer noch?“

Tristan trug Sportkleidung und er war komplett nass.

„Das könnte ich dich genauso gut fragen – verfolgst du mich?“

„Ich sitze hier schon länger.“

„Wo warst du?“

„Was geht dich das an?“

„Lilja. Ich meine es nur gut mit dir. Du zitterst ja!“

Er legte einen Arm um mich, und ich spürte, wie meine Mauer Risse bekam. Er war so warm und stark und ich so alleine. Mit schwächer werdendem Protest versuchte ich ihn loszuwerden: „Lass mich los. Ich komme gut zurecht.“

Er hielt mich fester.

„Das sieht man. Komm mit und wärm dich auf.“

„Nein.“

„Gott, du bist aber ein Sturkopf. Entweder du gehst freiwillig mit oder ich nehme dich wie einen Kartoffelsack Huckepack. Das würde sicher viel Aufsehen erregen und ich glaube nicht, dass du das möchtest. Selbst ich lese Zeitung.“

Ich seufzte. Es waren immer noch zu viele Zufälle in der letzten Zeit. Aber etwas Wärme und eine Pause vom Regen würden mir gut tun.

„Also schön.“

„Du kommst freiwillig mit in meine Pissbude?“

„Meine Güte. Give me a break!”

„Okay. Dann komm.“

Wir gingen schweigend nebeneinander her und ich protestierte nicht, als er mir Tasche und Rucksack abnahm.

In seiner Wohnung setzte er Wasser auf.

„Tee?“

„Ja, danke.“

Ich zog Schuhe und Jacke aus. Meine Hose war nass, aber ich hatte nichts Passendes zum Wechseln. Die Hose meines Hosenanzuges konnte ich ja schlecht zum karierten North-Face-Hemd tragen. Ich stand und wartete, weil ich das Sofa nicht nass machen wollte.

„Was ist los. Setz dich hin.“

„Ich bin nass.“

„Oh. Hast du nichts anderes?“

„Nein.“

Ich war zu erschöpft, um zu diskutieren.

„Herrgott, Lilja. Du siehst echt übel aus. Warte. Ich hol dir eine Jogginghose von mir."

Er lief ins Schlafzimmer und warf mir eine graue, ausgeleierte Jogginghose und seinen Lopapeysa zu.

„Hier, den stinkenden Pulli kannst du auch anziehen, er wird dich wärmen." Er zwinkerte mir aufmunternd zu, aber ich reagierte nicht. Zum Umziehen ging ich ins Badezimmer und wusch mir Hände und Gesicht. Als ich zurückkehrte, standen zwei Tassen mit dampfendem Tee auf dem kleinen Esstisch. Dazu hatte er Cracker und Käse gestellt.

„Wann hast du das letzte Mal etwas Ordentliches gegessen?"

Ich zuckte mit den Schultern und setzte mich.

„Ich bin unschuldig."

„Das ist mir egal."

„Mir aber nicht. Ich habe nichts Derartiges getan."

„Okay."

„Okay?"

„Ich glaube dir."

Ich schaute von meiner Tasse in seine ernsten, grünen Augen. Sein Blick traf mich ins Mark. Mag sein, dass ich besonders empfindlich war nach dem Horror der letzten Tage, aber in diesem Moment war ich glücklich. Es bedeutete mir viel, dass er mir glaubte, wo ich alles gegeben hatte, ihn zu verletzen, bevor ich am Mittwoch abgehauen war.

Ich schluckte und spürte Tränen in mir aufsteigen, aber ich wollte nicht weinen.

Ich atmete tief durch.

„Jetzt heul bloß nicht."

Ich riss die Augen auf und sah, dass er es ernst meinte. Er sah panisch aus. Ich lachte und Tränen tropften auf den Tisch. „Zu spät. Sorry."

„Jetzt iss erst mal was. Wer hätte gedacht, dass du so schnell in meine Pissbude zurückkehrst." Er knuffte mich und versuchte die Situation damit aufzulockern. Ich nahm es dankbar an, froh über die Ablenkung: „Ja, wer hätte das gedacht. Und dein Pulli stinkt gar nicht mehr so schlimm." Ich grinste ihn schief an und er wischte mir eine Träne aus dem Gesicht. Seine Finger waren warm und trocken und sein Daumen strich noch einmal über meine Wange, bevor er die Hand zurückzog. Ich atmete tief durch und schloss für einen Moment die Augen. Es fühlte sich gut an.

„Wie geht es jetzt weiter?", fragte er.

„Ich habe keine Ahnung. Ich dachte, es würde sich nach ein paar Tagen aufklären, aber irgendwie …"

„Wo warst du überhaupt?"

„Im Hotel."

„Und wieso jetzt nicht mehr?"

„Mein Geld ist alle."

„Aha. Verstehe. Und jetzt?"

„Weiß ich nicht."

„Du könntest hierbleiben."

„Könnte ich?"

„Du müsstest für deinen Unterhalt natürlich arbeiten …"

„Du Schwein."

„Na, so doch nicht. Obwohl …" Er grinste und zwinkerte mir zu. „Eigentlich hatte ich eher an Hausarbeit, Kochen usw. gedacht."

„Wie bitte?"

„Putzen, waschen, Essen zubereiten? Sagt dir das was?"

„Kannst du das nicht selbst?"

„Eigentlich schon, aber jetzt bist du ja da."

„Du meinst das ernst oder?"

„Jepps."

„Hallo? Ich habe 6000 Angestellte. Ich putze doch nicht. Und kochen kann ich schon mal gar nicht."

„Dann wirst du es lernen müssen, jedenfalls solange du mein, äh, Gast bist. Oder du gehst mit mir ins Bett. Kannst du dir aussuchen." Jetzt grinste er bis über beide Ohren und blickte mich erwartungsvoll an.

„Ach du Scheiße. Dann koche ich lieber. Bist du selbst schuld. Du wirst es nicht mögen."

Er spielte den Beleidigten: „Ich dachte, der Sex mit mir hat dir gefallen!"

„Hast du gedacht. Aha. Ich ziehe kochen vor! Und putzen. Jawohl!" Ich schmunzelte. Es war schön. Die Erinnerung an die Nacht mit ihm ließ mich erröten, ich spürte es an der Hitze in meinen Wangen. Aber meine labile Psyche hätte eine Vertiefung der körperlichen Beziehung mit Tristan bestimmt nicht gut verkraftet. Ich wollte das auch gar nicht, redete ich mir ein.

„Gut, Lilja. Ich muss gleich arbeiten. Meine Schicht fängt an. Du kommst klar hier?"

„Ich denke schon." Die lockere Stimmung war verflogen, ich hatte Angst. Konnte ich ihm wirklich vertrauen?

„Tristan?"

„Ja." Er war aufgestanden und begann sich auszuziehen. Warum machte er das? Was hatte er vor?

„Kann ich dir vertrauen?"

Er stand mit nacktem Oberkörper vor mir und ich konnte die Wärme seines verschwitzen Körpers spüren. Er roch nach frischem Schweiß und Spuren von Seife. Mein Herz schlug schneller und mein Atem beschleunigte sich. Tristan beugte sich zu mir herunter, strich mir die Haare aus dem Gesicht und folgte der Spur seiner Hände mit seinem Mund und seiner Zunge. Ich erschauerte.

„Können diese Lippen lügen?“ Er trat einen Schritt zurück und seine grünen Augen durchbohrten mich mit einer unglaublichen Intensität.

War es Verlangen, was ich darin sah?

„Ich gehe mich abkühlen! Und dann verdiene ich unser Geld, Weib. Du musst mir schon vertrauen, sonst wird das nichts.“

Ich lachte. Ich hatte keine andere Wahl. Meine Alternativen waren bis auf die letzte alle gleichermaßen beschissen: Ich konnte mich stellen, in meine Wohnung zurückkehren und mich finden lassen. Er konnte mich verpfeifen oder mir helfen, mich zu verstecken.

Ich hörte das Wasser der Dusche aus dem Badezimmer und erinnerte mich an die Nacht mit Tristan am vergangenen Samstag. War es wirklich erst eine Woche her? Es kam mir wie Jahre vor. Hoffentlich hielt er, was er mir versprochen hatte. Letzte Zweifel blieben, auch nachdem er gegangen war. Ich setzte mich vor den Fernseher und zappte durch das Programm. Ich kam mir nutzlos vor. Wann wollte er wiederkommen? Was sollte ich die nächsten Tage tun? Ich tigerte durch die Wohnung und fand keine Zerstreuung. Kochen konnte ich nicht. Ich probierte es mit lesen, konnte mich aber nicht konzentrieren. Immer wieder sprang ich auf, versucht, aus der Wohnung zu fliehen und mir zumindest körperliche Erleichterung durch einen Spaziergang zu verschaffen. Aber ich hatte keinen Schlüssel, um zurück in Tristans Wohnung zu gelangen, also blieb ich und drehte weitere Runden um den Esstisch.

Es war spät, als ich hörte, wie sich die Tür öffnete. Mein Herz begann zu klopfen.

„Du bist ja noch wach!“

Ich saß auf dem Sofa und stöberte in einem Buch, das ich auf dem Stapel vor dem Couchtisch gefunden hatte.

„Hallo. Ja ich bin noch wach. Vom Nichtstun wird man ja nicht müde.“

„Wie, du hast nichts getan? Die Wohnung ist doch groß genug!“ Er grinste, als er seine Schuhe auszog und zum Kühlschrank lief.

„Gekocht hast du auch nicht für mich, Weib?“

„Nein.“

„Ich sehe schon. Es wird dauern, bis ich dich erzogen habe.“

„Ja, ja.“ Wir lachten beide und er warf mir ein Bier und ein Feuerzeug zu.

„Dann zeig mal, was du kannst.“

„Meine leichteste Übung.“ Ich öffnete die Flasche gekonnt und erntete einen anerkennenden Blick von Tristan.

„Respekt. In dir schlummern doch noch unerkannte Talente.“

„Ja. Wer weiß, womit ich in Zukunft mein Geld verdienen muss.“ Ich zuckte mit den Schultern und nahm einen Schluck.

„Was gibt es Neues?"

„Sag du es mir, du warst in der Welt da draußen."

„Nicht viel, würde ich sagen."

„Aha."

Meine Hoffnung, dass sich die Angelegenheit von alleine erledigen würde, schwand langsam dahin. Weder von meinem Anwalt noch vom Steuerberater hatte ich irgendwelche Neuigkeiten. Sie hatten die Instruktion erhalten, sich nur zu melden, wenn es in die eine oder andere Richtung vorwärts ging. Es war zu riskant für alle, mit mir in Verbindung zu treten.

„Aber ich habe schlechte Nachrichten."

Mein Herz setzte einen Schlag aus. Hatte er mich doch verraten? Was hatten sie ihm dieses Mal geboten? Wie dumm konnte ich sein?

Ich wollte vom Sofa aufspringen, aber er hielt mich fest.

„Nicht das, Lilja. Ich habe dir gesagt, du kannst auf mich zählen. Jetzt bin ich aber enttäuscht von dir." Er machte eine theatralische Pause und fuhr dann fort: „Ich muss nach Akureyri. Mein Onkel ist beim Einreiten eines Jungpferdes gestürzt und liegt jetzt im Krankenhaus. Er hat mich gebeten, solange, wie er ausfällt, seinen Hof zu versorgen."

„Oh."

„Und da du ja offensichtlich mit Putzen und Kochen noch nicht erfahren bist, dachte ich mir, dass du mir helfen könntest, die Tiere zu versorgen und den Hof in Schuss zu halten."

„Nicht dein Ernst!" Ich starrte ihn mit offenem Mund an.

„Und ob. Wir fahren morgen früh."

„Vergiss es."

„Was hast du sonst für Alternativen? Hier verhungerst du nach einer Woche."

„Du bist echt ein Arsch. Als ob meine Lage nicht schon beschissen genug wäre. Ich hasse Pferde!"

„Das ist nicht so schlimm. Er hat auch einen Hund."

„Du liebe Zeit. Muss das sein?"

Er grinste und trank genüsslich einen Schluck aus der Bierflasche.

Ich seufzte und ließ mich zurücksinken. Da saßen wir auf dem kleinen, staubigen Sofa und nuckelten jeder an seiner Flasche. Er saß ganz dicht bei mir, so dass sich unsere Oberschenkel berührten.

„Ich habe noch ein Problem."

„Was?"

„Außer der Hose und dem Hemd habe ich nichts zum Anziehen."

„Frauen! Habt ihr sonst keine Sorgen?"

„Nein, im Ernst. Ich war darauf nicht eingestellt. Wer plant schon für einen Komplott gegen sich im Voraus?"

Er seufzte.

„Ich habe ja noch das Geld von dir. Davon kannst du dir was kaufen.

Kaum eingezogen, ziehst du mir schon das Geld aus der Tasche. Du Schlitzohr! So sind sie die Frauen.“ Er lachte und ich boxte ihn in die Seite.

„Was kann ich von dem Geld wohl kaufen? Wird ja nicht besonders groß werden, die Ausbeute!“

„Äh, hallo? Davon kaufe ich dir einen ganzen Kleiderschrank voll.“

„Ach, ja. Wie soll das gehen? Im Normalfall bekomme ich dafür mal eben einen String und BH von La Perla.“

Er betrachtete mich und seine Augen funkelten.

„Keine schlechte Idee, das Zeug steht dir sicher hervorragend. Aber fürs Erste ist Luxus gestrichen. Zeig mal her, was du trägst.“ Er zog am Bund der alten Jogginghose und erhaschte einen Blick auf mein schwarzes Spitzenhöschen. Ich schlug ihm auf die Finger und schubste ihn zurück.

„Geht's noch?“

„War nur ein Blick für die Erinnerung, denn in den nächsten Tagen wirst du dich mit etwas Bodenständigerem begnügen müssen.“

Ich seufzte. Ich hatte keine Ahnung, wie das aussehen sollte.

„Wie? Wo?“

„Mann, Lilja. Bei Hagkaup [Hagkäup] kann man alles relativ günstig kaufen. In welcher Snobwelt lebst du eigentlich? Ach, ich vergaß …“

Hagkaup? Einem Supermarkt? O Gott! Wie tief würde ich noch sinken.

Tristan verdrehte die Augen und stand vom Sofa auf.

„Tut mir leid. Aber für gewöhnlich kaufe ich meine Kleidung in Paris und nicht im Einzelhandel.“

„Zeiten ändern sich.“

„Ja. Offensichtlich.“ Ich starrte auf den Bildschirm, war mit meinen Gedanken aber ganz woanders. Plötzlich fühlte ich mich furchtbar kraftlos und erschöpft.

„Wo kann ich schlafen?“

„In meinem Bett ist noch ein Plätzchen frei.“ Tristan versuchte, mich mit einem Lächeln zu überzeugen, aber ich ging nicht darauf ein.

„Lieber nicht.“

„Dann bleibt dir noch das Sofa.“

„Super.“

Ich seufzte und ließ die Schultern hängen.

Tristan lief ins Schlafzimmer und kam mit einer Decke und einem Kissen wieder.

„Bitte. Ich denke, das Sofa wird nicht sonderlich bequem sein, aber frieren sollst du zumindest nicht. Schlaf gut. Ich bin auch müde.“

„Danke. Gute Nacht.“

Er drehte sich um und schloss die Schlafzimmertür hinter sich. Was hatte ich jetzt schon wieder verbrochen? Ich atmete langsam und laut aus und fuhr mir mit den Händen durch die Haare. Dann bereitete ich mir mein Nachtlager und versuchte, meine Gedanken von den Millionen von Milben, die im Polster leben mussten, abzulenken, und hoffte, dass es nur Milben und keine schlimmeren Parasiten waren.

9

Reykjavík

Was für eine Nacht. Ich fühlte mich, als hätte sich jeder Knochen in meinem Körper gegen mich verschworen. Meine Schultermuskeln waren hart wie Beton und meine Beine fühlten sich an wie Blei. Ich schaute auf die Uhr am Fernseher und sah, dass es erst 5:30 Uhr war. Viel zu früh! Aber an weiterschlafen war nicht zu denken. Bloß runter von dem Sofa.

Autsch!

Ich lief ins Badezimmer und überlegte, ob ich mir ein Bad genehmigen sollte. Nach genauerem Hinsehen änderte ich meine Meinung. Das gesamte Badezimmer vermisste offensichtlich schon länger die A10fmerksamkeit einer reinigenden Hand und die Badewanne hatte dunkle Dreckränder. Ich schüttelte mich und entschied, dass eine Dusche ausreichen musste. Komisch – beim letzten Mal hatte mich das Badezimmer nicht im Geringsten gestört, aber da hatte ich ja auch meine volle Aufmerksamkeit auf etwas beziehungsweise jemand anderes gerichtet. Ich stieg in die Dusche, ließ das heiße Wasser über meine verspannten Muskeln laufen und schloss die Augen. Für einen Moment konnte ich mir vorstellen, mein Leben sei wieder in Ordnung. Aber sobald ich die Augen öffnete, war ich zurück in der Realität.

Wo hatte er saubere Handtücher? Auf den ersten Blick gab es keine und ich ärgerte mich, dass ich das nicht, bevor ich komplett nass war, gecheckt hatte. Es blieb mir nichts anderes übrig und ich nahm das Handtuch, das am Waschbecken in Griffweite hing. Ich ignorierte die dunklen Stellen und verbot mir Überlegungen dazu, wie lange dieses Handtuch wohl dort hing und wie oft es für welche Trocknungsvorgänge benutzt worden war.

Puh, wo war ich hier nur gelandet? Aber immer noch besser als auf der Parkbank zu leben.

Natürlich hatte Tristan auch keinen Fön in seinem Luxusbad und ich musste meine dunklen Locken so trocknen lassen. Ich zog erneut die Kleidungsstücke an, die er mir gestern gegeben hatte, und stopfte meine eigenen Sachen in die Waschmaschine. Mein Magen knurrte und ich bewegte mich leise, um Tristan nicht aufzuwecken, Richtung Kochecke. Ich suchte nach etwas Essbarem. Der Kühlschrank bot nicht viel und überwiegend war zweifelhaft, ob man das überhaupt noch essen konnte, was er da vorrätig hatte.

Da es schwer war, sich mit Kaffee zu vergiften, setzte ich schließlich davon eine Kanne auf. Besser als nichts. Dabei knabberte ich ein paar Cracker und grübelte vor mich hin. Was würde dieser Tag bringen? Wie lange konnte das alles dauern? Konnten die, wer auch immer mich in diese Lage gebracht hatte, damit durchkommen? Ich konnte und wollte das nicht glauben. Mein Gerechtigkeitssinn sagte mir, dass das in einem Land wie Island nicht möglich war. Ich klammerte mich an diesen Gedanken und das Blubbern der alten Kaffeemaschine beruhigte meine Nerven. Einige Minuten später war der Kaffee durchgelaufen und ich setzte mich mit einem dampfenden Becher an den kleinen Esstisch. Die komplette Einrichtung bestand aus den merkwürdigsten Möbelstücken. Es sah aus wie aus den sechziger oder siebziger Jahren. Original. Wären die Teile besser gepflegt gewesen, sauber und in einer anderen Umgebung, hätte man fast meinen können, das wäre Absicht und damit fast schon wieder cool. Aber so wirkte es schlicht wie die Wohnung eines Menschen, der weder Geld hatte noch Wert darauf legte, ein schönes Zuhause zu haben. Tristan besaß eine Menge Bücher, die fein säuberlich im Regal neben seinen Instrumenten einsortiert waren. Dabei drehte sich fast alles um Musik, Sport oder die Natur Islands. Die akkurat geordneten Bücher passten irgendwie nicht ins Bild der Chaosbude.

Die Tür zu Tristans Zimmer öffnete sich und er tapste in meine Richtung. Dabei trug er nichts als eine karierte Boxershorts.

Heilige Maria!

Der hatte einen Körper, Mannomann! Kein Gramm Fett, Sixpack, breite Schultern, bronzefarbene Haut und schmale Hüften. Er lief zur Kaffeemaschine, schenkte sich eine Tasse ein und setzte sich an den Tisch.

„Guten Morgen.“ Dabei gähnte er und streckte sich ausgiebig.

„Guten Morgen. Hast du gut geschlafen in deinem großen, weichen Bett?“ Ich konnte es mir nicht verkneifen. Meine Laune war nicht die beste, nach der Nacht und den vergangenen Tagen.

Ein Lächeln huschte über sein Gesicht: „Ha. Ich hab es dir angeboten. Du wolltest doch nicht.“

„Nicht unter diesen Bedingungen.“

„Selber schuld.“ Er trank einen Schluck und starrte mich an, dabei lächelte er. Ich fühlte mich provoziert: „Was ist? Hab ich nen Pickel im Gesicht, oder was?"

„Nein. Ich finde du siehst großartig aus, in meinen Klamotten. Stehen dir ausgezeichnet. Wobei ... am besten wäre meiner Meinung nach komplett ohne. Das findet mein Freund hier auch."

Er zwinkerte mir zu, stand auf und lief Richtung Badezimmer. Dabei war nicht zu übersehen, wen oder was er mit „mein Freund" gemeint hatte. Ich schaute ihm mit offenem Mund nach und schüttelte den Kopf.

Der hatte ja echt irgendwie einen Schaden, der Typ.

Insgeheim fühlte ich mich aber geschmeichelt.

Zehn Minuten später kam er aus dem Badezimmer zurück, er hatte das Handtuch, das ich auch benutzt hatte, locker um die schmalen Hüften geschlungen. Ich schaffte es nicht, den Blick von seinem Astralkörper zu reißen und verfolgte seine geschmeidigen Bewegungen, als er in seinem Zimmer verschwand. Eigentlich wusste ich nichts über ihn. Bisher hatte ich mir nicht die Mühe gemacht nachzufragen. Zu meiner Schande musste ich mir selbst eingestehen, dass es mich bislang nicht interessiert hatte. Wie Tristan lebte, stieß mich ab. Ein Mensch mit zwei gesunden Händen konnte doch etwas Sinnvolles tun, um seinen Lebensunterhalt zu bestreiten, und musste nicht in einem Loch wie diesem hausen. Alles war dreckig, alt und schmuddelig. Das Eigenartige an der Sache war, dass ich fand, Tristan passte überhaupt nicht in diese Umgebung. Es war nur so ein Gefühl, aber wie er sich gab, seine Sprache, sein Verhalten ... Wahrscheinlich täuschte ich mich. Warum sollte er in so einem Loch leben, wenn er etwas Besseres haben konnte? Wer wäre so dumm?

Tristan sagte, er müsse noch einige Dinge erledigen, bevor wir abreisten. Ich bat ihn, ein paar Zeitungen zu besorgen, ich musste wissen, wie die aktuelle Lage war. Wen sollte ich sonst fragen? Außer ihm hatte ich niemanden. Ziemlich ernüchternde Situation für eine Frau wie mich, die sonst jeden nach ihrer Pfeife tanzen lassen konnte. Ich hasste es. Ich kochte jedes Mal innerlich bei dem Gedanken an diese Ungerechtigkeit. Ein Komplott gegen mich und mein Unternehmen. Ach, es war zum Mäuse melken!

Verdammt!

Rastlos tigerte ich erneut durch die Wohnung. Meine Wäsche hatte ich mittlerweile über die Heizkörper gehängt und diese voll aufgedreht. Einen Wäschetrockner gab es hier selbstverständlich nicht. Gegessen hatte ich seit Tagen auch so gut wie nichts und meine Laune war weit unter Null.

Nicht mal Schokolade gab es in dieser Bruchbude.

Wo blieb Tristan nur? Ich konnte es kaum erwarten, aus dem Loch hier zu verschwinden.

Es war bereits früher Nachmittag, als ich den Schlüssel im Türschloss hörte und Tristan mit ein paar Tüten beladen zurückkehrte.

„Hi."

„Hallo", antwortete ich vom Sofa aus. Meine Beine waren verschränkt und ich ließ mich vom Fernseher berieseln.

„Wie war dein Tag, Schatz?" Er grinste und zog sich die Schuhe aus.

„Er war toll. Ich hatte unglaublich viel zu tun und es ist so viel Spannendes passiert." Ich lächelte ihn ironisch an und veränderte meine Sitzposition.

„Das ist ja wunderbar. Sieh mal, ich war für dich einkaufen." Daher wehte der Wind. Er kam mit zwei roten Plastiktüten auf mich zu, die den Schriftzug von Hagkaup trugen. Ich rollte mit den Augen und sagte nichts. Eigentlich sollte ich ihm dankbar sein, das war mir klar. Aber ich konnte es nicht. Es war mir zuwider, billige Baumwollschlüpfer aus dem Supermarkt zu tragen, die irgendwo in Bangladesch von Kinderhänden zusammengenäht worden waren. Über das Design brauchten wir gar nicht erst sprechen. Derartige Massenware konnte doch nur beschissen aussehen.

Tristan breitete seine Einkäufe vor mir aus. Er hatte so ziemlich alle Basicteile, die man im Alltag benötigte, gekauft. T-Shirts, Socken, Unterhosen, ja sogar BHs, eine Jeans und Pullover. Grau, schwarz und weiß. Nichts Auffälliges, nichts Besonderes. Ich war ihm tatsächlich dankbar, dass er auf Glitzer und Pailletten oder billige Prints verzichtet hatte. Ich schielte auf die Größen. 38. Und die BHs hatte er in 80C gekauft. Woher wusste er das? Er konnte es unmöglich geschätzt haben. Oder? Ich runzelte die Stirn und war plötzlich verlegen. Das war ziemlich nett von ihm. Ich räusperte mich und presste ein „Danke" hervor. Im gleichen Atemzug quengelte ich: „Hast Du auch was zum Essen mitgebracht? Ich sterbe vor Hunger, in diesem Loch hier gibt es ja nichts."

Tristan setzte sich neben mich und sein Blick war unergründlich. Er seufzte und strich sich durchs Haar. „Pass auf, Lilja. Ich habe mir diese Situation nicht herbeigewünscht und ich kann mir auch nicht vorstellen, wie schlimm das für dich sein muss. Aber ich kann auch nichts dafür. Und ja. Ich habe etwas zu essen mitgebracht, hier ist ein Sandwich, Salat und ein Schokoriegel zum Dessert."

Ich schämte mich für mein Verhalten. Aber ich konnte nicht anders. Es ging mir schlecht und ich hatte nichts, wo ich Druck ablassen konnte. Oder doch, ich hatte mir Tristan als Ventil gesucht. Ich stand vom Sofa auf und packte den Inhalt der letzten Tüte aus, setzte mich an den Esstisch und begann wortlos zu Essen. Aber mein Appetit war verflogen.

War doch alles Mist.

Am liebsten hätte ich alles vom Tisch gefegt und geschrien, ja, lauthals gebrüllt und um mich geschlagen. Natürlich tat ich nichts dergleichen, sondern knabberte stumm an meinem Salat, der immer mehr wurde in meinem Mund. Ich wusste, gleich würde ich anfangen zu heulen. Auf die ein oder andere Weise musste es raus. Ich wollte nicht, dass er mich schon wieder weinen sah und lief daher ins Badezimmer, schloss die Tür und ließ mich daran angelehnt auf den Boden sinken.

Ich weinte. Schluchzte. Tat mir selbst leid.

Dachte an mein Leben, meine toten Eltern und alles was ich bis zum heutigen Tag erreicht hatte und was vielleicht für immer verloren war. Ich weiß nicht, wie lange ich da saß, aber irgendwann waren meine Tränen versiegt und ich stand auf und wusch mir das Gesicht. Ich sah furchtbar aus. Rote, verquollene Augen, ungeschminkt, ungekämmt. Abgewrackt und besiegt. Ich schämte mich. So sollte mich niemand sehen. Ich schloss die Augen und setzte mich auf den Rand der Badewanne, als ich Musik aus dem Nebenraum hörte. Sanfte Gitarrenklänge und eine männliche Stimme. War das Tristan? Es klang wunderschön und traurig zugleich.

I'd like to see you, thought I'd let you know
I wanna be with you everyday
Cause I've got a feeling that's beginning to grow
And there's only one thing I can say
I'm ready – to love you
I'm ready – to hold you
I'm ready – to love you
I'm ready – to hold you
I'm ready as I'm gonna be
You left me a long note when you left me here
Told me that love was hard to find
But baby it's easy and I'll make it clear
That there's only one thing on my mind
I'm ready – to love you
I'm ready – to hold you
Baby I'm ready – to love you
I'm ready – to hold you
I'm ready – as I'm gonna be …

Ich bekam sofort eine Gänsehaut und es berührte mich tief im Inneren. In Tristans Stimme lag viel mehr Gefühl, als ich den Song von Bryan Adams in Erinnerung hatte. Es tröstete mich, ihm zuzuhören und ich sammelte Kraft. Nach einigen Minuten stand ich auf und ging wortlos zum Esstisch und setzte mich. Ich wusste nicht, was ich hätte sagen sollen, daher schwieg ich und hörte ihm einfach zu. Seine Songs waren ruhig, drehten sich um Liebe, Gefühle und Traurigkeit. Ich genoss es, ihm zuzuhören und war dankbar, dass er mir damit neue Kraft gab.

Als Tristan die Gitarre beiseitelegte, schaute ich ihn an. Sein Blick war forschend und drang mir durch Mark und Bein. In meinem Bauch herrschte ein unglaublicher Tumult und mein Puls beschleunigte sich. Er kam auf mich zu und nahm meine Hände, zog mich zu ihm hoch und hielt mich fest an seiner Brust. Ich spürte seinen Herzschlag und sein Herz hämmerte im gleichen Takt wie meines. Meine Augen waren geschlossen und ich sog seinen Duft ein. Tristan strich mir sanft über den Rücken und hinterließ heiße Spuren mit seinen sanften Händen. Gleich würde es passieren. Ich löste mich aus seiner Umarmung und unsere Blicke trafen sich. Blitze durchzuckten meinen Körper, als ich die Leidenschaft in seinen grünen Augen sah. Er stand so dicht vor mir, dass ich seinen heißen Atem spüren konnte. Unsere Lippen trennten nur wenige Zentimeter.

Dann klingelte es an der Tür.

Mein Herz blieb stehen.

Mein erster Gedanke war, dass die Behörden mich schließlich aufgespürt hatten.

„Sch –“, flüsterte Tristan und schob mich Richtung Schlafzimmer, „bleib ruhig und warte da drin.“

Ich war zu geschockt, um überhaupt etwas zu sagen, und nickte nur. Mein Herz hämmerte gegen meine Brust und meine Knie waren weich, aber ich wagte nicht, mich zu bewegen.

Ich hörte gedämpfte Stimmen, konnte jedoch nichts verstehen. Wieso dauerte das so lange? Viele zäh verstreichende Minuten später hörte ich die Eingangstür und kurz darauf öffnete sich die Tür zum Schlafzimmer.

Er sagte leise: „Alles ist gut. Der Herr von der Aufsichtsbehörde ist wieder weg. Ich habe ihm glaubhaft versichert, dass du eine eingebildete, arrogante Bonzentante bist, mit der ich nichts zu tun haben will und dass ich dich schon eine ganze Weile nicht mehr gesehen habe.“

Dann war es also tatsächlich ein offizieller Besuch. Ich war immer noch schockiert und rang nach Worten.

„Wir sollten zusehen, dass wir Land gewinnen und Richtung Norden losfahren.“

„Das sollten wir wohl.“

Tristan holte eine Tasche aus dem Schrank und stopfte allerhand Kleidungsstücke hinein, bis der Reißverschluss kaum noch zuging. Er reichte mir eine rote Nike-Sporttasche: „Ich denke, mit deinem Society-Reiseköfferchen wärst du auf einem Pferdehof etwas auffallend. Pack deine Sachen da rein, das ist angemessener.“

„Scheint, als würdest du öfter Leute vor den Behörden decken.“ Ich lächelte vorsichtig und mein Puls begann sich allmählich zu normalisieren. Die knisternde Stimmung war verflogen, was mir für den Moment ganz recht war.

„Nein. Eher nicht. Aber ich bin nicht dumm. Island ist ein Dorf und selbst in der Nähe von Akureyri können wir mal unangemeldeten Besuch bekommen. Ich habe keine Lust auf unnötige Fragen, wie zum Beispiel nach einer Luxus-Reisetasche."

„Ist ja gut. Ich nehme deine Sporttasche." Ich ließ die Tasche sinken und schaute ihn an: „Danke, Tristan."

„Keine Ursache. Über die Gegenleistung sprechen wir noch." Dabei grinste er anzüglich.

„Alles klar, du Macho."

Ich ging ins Wohnzimmer und packte die neuen Sachen in die Tasche, tauschte Jogginghose und Shirt gegen meine eigenen Kleidungsstücke und räumte Laptop und Zubehör in den Rucksack. Zehn Minuten später waren wir startklar. Tristan reichte mir eine seiner Mützen: „Ist, glaube ich, besser, wenn du deine bezaubernden Locken versteckst. Ich gehe kurz nach unten und schaue, ob der Herr von der Behörde auch wirklich weg ist und lade schon mal die Taschen in den Wagen."

„Gott, ich fühle mich wirklich wie ein Schwerverbrecher."

Kurze Zeit später holte er mich ab. Ich trug Mütze, Sonnenbrille und meine Regenjacke, um möglichst wenig von mir zu zeigen. Er öffnete mir die Tür zu einem klapprigen Geländewagen, der von oben bis unten mit Matsch bespritzt war. In Urzeiten musste die Farbe einmal Silber gewesen sein. Meine Nerven waren zum Zerreißen gespannt und ich befürchtete die ersten zwanzig Minuten der Fahrt, dass wir gleich von einem Polizeiwagen mit Blaulicht überholt werden würden, der uns stoppen wollte. Aber nichts dergleichen geschah.

10

Nordisland

Wir erreichten den Hof im Munkaþverá [Münkathverau], das etwa zwanzig Minuten von Akureyri entfernt lag, gegen zehn Uhr abends. Wir hatten in Borgarnes getankt und Tristan hatte die halbe Tankstelle leergekauft, so dass wir uns während der vierstündigen Fahrt die Mägen mit Popcorn, Schokolade und Lakritz vollstopften. Ich war ziemlich aufgeregt, als wir in der Hofauffahrt aus dem Jeep ausstiegen. Der Schotter knirschte unter unseren Schuhen und mit jedem Schritt wurde ich nervöser. Es wehte ein eisiger Wind und ich schlang schützend die Arme um meinen Körper.

„Ist sicher niemand zuhause?"

„Ich glaube nicht, außer den Tieren natürlich."

„Das ist schon schlimm genug."

„Magst du keine Tiere?"

„Doch. Auf meinem Teller. Medium gebraten."

Tristan lachte und suchte neben der Eingangstür nach einem Schlüssel. Er fand ihn auf Anhieb und öffnete die Haustür, aus der uns ein bellender, wedelnder Hund mit weiß-schwarzem Fell entgegensprang. Ich blieb wie angewurzelt stehen, als er auf mich zu rannte. Mein Instinkt sagte mir, ich solle mich auf dem Absatz umdrehen und weglaufen, aber ich hatte zu viel Angst, mich zu bewegen.

„Hey, Lilja. Komm schon. Das ist nur ein Hund. Lass Bingo an dir schnüffeln und dann schick ihn weg."

„Wie kann ich ihn wegschicken?"

„Mann, du Stadtkind. Lass die Hände hängen und wenn er an dir gerochen hat, läufst du einfach weiter. Der wird dich nicht auffressen."

„Da wäre ich mir nicht so sicher." Ich tat aber wie Tristan mir geheißen hatte und der Hund sprang freudig neben mir her. Mir war das Tier unheimlich. Warum hatten Menschen Hunde?

Vor der hölzernen Haustür war der Boden aus Beton und vor ihr lag eine braune Fußmatte mit der Aufschrift „Welcome". Ich folgte Tristan nach drinnen und mir schlug der Geruch von Pferden entgegen. Ich rümpfte die Nase: „Hält dein Onkel die Pferde hier drinnen oder warum stinkt das so?"

„Du bist echt geil. Nein. Die Pferde sind auf der Weide und im Stall. Hier hängen seine Jacken und Hosen. Was ist los?"

„Naja. Es stinkt halt."

„Du wirst dich daran gewöhnen."

„Glaube ich nicht."

Er verdrehte die Augen und ging durch die nächste Tür. Man gelangte aus dem Eingangsbereich direkt in eine Art Wohnküche, ein großer Raum mit Küchenzeile und Wohnbereich. Von dort aus gingen noch drei weitere Türen ab, vermutlich Schlafzimmer und Bad. Hoffentlich würde ich wenigstens hier ein Bett abkriegen. Das Sofa des Onkels sah aber glücklicherweise gemütlicher und sauberer aus, als das von Tristan. Nach dem, was ich auf den ersten Blick feststellen konnte, war das Haus zweckmäßig und eher spartanisch eingerichtet. Die Küche war klein, aber deutlich funktionaler als Tristans zwei dreckverkrustete Herdplatten. Auf der Anrichte stand ein Korb mit schwarzen Bananen.

Igitt. Hoffentlich sah der Kühlschrank nicht genauso aus.

Zwei Hungrige, ein Gedanke. Tristan öffnete den Kühlschrank und inspizierte den Inhalt.

„Seit wann liegt dein Onkel im Krankenhaus?"

„Vorgestern."

„Wer hat sich die letzten Tage um den Hof gekümmert?"

„Bekannte."

„Was ist mit dir denn jetzt los. Ist dir ne Laus über die Leber gelaufen?"

„Nicht direkt eine Laus. Willst du ein Bier."

„Sicher doch. Von der Konzernchefin zur kriminellen Alkoholikerin, also her damit."

Seit wir Reykjavík verlassen hatten, fühlte ich mich viel besser. Das Davonlaufen löste nicht meine Probleme, aber hier konnte ich mich wenigstens halbwegs frei bewegen. Der Hof lag ziemlich abseits, Angst vor Nachbarn oder Passanten brauchte ich keine zu haben. Tristan reichte mir wortlos ein Bier. Schon bemerkenswert, die Entwicklung einer Nation. Bis 1985 herrschte in Island Bierprohibition und jetzt hatte jeder Haushalt welches im Kühlschrank. Eine Selbstverständlichkeit. Ich nahm einen Schluck und ging zur Fensterfront. Man hatte einen ausgezeichneten Blick auf die großartige Landschaft. Saftiges Gras, Schotterwege, in der Ferne die Berge. Der Norden war so anders als Reykjavík. Ich fand es erfrischend, hier zu sein, und war zum ersten Mal seit vielen Tagen annähernd gut gelaunt. Pferde grasten und schliefen auf der Weide, vor meinen Augen entfaltete sich eine perfekte Landidylle. Sogar der Hund hatte sich abgeregt und ließ sich genüsslich von Tristan hinter den Ohren kraulen.

„Was ist das für eine Rasse?"

„Gehst du jetzt unter die Tierliebhaber, oder woher kommt das plötzliche Interesse?" Er musterte mich skeptisch und ich grinste.

„Hey, Mann. Ich muss doch wissen, womit ich es hier zu tun habe."

„Bordercollie."

Er hätte auch „Ching chang chong" sagen können, und ich wäre ebenso schlau gewesen. Aber offensichtlich war er nicht zu Gesprächen aufgelegt. Sollte mir auch recht sein. Ich setzte mich aufs Sofa und genoss die Idylle.

„Ich gehe mal raus nach den Pferden sehen."

„Ist gut."

Bingo folgte Tristan nach draußen und ich blieb allein mit meiner Bierflasche zurück. Die plötzliche Einsamkeit ließ mich frösteln. Gab es hier keine Musik? Ich stellte die Flasche auf dem gläsernen Sofatisch ab und ging zur Musikanlage. Und staunte – eine Bang&Olufsen-Anlage? Holla! So arm konnte der Pferdewirt nicht sein. Irgendwie passte das nicht in meine Vorstellung von einem Bauern. Sowieso. Das Haus war zwar nicht besonders groß, aber es wirkte seltsam vertraut. Die Möbel gefielen mir. Meine Luxussensoren lagen nicht falsch: Ich fuhr mit den Händen über den Stoff der Couchecke und ich musste mich sehr täuschen, wenn das nicht ein teures Stöffchen war. An der Wand hing ein neuer Flachbildschirm. Alles in allem, mittellos war der Onkel nicht. Konnte man mit Pferden tatsächlich so viel Geld machen? Das wiederum konnte ich mir nicht vorstellen. Tristan war noch nicht zurück, also legte ich eine Eric-Clapton-CD in die teure Anlage und setzte mich wieder aufs Sofa.

Es dauerte lange, bis Tristan zurückkam, und ich merkte nach und nach, wie hundemüde ich war. Als ich kurz vor dem Einnicken war, stand er plötzlich vor mir. Gähnend blinzelte ich ihn an: „Da bist du ja. Wo darf ich denn hier nächtigen?"

„Du hast wie immer die Wahl. An meiner Seite wäre doch sehr schön."

„Ich bin zu müde zum Diskutieren."

„Dann diskutieren wir morgen. Hier ist das Gästezimmer, das Bad ist hinter der mittleren Tür versteckt." Er lächelte mich an und seine Augen ruhten freundlich auf mir.

Ich streckte meine müden Knochen, stand vom Sofa auf und lief ins Gästezimmer. Auf dem schätzungsweise eins vierzig breiten Bett lag eine schwarze Tagesdecke, die ich abzog. Darunter verbargen sich zwei Kopfkissen und eine Daunendecke in schlichtem Creme. Ich hoffte inständig, dass ich die erste sein würde, die in dieser Bettwäsche nächtigte.

„Gute Nacht, Tristan."

Ich holte die rote Sporttasche und ging damit zurück in das Gästezimmer. Ich spürte seinen Blick im Rücken, aber er sagte nichts außer: „Schlaf gut."

Es war herrlich. Die Bettwäsche roch nach Waschpulver und ich kuschelte mich in das Kissen. Ich war so müde, dass ich eigentlich sofort hätte einschlafen müssen, aber die Gedanken drehten sich in meinem Kopf. Ich drehte mich von einer Seite auf die andere bis mich irgendwann doch der Schlaf übermannte.

Am nächsten Morgen wurde ich unsanft geweckt. Jemand zog die Decke von meinem Bett.

Was war denn hier los? Wo war ich?

Ich blinzelte und schrie auf: „Spinnst du!?"

Eine nasse Hundeschnauze leckte quer über mein Gesicht und Tristan stand daneben und lachte.

„Zeit aufzustehen. Oder willst du den ganzen Tag verpennen? Wir haben viel zu tun."

Ich sprang aus dem Bett und wischte mir mit dem Handrücken über die Stellen, die Bingo angesabbert hatte.

„Bäh."

„Bleib ruhig so stehen. Das ist ein schöner Anblick."

„O Mann. Wo bin ich nur gelandet!"

Tristan war bereits vollständig angezogen. Er trug ein dunkelblaues Longsleeve mit ausgewaschenem Levi's Schriftzug und eine Reiterhose. Eine Reiterhose? Ich schüttelte mit dem Kopf. Er wollte doch nicht etwa reiten gehen? Mir wurde bewusst, dass ich quasi halbnackt vor ihm stand. Ich trug nichts außer einem grauen T-Shirt und meiner schwarzen Spitzenunterhose. Ich hatte es noch nicht über mich gebracht, die Supermarkt-Schlüpfer einzuweihen. Etwas unbeholfen quetschte ich mich an ihm vorbei und lief ins Badezimmer. Nach einer Katzenwäsche zog ich die altbekannte Jogginghose über und ging zu ihm in die Küche. Er reichte mir eine Tasse Kaffee und setzte sich an den kleinen Tisch.

„Ich möchte gerne über den Tagesablauf hier sprechen."

Ich runzelte die Stirn, sagte aber nur: „Okay."

„Es gibt viel zu tun und ich möchte, dass du mit anpackst."

„Was kann ich hier schon machen?"

Er seufzte und trank einen Schluck: „Das werde ich dir zeigen. Die Pferde müssen morgens und abends gefüttert werden, der Hund braucht auch einmal am Tag etwas. Auf so einem Hof mit über fünfzig Pferden gibt es immer etwas zu tun. Die Boxen müssen ausgemistet werden und, und, und."

„Du glaubst doch nicht etwa, dass ich Pferdekacke schaufele?"

„Doch. Genau das glaube ich."

„Dann hast du dich geirrt." Ich reckte ihm mein Kinn trotzig entgegen und strich mir eine Locke aus dem Gesicht.

„Du willst Unterkunft, Essen und ein Bett. Also wirst du hier mithelfen. So einfach ist die Sache."

„Das ist Erpressung."

„Das ist eine Win-win-Situation. Das müsste dir doch ein Begriff sein, oder?"

Er meinte es ernst. Und er wirkte leicht genervt. Ich war auch genervt. Was dachte der Idiot sich? Wusste der nicht, dass Pferde gefährlich waren? Was, wenn mich einer von den Scheißgäulen trat? Ich stichelte trotzdem weiter.

„Ach ja? Wo ist denn dann das versprochene Essen? Außer gestern hab ich bisher nicht viel mehr als Cracker gekriegt."

„Du bist so eine eingebildete Gans. Glaubst du immer noch, die Welt dreht sich nur um dich?"

„Vielleicht nicht. Wenn ich eine eingebildete Gans bin, bist du ein aufgeblasenes Arschloch." Ich war wütend und wollte weg. Daher stand ich auf und ging ins Gästezimmer, zog die Kleidung vom Vortag an und stürmte ohne ein weiteres Wort nach draußen. Ich marschierte los und lief weiter, bis ich den Hof nicht mehr sehen konnte. Dann setzte ich mich auf einen Stein und heulte. Mann, das wurde ja echt zu einem Dauerzustand. Ich brauchte Schokolade. Das würde meine Stimmung verbessern. Aber dafür musste ich zurück. Mein Magen knurrte und pinkeln musste ich auch. Ein weiterer beschissener Tag im Leben der Lilja Ósk Stefánsdóttir hatte begonnen. Verfluchter Mist.

Tristan war zum Glück nicht da, als ich zum Hof zurückkam. Daher konnte ich in der Küche nach einem angemessenen Frühstück suchen. Ich fand Skyr, den beliebten isländischen Quark, Toast und Käse. Das war doch besser als nichts. Hungrig machte ich mich über mehrere Scheiben Toast her und trank fast einen ganzen Liter Orangensaft dazu, bis mein Bauch so voll war, dass ich mich kaum noch bewegen konnte.

Die Haustür öffnete sich und Hund und Tristan kamen herein: „Na, hat sich die Prinzessin wieder abgeregt?"

Er war ganz offensichtlich noch sauer auf mich. Sollte er doch. Interessierte mich allerdings nicht die Bohne.

„Fuck you."

„Ach, du kannst auch Englisch. Das ist ja toll. Aber nützlich sein, das kannst du nicht."

„Was weißt du schon!"

„Ich weiß eine ganze Menge."

„Aha."

Wir starrten uns an und die Stimmung war mehr als geladen. Tristan holte sich ein Glas Milch und Kekse aus dem Schrank. Mir bot er nichts an. Aber ich war sowieso satt, es hätte kein einziger Krümel mehr in meinem Magen Platz gehabt.

„Wie stellst du dir das hier vor, Lilja?"

„Was soll ich mir denn vorstellen?"

„Naja. Du bist doch Geschäftsfrau. Leistung und Gegenleistung. Du bist hier nicht mein Gast."

Er meint das wirklich ernst. Der spinnt ja.

Ich überlegte und kam zu dem Schluss, dass ich keine Wahl hatte. Er wirkte so entschlossen, dass ich fürchtete, er würde mich kurzerhand rauswerfen, wenn ich nicht etwas mehr Kooperationsbereitschaft zeigte. Da ich derzeit keine Alternativen sah, lenkte ich ein.

„Ich kann etwas tun, aber ich werde keine Pferdescheiße einsammeln."

Seine Miene hellte sich auf: „Na, siehst du. Es geht doch. Du bist für den Haushalt zuständig. Ich möchte eine warme Mahlzeit am Tag haben. Und du hilfst mir beim Füttern der Pferde."

Ich schaute ihn entgeistert an.

„Kochen?"

„Ist was dabei?"

„Ich kann nicht kochen."

„Dann wirst du es lernen." Er stand auf und kam mit drei Kochbüchern zurück. Ich prustete los, konnte mich kaum mehr einkriegen und hielt mir den Bauch.

„Du bist selbst schuld. Aber du hast es ja so gewollt. Bitte. Dann koche ich. Und den Gäulen Heu vor die Füße zu streuen kann ja wohl auch nicht so schwer sein."

Ich lehnte mich zurück und verschränkte die Arme vor der Brust. Tristan knabberte wortlos Kekse und spülte mit Milch nach. Nach einigen Minuten empfand ich das Schweigen als unangenehm und rutschte unruhig auf dem Stuhl hin und her. Die Kekspackung war mittlerweile so gut wie leer. Ohne Vorankündigung erhob sich Tristan, räumte Verpackung und Glas beiseite und machte Anstalten, wieder nach draußen zu gehen. Er lief zur Tür und bevor er wieder in seine Reitschuhe schlüpfte, wandte er sich an mich: „Ich bin um sechs zurück. Dann möchte ich eine warme Mahlzeit auf dem Tisch haben."

Stand vielleicht Haushälterin auf meiner Stirn geschrieben? Ich gab mich fürs Erste aber gefügig und antwortete: „Yes, Sir."

Sein grinsender Kopf erschien noch mal kurz im Türspalt: „Siehst du. Es scheint noch nicht Hopfen und Malz an dir verloren zu sein."

Dann war er weg.

Wir würden sehen. Er hatte ja keine Ahnung, wie es um meine Kochkünste bestellt war. Als er das Haus verlassen hatte, schüttelte ich den Kopf. Was für eine skurrile Situation. Lilja Ósk Stefánsdóttir als Köchin und Putzfrau. Ich hatte viele Talente, aber die Aufgaben einer Hausfrau gehörten bis dato nicht dazu. Es fühlte sich merkwürdig an.

Ich hatte vier Stunden Zeit, um Kochen zu lernen, daher nahm ich mir eines der Kochbücher vom Tisch und begann darin zu blättern. Obwohl es auf Isländisch geschrieben war, verstand ich nur chinesisch. Was war „sautieren", „pochieren" oder „abschrecken"? Himmel, das konnte ja heiter werden! Nach dem einen Buch war ich bereits endlos verwirrt und änderte meine Strategie. Ich versuchte, die Aufgabe – das Kochen – als ein Projekt auf einem neuen Gebiet zu betrachten.

Was würde ich tun, wenn es ein Business Case wäre?

Das war leicht:

1. Ziele definieren
2. Bestandsaufnahme
3. Aktionsplan
4. Durchführung

Nach dieser Analyse war der Elefant doch schon in Scheiben geschnitten. Das Ziel war klar: Ich wollte eine essbare Mahlzeit auf dem Tisch haben, die einigermaßen gut schmeckte und uns vor allem nicht vergiften würde. Ich meinte, das würde ich hinbekommen. Also bitte, Millionen von Menschen kochten jeden Tag, da würde es doch für mich ein Klacks sein.

Beschwingt sprang ich vom Sofa auf und machte mich an Punkt Nummer zwei: die Bestandsaufnahme. Ich öffnete den Kühlschrank und fand darin nicht sehr viel. Milch, Sahne, Butter, Käse, Marmelade, geräuchertes Lammfleisch, Eier, Skyr und Toast. Warum lagerte man Toast eigentlich im Kühlschrank? Im Eisfach befand sich Kabeljau, Lachs und Heilbutt. Wo war der Vorratsschrank? Ich öffnete alle Türen der Küchenschränke und fand dort Mehl, Zucker, Nudeln, Reis, Knäckebrot, Müsli, Schokolade, Cracker, Kekse, Baked Beans, Erbsen und Kartoffeln. Die Gewürze standen in Reih und Glied auf der Dunstabzugshaube. So weit, so gut. Was sollte ich nun damit anfangen?

Nächster Punkt – Aktionsplan Gericht auswählen und Ablaufplan erstellen. Was konnte man daraus zubereiten? Nudeln konnte doch jedes Kind kochen, da dürfte nichts passieren. Es würde also Pasta geben. Das klang doch gleich viel besser. Pasta à la Lilja. Ich nahm die Packung mit den spiralförmigen Nudeln aus dem Schrank und las die Anleitung zur Zubereitung. Das war doch kinderleicht! Ich entspannte mich und ließ einen Kaffee aus der Maschine. Noch drei Stunden bis zum

„Abgabetermin" – ich hatte Zeit.

Neben dem Sofa stand ein Korb mit Zeitschriften. Bei näherem Hinsehen stellte sich leider heraus, dass es sich ausschließlich um Lektüre im Bereich Pferdeausbildung, Zucht und Verkauf handelte. Lustlos blätterte ich einige Hefte durch, aber nach kurzer Zeit verlor ich jegliches Interesse. Ich zappte mich durch einige Fernsehprogramme, aber auch das war frustrierend. Vielleicht war es eine gute Idee, schon mal mit dem Kochen anzufangen, um mir die Zeit zu vertreiben. Und mich vorher umzuziehen, ich wollte meine Outdoorkleidung nicht den ganzen Tag im Haus tragen. Daher wagte ich es, die Jeans anzuprobieren, die Tristan mir im Supermarkt gekauft hatte. Ich hielt die indigoblaue Hose mit beiden Händen hoch und betrachtete sie von vorn und hinten. Sah eigentlich ganz okay aus. Okay ist relativ, aber in meiner jetzigen Situation fand ich sie in Ordnung. Besser als die ausgeleierte Jogginghose von Tristan. Ich schlüpfte aus der einen in die andere Hose.

Ups! Sie saß ganz schön eng. Ich hatte Mühe, die Knöpfe zuzubekommen, schaffte es aber. Was hatte er denn für eine Größe gekauft? War auch egal. Ich ging in die Hocke und versuchte, die Hose ein wenig zu dehnen. So musste es gehen. Ich wollte mir mein schönes Hemd beim Kochen nicht versauen und tauschte es gegen ein Billigshirt in weiß aus. Meine Haare steckte ich mir mit einigen Klammern locker hoch und fand, dass ich nun bestens für die Kochnummer gerüstet sei.

Ich stellte das Radio an und machte mich auf die Suche nach einer Flasche Wein. Im Vorratsschrank war nichts, also schaute ich, ob hinter den anderen Türen irgendwo geheime Vorräte lagerten. Es fühlte sich unangenehm an, im Haus herumzustöbern, aber ich wurde rasch in einem kleinen Abstellraum neben der Eingangstüre fündig. Hier waren etliche Flaschen Weiß- und Rotwein in einem Gaggenau-Weinschrank deponiert. Als ich einige Flaschen herausnahm und die Etiketten begutachtete, zog ich eine Braue nach oben und stieß einen leisen Pfiff aus. Der Pferdebauer wusste, was gut war. Die Weine passten zum teuren Schrank.

Merkwürdig.

Ich hätte nicht geglaubt, dass man mit Pferdezucht für solche Rebsäfte genug verdiente. Ich zögerte, entschied mich dann für eine Flasche 1er Grand Cru Classé St. Emilion Jahrgang 2006. Das war ein feines rotes Tröpfchen und ich schätzte die Flasche hatte einen Wert von knapp hundert Euro. Ich freute mich, endlich mal wieder etwas genießen zu können und entkorkte sie, damit der Wein atmen konnte. Dann schenkte ich mir ein wenig davon in ein Weinglas und probierte. Bereits beim ersten Schluck durchströmten mich Glücksgefühle. Der St. Emilion war himmlisch. Der Pferdewirt hatte wirklich Geschmack. Ich goss mehr ins Glas und schwenkte es, um die Farbe zu betrachten, dazu trat ich ans

Fenster. Ich sah Tristan auf einem Pferd in wildem Galopp auf dem Schotterweg vorbeirasen. Bingo verfolgte die beiden bellend. Dabei trug Tristan nicht einmal einen Helm. Verrückter Kerl. Er wollte sich wohl umbringen.

Der Wein war vollmundig und samtig. Ein Gaumengenuss hoch zehn. Ich löste mich vom Anblick des rasenden Tristan und ging wieder Richtung Küche. Nachdem ich einen meiner Meinung nach passenden Topf gefunden hatte, schüttete ich den Inhalt der Nudelpackung hinein und füllte ihn mit Wasser auf. Er war schon recht voll, aber das würde bestimmt gehen. Wie funktionierte dieser komische Herd? Ich schob den Topf auf eine der aufgezeichneten Platten und versuchte, den Herd anzustellen.

Mist! Aber was war das denn für eine Scheiße hier?

Es war schwieriger als ich dachte. Fünf Minuten später hatte ich herausgefunden, dass ich den Herd zuerst mit einer Fingerberührung einschalten und dann den magnetischen Drehknopf zu der Platte schieben musste, wenn ich sie einschalten wollte, und dann die gewünschte Stufe per drehen anzuwählen hatte. Eine Wissenschaft für sich. Meine Güte, das war echt kompliziert. Ich stellte die Platte auf volle Power und fand, dass ich nach der Aktion eine kleine Pause verdient hatte. Die Nudeln würden von alleine kochen. Ich gab ordentlich Salz in das Wasser, wie ich es auf der Packung gelesen hatte. Mein Glas war leer und ich schenkte mir nach. Ich hatte noch viel Zeit, bis mein Herr und Meister von seiner Reittour zurückkehren würde. Also setzte ich mich auf das Sofa, streckte die Füße von mir und drehte die Musik lauter. Nur so konnte es passieren, dass ich nicht mitbekam, wie die Nudeln zuerst überkochten und anschließend am Boden des Topfes anbrannten.

Als ich das Ergebnis meines ersten Versuches entdeckte, musste ich kichern. Der Alkohol zeigte Wirkung, ich war schon leicht beschwipst. Den Topf würde man wahrscheinlich nicht mehr verwenden können, daher packte ich ihn in den Abstellraum. Tristan musste ihn ja nicht sofort sehen. Also noch einmal von vorne. Glücklicherweise gab es mehrere Packungen Nudeln im Schrank, ein paar Versuche hatte ich also, Zeit war auch noch genug. Nudeln in den Topf, Wasser drauf, Salz rein. Dieses Mal nur auf halbe Power. Und ein Schlückchen Rotwein dazu. Um ein ähnliches Desaster zu vermeiden, blieb ich die ganze Zeit bei den Nudeln stehen. Es passierte nicht viel, es machte mir aber Spaß, die Nudeln mit einem Kochlöffel umzurühren.

Ich begann Gefallen am Kochen zu gewinnen. Das war ja echt entspannend! Hätte ich früher schon mal machen sollen!

Ich hatte nicht auf die Uhr gesehen, als ich den Herd einschaltete, meinte aber, es würde den Nudeln bestimmt nicht schaden, wenn sie ein paar Minuten länger, als auf der Packung angegeben, kochen würden.

Womit konnte ich die Nudeln noch verfeinern? Was schmeckte mir denn?

Ich hatte Eier gesehen und Baked Beans. Das konnte gehen. Baked Beans war ja so ähnlich wie Tomatensoße und in den Hotels gab es das ständig beim Frühstücksbuffet. Das schmeckte wohl der Mehrheit der Menschen, also bestimmt auch Tristan. Ich entschied, dass ich dafür nicht noch mehr Töpfe schmutzig machen müsste und kippte die Bohnen direkt in das Nudelwasser. Die Nudeln hatten das Wasser fast vollständig aufgesogen und konnten ein wenig Flüssigkeit durch die Tomatensoße der Bohnen bestimmt gut vertragen. Noch mal kräftig mit Salz und Pfeffer würzen – ich fand, das sah lecker aus. Der Rotwein passte wunderbar dazu und ich hatte das Gefühl, der Jamie Oliver in mir wäre soeben ins Leben gerufen worden. Ein wenig mehr Pep konnte das Gericht aber vertragen, daher schlug ich drei Eier auf und gab sie direkt zu den Bohnennudeln. Dabei immer schön weiterrühren und es nicht wieder anbrennen lassen. Ich deckte den Tisch und zündete sogar eine Kerze an. Mein erstes selbstgekochtes Gericht und es würde sofort ein Festmahl werden. Ich freute mich wie eine Schneekönigin. Als Tristan schließlich durch die Tür trat, war die Flasche so gut wie leer und das Abendessen wirklich, wirklich fertig. Auf den ersten Blick sah man nicht mehr die ganze Struktur und Vielfältigkeit meines Meisterwerks, aber ich fand, insgesamt sah es prima aus.

„Hallo, Tristan!"

Ich grinste ihn an, meine Wangen brannten und mir war heiß. Sicher vom Kochstress.

Er schaute mich etwas, wie ich fand, skeptisch an, lächelte mir dann aber zu: „Hallo. Das duftet ja, äh, verführerisch. Was gibt es denn?"

„Pasta à la Lilja."

Er zog seine Schuhe aus und lief ins Badezimmer. Kurze Zeit später kam er in die Küche.

„Möchtest du einen Schluck Wein?" Ich wollte ihm die Flasche geben, aber sie war leer. Huch.

„Da ist mir wohl jemand zuvorgekommen!"

Ich grinste und schwankte ein wenig. Ich musste mich kurz an der Arbeitsfläche festhalten: „Ich hol noch eine. Echt ein guter Tropfen. Hat Geschmack, dein Onkel."

„Lass mal. Ich mach' schon. Du hast ja schon einen sitzen!" Tristan lachte und ging eine neue Flasche Rotwein holen. Es war mir egal, was er brachte, ich war sowieso restlos glücklich und hätte vielleicht auch gar nichts mehr trinken sollen. Aber hinterher ist man ja bekanntlich immer schlauer.

Er öffnete eine Flasche und schenkte in zwei frische Gläser ein.

„Bitteschön. Auf das Dinner!"

„Danke! Dann lass uns mal anfangen. Es schmeckt bestimmt super."

„Hast du schon gekostet?"

„Brauche ich nicht. In mir ist ein Michelin-Starkoch versteckt. Ha, ha."

Er schmunzelte und setzte sich an den Tisch. Ich stellte den Topf auf den Untersetzer und nahm den Deckel ab. Tristan schaute etwas – komisch, würde ich sagen. Entsetzt wäre übertrieben gewesen. Ich füllte ihm auf und nahm mir selbst eine ordentliche Portion.

„Guten Appetit."

„Guten Appetit."

Ich wartete gespannt, bis Tristan den ersten Bissen gekostet hatte und probierte selbst noch nicht. Er kaute, schluckte und nahm dann einen großen Schluck Rotwein.

„Und?"

Er zog eine Grimasse, die ich als Grinsen deutete: „Es ist ... äh ... vorzüglich. Falls das mit deinem Fischladen nichts mehr wird, mach ein Restaurant auf."

„Aha. Hab ich es also gewusst."

Tristan lehnte sich in seinem Stuhl zurück und beobachtete mich. Ich nahm eine große Gabel, schob sie in den Mund und verzog das Gesicht. Ein riesiger Klumpen versalzene Matschepampe mit zwielichtigem Inhalt hätte mein unabhängiges Urteil zu dem Brei zwischen Gaumen und Zunge gelautet. Aber das konnte ich natürlich nicht zugeben. Ich aß mutig einen halben Teller und meinte dann: „Was bin ich satt. In meinem Magen ist einfach nicht viel Platz heute." Den Satz begoss ich mit einem ordentlichen Schluck Rotwein. Tristan prostete mir zu und lachte. Sein Teller war restlos leer. Höflich war er wenigstens. Und leidensfähig. Das gefiel mir. Überhaupt hatte ich viel zu viele unanständige Gedanken, seit er wieder zur Tür hereingekommen war. Der Wein hatte meine Zunge gelöst und ich plapperte unüberlegt los. Tristan hörte zu und lächelte. Seine grünen Augen brachten mein Blut ganz schön in Wallung.

Ich stand auf und räumte den Tisch ab, dabei bemühte ich mich, so grazil wie möglich zu sein: „Bleib nur sitzen, Mann. Du hattest bestimmt einen unglaublich harten Tag da draußen. Ein Mann und hundert Pferde."

Ich zwinkerte ihm zu und versuchte halbwegs geradeaus in die Küche zu steuern, um die Teller in den Geschirrspüler einzuräumen. Er stand auf und half mir.

„Ist schon in Ordnung. Bei der Meisterleistung hast du Hilfe beim Abwasch verdient." Unser Weg kreuzte sich und ich war versucht, ihm auf den Hintern zu klopfen, konnte mich aber gerade noch beherrschen. Dieser Rotwein hatte mein Hirn ganz schön benebelt. Mannomann! Ich schaltete den Geschirrspüler an und fragte: „So. Essen ist erledigt, was machen wir jetzt?“

Dies war einer der Momente, bei denen man schon vorher wusste, was passieren würde. Tristan kam auf mich zu. Mein Puls raste und ich konnte es kaum abwarten. Erinnerungen an die erste Nacht blitzten auf. Er stand ganz dicht vor mir und ich roch sein herbes, männliches Aftershave, vermischt mit Stallgeruch. In diesem Moment gab es nichts Besseres für mich. Sein Kuss kam dennoch plötzlich. Er küsste mich schnell, hart und fordernd. Ich erwiderte den Kuss und presste mich an ihn, umklammerte ihn und vergaß die Realität. Seine Hände waren überall und ich wollte Sex mit ihm haben, hier und jetzt. Er stöhnte leise auf, als meine Hände seine nackte Haut unter dem Shirt fanden. In meinem Kopf drehte sich alles und unter mir schwankte der Boden. Tristan löste sich schwer atmend von mir: „Ich glaube, das ist keine gute Idee. Wir sollten das verschieben. Du bist betrunken und morgen würde es dir nur wieder leidtun.“

Einen Moment lang dachte ich, er sähe traurig aus. Im nächsten Moment wurde mir übel und ich rannte ins Badezimmer, um mich zu übergeben.

Was für eine Kacke. Mein Gott, wie bescheuert, sich so zu betrinken!

Ich wusch mir gerade das Gesicht, als Tristan an die Badezimmertür klopfte: „Ist alles in Ordnung?“

„Wunderbar.“

„Das klang nicht so.“

„Halt die Klappe.“

„Okay. Es scheint dir wieder gut zu gehen. Die Kratzbürste ist wieder da.“

Kratzbürste? Ich? Idiot!

Ich seufzte und trocknete mir das Gesicht mit einem sauberen Handtuch ab. Irgendwie fühlte ich mich ernüchtert. Und unglaublich müde. Nachdem ich das Bad verlassen hatte, ließ ich mich aufs Sofa fallen und streckte die Beine von mir.

„Möchtest du ein Glas Wasser?“

„Ja, bitte.“

Mehr bekam ich nicht mehr mit, als er wiederkam, musste ich bereits eingeschlafen sein.

11

Nordisland

Ich lag in meinem Bett, als ich am nächsten Morgen aufwachte. Meinem Gästebett. Wie war ich dorthin gekommen? Ich hatte Kopfschmerzen. Durch den Nebel tauchte die Erinnerung wieder auf. Ach, ja. Der Rotwein. Das Essen. Ich verzog die Lippen zu einem schiefen Grinsen. Tristan musste mich ins Bett getragen haben. Ich riskierte einen Blick unter die Decke und stellte mit Entsetzen fest, dass ich außer BH und Slip nichts mehr trug. Er hatte mich ins Bett getragen und ausgezogen? Hatte er sonst noch was gemacht? Wie kam es, dass ich mich an nichts erinnerte?

Ich warf einen vorsichtigen Blick aus meinem Zimmer in den Wohnraum, aber Tristan war nicht da. Entweder schlief er selbst noch oder er war schon weg. War mir auch recht. Ich brauchte erst mal Zeit für mich selbst. Ein Blick auf die Küchenuhr sagte mir, dass es bereits zehn war. So spät schon? Aber war ja egal, ich hatte sowieso keine Pläne. Das erinnerte mich an den Grund meines Hierseins und meine Stimmung sank schlagartig unter den Nullpunkt.

Wie es wohl in meinen Firmen lief?

Wie lange konnte diese scheiß Untersuchung noch dauern?

Ich fegte den Gedanken zur Seite und ging duschen. Auch in einer halben Stunde würde sich an meiner Lage wahrscheinlich nicht viel ändern. Ich seufzte resigniert und stieg in die Glaskabine. Bei Gelegenheit musste ich Tristan fragen, wie sich sein Onkel ein Haus mit der Einrichtung leisten konnte. Das Badezimmer war todschick eingerichtet und mit feinstem Naturstein ausgelegt.

Nach der Dusche, einem starken Kaffee und einem Käsetoast ging es mir schon besser. Ich war noch nicht bereit für die News online und machte mich auf den Weg nach draußen, um einen Blick in den Stall zu riskieren und mal zu sehen, was Tristan so trieb. Ich steckte den Kopf vorsichtig durch die Tür und erblickte ihn direkt an einer Säule, an der ein Rappe angebunden war. Er war gerade dabei, das Pferd zu satteln.

„Guten Morgen."

Er blickte auf, als er mich hörte, und grinste: „Guten Morgen, du Schnapsdrossel."

Ich verdrehte die Augen und wagte einen Schritt in die Höhle des Löwen.

„Das hier ist ein ganz Lieber. Willst du ihn mal reiten?"

Ich riss die Augen auf.

„Ganz sicher nicht."

„Wieso nicht? Hast du Angst?"

„Angst? Natürlich nicht. Ich mag Pferde einfach nicht. Die stinken."

„Ja, sicher. Du bist ein Schisser. Lilja, der Angsthase, Lilja, der Angsthase!", stichelte er und lachte dabei.

„Na schön. Dann reite ich eben."

„Super. Das wird dir Spaß machen. Ehrlich, Stígandi ist ein ganz lieber Kerl."

Das glaubte ich kaum. Und wie lieb er war, wenn ich oben hockte, würden wir sehen.

„Ich weiß nur nicht, was ich tun soll."

„Kein Problem. Wir gehen erst in die Reithalle und ich mache ihn an die Longe."

Was auch immer eine Longe war, es beruhigte mich, dass wir in die Reithalle und nicht ins Gelände gingen. Ich erinnerte mich nur zu gut an den wilden Galopp vom Vortag, und mir wurde leicht übel. Er tauschte das Halfter gegen ein Longiergeschirr und führte Stígandi dann hinaus.

„Komm mit. Oder willst du hier anwachsen?"

„Hast du keinen Helm?"

„Doch. Die hängen in der Sattelkammer. Such dir einen aus."

Ich nahm einen Helm und lief in sicherem Abstand hinter Tristan und dem Rappen her. Es ging mir gar nicht gut. Meine Knie zitterten und mein Magen rebellierte.

Die Reithalle war nicht groß. Das war gut. Dann würde es bestimmt nicht so schlimm

werden. Wir blieben in der Mitte der Halle stehen.

„Einige Grundregeln für die Arbeit mit Pferden: Versuch immer, gleichmäßig zu atmen, Angst überträgt sich auf das Pferd. Nicht wild umherfuchteln, das erschreckt manche Tiere. Das gleiche gilt für schreien und auf und ab hopsen. Wenn du das beherzigst, kann gar nichts schiefgehen. Alles andere mache ich, ich halte ihn und reguliere das

Tempo."

Ich nickte. Mein Mund war trocken und ich bereute, dass ich nicht zugeben konnte Angst zu haben. Das hatte ich nun davon. Hoffentlich stürzte ich nicht wie sein Onkel und brach mir das Rückgrat.

„Komm schon. Er beißt nicht."

„Sagst du."

Tristan zog mich zum Pferd und zeigte mir, wie ich aufsteigen sollte. Mein Herz klopfte bis zum Hals und ich atmete unregelmäßig und schnell. So viel dazu.

Ich zog mich hoch, Tristan schob und dann war ich oben.

„So, jetzt sitzt du. Als erstes zählst du bis zehn und atmest tief ein und aus. Schließ die Augen und versuch dich zu entspannen."

Ich folgte seinen Anweisungen und fand, dass ich bereits lange genug auf dem Pferd gesessen hatte und nun wieder absteigen könne.

„So. Jetzt können wir anfangen. Ich lasse ihn zuerst im Schritt gehen, damit du dich an die Bewegungen gewöhnen kannst. Du musst nichts tun als sitzen bleiben. Halte dich an der Mähne oder dem Sattel fest."

„Okay." Meine Stimme klang leise und ängstlich. Genauso wie ich mich fühlte. Mist. Er sollte es doch nicht merken.

Tristan schnalzte mit der Zunge und rief ein langgezogenes „Sch-riiiitt", dann marschierte der Rappe los.

„Bitte, bitte, liebes Pferdchen, mach keine Dummheiten", betete ich vor mich hin.

„Du machst das gut. Und jetzt entspann dich mal etwas, sitz locker. Du siehst aus, als hättest du einen Stock verschluckt."

„Wie soll das gehen? Das wackelt total hier!"

„Einatmen. Ausatmen. Einatmen. Ausatmen. Schließ die Augen und pass dich dem Rhythmus des Pferdes an. Es ist ein bisschen wie beim Sex. Hör auf dein Gefühl."

Reiten und Reiten hatten bei mir zwei gänzlich verschiedene Bedeutungen. Mit Sex hatte das hier nichts zu tun. Nach einigen Minuten beruhigten sich meine Nerven aber tatsächlich ein wenig und ich fing an, meine Umgebung wahrzunehmen. Ich blickte Tristan das erste Mal an und er lächelte mir zu: „Siehst du. Aus dir wird noch eine Spitzenreiterin. Nächstes Jahr machst du beim Landsmót mit."

Das Landsmót ist das größte Pferdetreffen Islands. Dort kämpfen die besten Reiter mit den besten Pferden um die Krone. Keine Arena, die ich jemals betreten würde.

„Ja. Ist klar."

„Jetzt lassen wir Stígandi mal etwas tölten."

O nein! Ich wollte nicht schneller!

Aber ich kam nicht dazu, zu antworten. Tristan rief dem Rappen „Tölt" zu und er lief in der einzigartigen Gangart der Islandpferde los.

„Er hat einen butterweichen Tölt, das ist wie auf Omas Sofa. Bleib locker in der Hüfte, lass dich von ihm mitnehmen."

Ich fand es war ziemlich holprig und hielt mich nun mit beiden Händen am Sattel fest. Hilfe! Nach einigen Runden ließ Tristan ihn wieder im Schritt gehen, was mir deutlich besser gefiel. Ich atmete auf.

„Das war doch schon ganz gut für die erste Stunde. Morgen machen wir weiter."

No way!

„Es war super. Aber ich glaube, ich weiß jetzt alles, was ich wissen muss."

Er half mir vom Pferd und klopfte mir auf die Schulter: „Nach dem Vergiftungsversuch gestern bist du mir noch was schuldig. Und das heißt, du bekommst Reitstunden. Entweder auf einem Vierbeiner oder auf mir." Damit drehte er sich auf dem Absatz um und verließ mit Stígandi die Reithalle.

Auf dem Weg zum Haus machte ich mir Gedanken über Tristan. Seine Reize waren nach der ersten Nacht mit ihm nicht verflogen, wie ich es von anderen One-Night-Stands gewohnt war. Ganz und gar nicht. Wahrscheinlich lag das im Wesentlichen an meiner bescheuerten Situation. Wäre ich nicht total ausgeliefert, würde ich mich nicht so zu ihm hingezogen fühlen. Wahrscheinlich eine Abart des Stockholmsyndroms … Ich wechselte die Kleidung und wusch mir ausgiebig die Hände, aber der Pferdegeruch haftete an mir wie Fliegen an der Autoscheibe. Als ich in der Küche saß und einen Kaffee trank, kam Tristan wortlos herein, schenkte sich ein großes Glas Wasser ein und drehte sich dann zu mir um. Er schwitzte und sein Gesicht war gerötet.

„Den Teufelsbraten Ketill solltest du mal reiten, dann weißt du, was ein echter Wildfang ist."

Er schien glücklich und leerte das Glas Wasser in einem Zug.

„Ich verzichte dankend. Möchtest du einen Kaffee?"

„Ja, wieso nicht. Eine kleine Pause würde mir nicht schaden. Ich bin etwas eingerostet."

Ich stand auf und ließ einen Kaffee aus der Maschine, holte Kekse aus dem Schrank und legte sie auf den Tisch.

„Wie kommt es, dass dein Onkel den Hof hier alleine bewirtet? Ich meine, wie das Haus hier ausgestattet ist, scheint er nicht gerade arm zu sein."

Tristans Ausdruck veränderte sich.

„Er bewirtet den Hof nicht alleine. Da gibt es noch Tobi und seine Frau. Aber die sind derzeit drei Wochen im Urlaub. Mein Onkel meinte, er würde so lange alleine klarkommen, nur hatte dann er den Unfall."

„Aha. Und ist Pferdehandel so lukrativ, dass er sich das hier alles leisten kann? Ich meine, das ist eine top Einrichtung. Alleine die Stereoanlage kostet um die sechzigtausend Euro, die habe ich nämlich auch und weiß, wovon ich spreche. Wie heißt er denn überhaupt?"

„Du bist ja gar nicht neugierig, was?" Er funkelte mich wütend an.

„Was denn? Hab ich einen wunden Punkt getroffen?"

„Kümmere dich um deine eigenen Angelegenheiten." Er stand auf und verließ das Haus in ziemlicher Eile. Es sah aus, als ob er davonliefe.

Was war dem denn über die Leber gelaufen?

Man würde ja wohl noch fragen dürfen …!

Ich versuchte, mich nicht von seinem merkwürdigen Verhalten irritieren zu lassen und widmete mich meinen eigenen Sorgen.

Keine Nachricht von Kristín.

Keine Nachricht von meinem Anwalt oder Wirtschaftsprüfer. Verfluchter Mist. Das konnte doch nicht ewig dauern! Ich klickte mich durch die Tageszeitungen, fand aber nichts, was mich betraf. Es war auch nach mehreren Tagen noch komisch für mich, ohne Handy zu sein. Ich sah mich fast wie ein Astronaut im Weltraum – anderer Raum, andere Zeit. In diesem Moment fühlte ich mich einsam und wünschte mir starke Arme, die mich trösten würden. Aber die Erinnerungen an verflossene Liebhaber, an aktuelle Liebschaften oder meinen Gabríel waren irgendwie verschwommen und vor meinem geistigen Auge tauchte immer wieder Tristan auf. Ich seufzte bewusst laut und ausgiebig, hier konnte mich sowieso keiner hören.

Den Nachmittag vertrödelte ich mit Surfen und Lesen. Tristan ließ sich nicht blicken und als er nach einigen Stunden nicht zurückgekommen war, begann ich mir Sorgen zu machen. Vielleicht war er vom Pferd gestürzt und hatte sich verletzt? Ich zog Schuhe an und wollte zum Stall laufen, um ihn zu suchen. Als ich die Haustür öffnete, sah ich, dass der Jeep weg war.

Wo war er hin? Wieso hatte er nichts gesagt? Bingo sprang auf mich zu und ich trat einen Schritt zurück. Der Hund war mir auch am dritten Tag noch unheimlich, aber ich konnte Gesellschaft gut vertragen, also ließ ich ihn ins Haus.

„Wieso hat Tristan dich denn nicht reingelassen? Musstest du armer Kerl rumstreunen?"

Bingo hechelte mich an und ich streckte ihm vorsichtig meine Hand entgegen. Er schnüffelte daran und sabberte sie sofort voll.

„Bäh!" Ich zog die Hand zurück und wischte sie an der Jeans ab. Das erinnerte mich daran, dass ich eigentlich alles in die Waschmaschine stecken konnte. Da ich ja sowieso nichts Besseres zu tun, ging ich in mein Zimmer, packte meine alten und neuen Klamotten, lief in die Abstellkammer und füllte die Trommel. Bingo trabte mir hinterher, schnüffelte kurz am Topf mit den angebrannten Nudeln, drehte sich um und trottete mit eingezogenem Schwanz davon.

„Sogar du magst meine Kochkünste nicht. Verwöhnter Köter." Ich grinste und ging mit dem Topf zur Mülltonne. Der war wirklich nicht mehr zu retten.

Mir war langweilig. Fernsehen war noch nie mein Fall gewesen und außer meiner Arbeit hatte ich keine echten Interessen. Wo blieb Tristan nur? Das Wetter hatte sich in den letzten paar Stunden verschlechtert und es regnete in Strömen. Dunkle Wolken zogen in einem atemberaubenden Tempo über den Himmel. Ich ließ mich von American Idol berieseln. Es musste fast elf sein, als die Haustür schließlich aufging und Tristan hereinpolterte. Aber was war denn mit dem Troubadour los?

Er zog seine Schuhe aus und schüttelte sich wie ein Hund, so dass sich die Wassertropfen im ganzen Flur verteilten. Sein Haar war klitschnass und er sah total fertig aus.

„Was ist denn mit dir passiert?"

„Als ob dich das int'ressieren würd'!"

Ich setzte mich in eine aufrechte Position und musterte ihn. Er war betrunken. Irgendwie niedlich. Aber warum war er immer noch sauer auf mich? Ich hatte doch nur eine Frage gestellt. Das war nicht fair. Ich versuchte, das Ganze ins Lächerliche zu ziehen.

„Hey, du bist meine einzige Rettung. Das weißt du doch. Ha, ha."

Seine Miene verfinsterte sich noch mehr.

„Ja, ich weiß, dass du nur deswegen hier bist. Wenn dein Fall sich morgen aufklärt, bist du weg."

Hm. Was wollte er? Ich verstand es nicht. In meinem Innersten hoffte ich auf … ja, vielleicht darauf, dass ihm etwas an mir lag. Aber – das konnte nicht funktionieren. Wir lebten in zwei grundverschiedenen Welten, wir passten nicht zusammen. Ich seufzte.

„Tristan, ich weiß nicht, was los ist … aber – bist du betrunken Auto gefahren?"

„Mann, Weib! Was schert es dich!"

„Ich habe mir Sorgen gemacht."

„Und ich bin Jesus. Ihr reichen Leute interessiert euch doch nur für euch selbst und die Zahl auf eurem Konto!"

Er ging in die Küche und holte sich ein Bier aus dem Kühlschrank. Ich wusste nicht, was ich tun konnte, um die Situation zu entspannen, also sagte ich nichts, obwohl ich mich total unfair behandelt fühlte.

Er nahm sich einen Stuhl vom Esstisch, trug ihn mit einer Hand, in der anderen die Bierflasche, stellte ihn vor mir ab und setzte sich rittlings darauf.

Jesus, er sah so männlich aus mit den zerzausten Haaren und dem ernsten Gesichtsausdruck.

„Hör zu. Ich will dich, Lilja. Wenn ich dich sehe, dann möchte ich dich besitzen. Jede Faser deines Körpers, deine Seele."

Ja, mehr davon!

„Aber ich weiß auch, dass aus uns nichts werden kann."

Da hatte er wahrscheinlich Recht. Ich seufzte.

„Du lebst in einer anderen Welt als ich, und wenn du wieder in deiner tollen Firma sitzt, wirst du nichts mehr von mir wissen wollen."

Wer wusste schon, ob ich jemals wieder in meiner Firma sitzen würde? Vielleicht saß ich schon bald im Knast. Was sollte ich dazu sagen. Er hatte es auf den Punkt getroffen. Aber mein Körper ließ sich vom Kopf nicht beirren und mein Herz klopfte wie wild.

„Wenn ich an die Nacht zurückdenke, als wir aus dem Nasa gekommen sind, frage ich mich: Warum bist du gegangen?" Er stellte die Bierflasche geräuschvoll auf den Glastisch.

Ich seufzte noch einmal.

„Ach, Tristan. Das ist alles nicht so einfach."

„Nein? Was ist so schwer? Wenn zwei Menschen sich lieben?"

Liebe? Ach, du Scheiße!

„Tristan, ich …"

„Hör auf!" Er sprang auf und der Stuhl kippte um. Tristan riss mich in seine Arme und küsste mich leidenschaftlich. Er presste mich so dicht an seinen Körper, dass ich kaum atmen konnte. Er schmeckte nach Alkohol und … Tristan. Bevor ich den Kuss auch nur erwidern konnte, ließ er mich frei. Ich war überrumpelt. Er atmete schwer.

„Lass es gut sein. Ich werde dich nie wieder anfassen. Es bricht mir jetzt schon fast das Herz, wie sollte es erst sein, wenn wir uns noch näherkommen?"

In seinen grünen Augen sah ich Bedauern. Bevor ich etwas sagen konnte, verschwand er in seinem Zimmer und knallte die Tür zu. Bingo versuchte ihm zu folgen, aber die Tür war schneller verschlossen, als er hineinlaufen konnte. Ich starrte auf die geschlossene Tür.

Was war das denn jetzt? Welches Kapitel hatte ich übersprungen? Ja, wir hatten geflirtet. Ja, wir hatten einmal Sex. Aber Liebe? Herz gebrochen?

War er in mich verliebt? Ich war nicht in ihn verliebt.

Nein, ganz sicher nicht!

Wir lebten hier nur aus zweckdienlichen Gründen zusammen. Ich hatte keine Alternative! Meine Welt war komplett auf den Kopf gestellt und im normalen Leben würde ich Spaß mit Stéphane oder wem auch immer haben und mich garantiert nicht mit einem Fitnesstrainer oder Reitlehrer beschäftigen. Jedenfalls nicht dauerhaft. Es war merkwürdig, aber in diesem Moment kam mir ein Schlager, den meine Mutter liebte, als ich ein Kind war, in Erinnerung: „Die Liebe ist ein seltsames Spiel ..."

Ja, da war was Wahres dran! Ich entschied mich, auch schlafen zu gehen. Bingo durfte neben meinem Bett liegen, der Arme tat mir irgendwie leid, ohne sein Herrchen, und ich wollte nicht alleine sein. Am Ende fand ich doch noch Gefallen an Haustieren. Wer wusste, was dieses Chaos noch alles auf den Kopf stellen würde.

Tristan lag zwei Türen weiter in seinem Zimmer und ich fragte mich, was er wohl dachte. Wahrscheinlich schlief er seinen Rausch aus. Wie konnte er so dumm sein, bei dem Wetter betrunken zu fahren; völlig unverantwortlich! Zum Glück war nichts passiert.

12

Nordisland - Reykjavík

Ich fand in dieser Nacht nur wenig Schlaf. Meine Gedanken kreisten um die Ereignisse der letzten Zeit. Mein Leben war ein einziger Scherbenhaufen. Hoffentlich würde sich bald alles normalisieren. Aber was war dann mit Tristan? Bestimmt genau das, was er sagte. Sobald ich zurück an meinem Schreibtisch war, würde ich nicht mehr ständig an ihn denken müssen. Nicht an seine starken Arme, seine schmalen Hüften und was er sonst noch zu bieten hatte. Als ich aufstand, war Tristan schon verschwunden. Er hatte mir einen Zettel auf den Tisch gelegt.

Hallo Prinzessin,
sorry wegen gestern. Ich habe wohl etwas überreagiert.
Wir sehen uns später, mach Dir einen schönen Tag.
Liebe Grüße
Tristan

Hormonelle Stimmungsschwankungen? Verstand einer diesen Mann!
Es war schon eine Weile her, dass er mich Prinzessin genannt hatte. Ich stand noch eine ganze Zeit mit seiner Nachricht in der Hand am Tisch. Schließlich schüttelte ich den Kopf, legte den Zettel zur Seite und nahm mir eine Tasse Kaffee. Ein weiterer ereignisloser Tag auf einem abgelegenen Pferdehof lag vor mir. Meine Begeisterung hielt sich in Grenzen. Ich war froh, dass wenigstens Bingo hier war. Er hatte sich zu meinen Füßen gelegt, als ob er spürte, dass ich mich einsam fühlte.

„Ist gut, Dicker. Wir gehen gleich eine Runde nach draußen."
Ich schmierte mir zwei Scheiben Toast und warf einen Blick nach

draußen. Dieses Jahr fand der Sommer nur im Kalender statt, die Tage mit blauem Himmel und Sonnenschein konnte man an zehn Fingern abzählen. Das Wetter draußen war mal wieder nicht sehr einladend, ein Sommersturm bog die Büsche im Wind und finstere Wolken drohten mit Regen. Aber den ganzen Tag alleine hier zu sitzen, würde ich nicht aushalten. Also beschloss ich widerwillig, ein paar Schritte raus zu gehen.

Überraschenderweise war es wirklich erfrischend, wie ich feststellte, als ich in Regenkleidung und Trekkingschuhen aus dem Haus trat. Der Wind blies mir Regentropfen ins Gesicht, aber es störte mich nicht. Er hätte mir gerne die dummen Gedanken in meinem Kopf ausfegen können, in dem immerfort dieselben Fragen kreisten: Auf welcher Reise befand ich mich? Was brachte mir die Zukunft?

Ich konnte nicht monatelang hier auf dem Hof von Tristans Onkel bleiben. Der würde ja irgendwann wieder aus dem Krankenhaus entlassen werden. Darüber konnte ich mir zwar noch Gedanken machen, wenn es so weit war, trotzdem hoffte ich inbrünstig, dass diese blöde Untersuchung bald mit einem für mich erlösenden Ergebnis abgeschlossen sein würde. Wie würde es mit Tristan weitergehen, so oder so? Ob Tristan zurück war, wenn ich wieder beim Hof ankam? Wo war er überhaupt schon wieder hingefahren? Warum kümmerte es mich? Ich entschied, auch diese Gedanken zu vertagen und konzentrierte mich auf den steinigen Weg vor mir.

Als ich zurückkam war es schon früher Nachmittag und ich hatte schrecklichen Hunger. Der Kühlschrank war leergefegt. Sollte ich warten, bis Tristan kam? Aber woher wusste ich, wann das sein würde? Er war doch hoffentlich nicht einfach abgereist? Leichte Panik stieg in mir auf. Nein, das würde er nicht tun. Hoffte ich zumindest, entschied mich aber zugleich, nicht auf ihn zu warten. Ein Blick in den Vorratsschrank zeigte die gleichen Sattmacher wie gestern: Kartoffeln, Nudeln und Reis. Ich seufzte und strich mir die feuchten Locken aus dem Gesicht. Wie gerne hätte ich jetzt ein saftiges Steak mit Sauce Bernaise und Fritten gehabt. Allein beim Gedanken daran lief mir das Wasser im Mund zusammen. Früher war die umgehende Erfüllung solcher Wünsche für mich selbstverständlich gewesen. Die Zeiten hatten sich geändert. Würde es jemals wieder werden, wie es war?

Zugegebenermaßen war es wahrscheinlich nicht verkehrt, etwas mehr Bewusstsein für den alltäglichen Luxus, den ich mir, ohne mit der Wimper zu zucken, gönnen konnte, zu besitzen. Sushi und Champagner … Lachs und Kaviar … ein feiner Burgunder mit erlesenen französischen Spezialitäten … fantastische Tropfen zur Abrundung – ich begann zu träumen ...

Als ich bei Schokoladentorte in einer französischen Badewanne angekommen war, rief ich mich zur Ordnung. Das half jetzt auch nichts.

Ich hatte offensichtlich Hunger und der Hund auch. Ich öffnete eine Dose Hundefutter und kippte sie komplett in seine Hundeschüssel. Bingo war nass und dreckig und hinterließ Spuren im ganzen Wohnbereich. Es roch streng nach Hund. Vor ein paar Tagen hätte mich der Geruch noch die Nase rümpfen lassen, aber mittlerweile hatte ich mich daran gewöhnt. Kaum zu glauben, dass ich vor dem umgänglichen Bordercollie einmal Angst gehabt hatte. Mittlerweile ertappte ich mich sogar bei Gesprächen mit ihm. Womöglich hatte ich bereits einen psychischen Schaden von dieser scheiß Seðlabanki-Nummer davongetragen.

Da das Angebot im Vorratsschrank trotz knurrendem Magen wenig verlockend war, nahm ich eine Tafel Schokolade und verzog mich damit aufs Sofa, surfte im Netz und studierte alle Online-Nachrichten, die ich finden konnte. Dieser Tag war endlos. Mein Magen war immer noch ein riesiges Loch, die Schokolade hatten nur einen kleinen Teil gestopft und ein bisschen schlecht war mir auch. Es war jetzt siebzehn Uhr und von Tristan weiterhin keine Spur. Wo blieb der Mann nur? Rastlos stapfte ich durch das Haus und blieb in der Küche stehen. Es war hoffnungslos. Mein Hunger war so groß, dass ich Nudeln kochte – dieses Mal weniger Freestyle, sondern genau nach den Angaben auf der Verpackung. Dann haute ich ein großes Stück Butter auf die Nudeln, die ich nach korrekten 9 Minuten in ein Sieb abgegossen hatte, und streute Salz darüber. Das musste genügen. Kein Festmahl, aber besser als gar nichts.

Was war nur aus mir geworden?

Ich schnaubte und aß alles auf. Mein Bauch war danach zwar gut gefüllt, aber in mir herrschte immer noch Leere. Ich fühlte mich nicht wohl. Ich war so alleine. Sogar Bingo lag in seinem Körbchen am Hauseingang und wollte nichts von mir wissen. Vielleicht hatte ich das ja verdient: Zu viele Minuspunkte auf der Karma-Seite. Sogar solch hanebüchene Überlegungen zog ich in Betracht. Dabei hatte ich mir immer eingebildet, dass ich fair mit den Menschen umging. Irgendwo da draußen hatte ich aber offensichtlich mächtige Feinde. Ich hatte zwar gewusst, dass nicht alle Tiere im Wald Freunde waren. Dennoch raubte diese Geschichte mir mehr Nerven, als ich für möglich gehalten hatte. Es war nicht zu fassen, dass ich völlig den Boden unter den Füßen zu verlieren drohte.

Der Sturm ließ nach und es regnete nur noch leicht. Ich hatte meine Position verändert, war vom Esstisch auf das Sofa umgezogen und starrte, wie so häufig in den letzten Tagen, nach draußen. Die Pferde auf der Weide hatten sich um den Futtertrog versammelt. Tristan hatte mir erklärt, dass die Wände neben dem Trog auch als Wetterschutz für die Tiere aufgestellt waren. Nur die Reitpferde hatten je eine Box im Stall, die anderen Tiere, Jungtiere, die noch nicht geritten wurden, trächtige Stuten oder Tiere, die zu alt waren, durften auf die Weide. Eigentlich ganz schön ungerecht, aber ich musste das nicht verstehen. Ich hatte nicht vor, ins Pferdegeschäft einzusteigen. Der Abend zog sich endlos lange hin und ich ging früh ins Bett. Keine Spur vom Troubadour.

Ich schlief unruhig und war dementsprechend gerädert, als ich am nächsten Tag früh erwachte. Ich ging ins Badezimmer und nahm eine lange, heiße Dusche. Tristan hatte seine Kleidung achtlos auf den Boden geworfen. Ich hob sie auf und als ich seine Jeans über einen Handtuchhalter warf, fiel etwas aus der Hosentasche. Ich erstarrte.

Ein Ultraschallbild von einem Baby.

Ach, du liebe Zeit. Er wurde Vater?

Mein Herz schlug schneller und meine Knie wurden weich, so dass ich mich auf den Rand der Badewanne setzen musste. Kein Wunder, dass er gestern irgendwie durch den Wind war. Es hatte also nicht wirklich etwas mit mir zu tun. Ich war enttäuscht.

„Vergiss es Lilja, es geht dich nichts an. Steck's zurück und lass es gut sein“, wisperte eine Stimme in mir..

Ich gehorchte, aber ich konnte es nicht vergessen. Diese Nachricht wühlte mich mehr auf, als ich mir eingestehen wollte. Tristan schlief noch, also deckte ich den Tisch und wartete auf ihn. Er hatte Lebensmittel eingekauft, der Kühlschrank war zum Bersten voll und im ersten Moment konnte ich mir nicht mal einen wirklichen Überblick verschaffen. Er stellte sich also auf eine längere Belagerungszeit meinerseits ein.

Das Geräusch der Kaffeemaschine hatte ihn vielleicht geweckt, jedenfalls stand er plötzlich nur in Shorts bekleidet neben mir und sagte fröhlich, als wäre nichts geschehen: „Guten Morgen.“

Ich runzelte die Stirn, hielt mich aber zurück – ich wollte nicht schon wieder Stress haben.

„Guten Morgen“, entgegnete ich daher höflich und so distanziert wie möglich.

„Krieg ich Kaffee?“

„Sicher.“

Aber er wartete nicht, sondern nahm sich selbst eine Tasse. Ich beobachtete das Spiel seiner Rückenmuskulatur, als er mit der Tasse und der Kaffeemaschine hantierte. Es juckte mich in den Fingern, die Konturen nachzufahren, aber ich verwarf den Gedanken und fühlte mich ertappt, als er sich umdrehte. Grüne Augen suchten meinen Blick, als wartete er auf ein Statement von mir. Aber ich hatte keins. Ich wusste nicht, was ich sagen sollte. Daher redete ich über das Wetter. Wir Isländer können viele Stunden über das Wetter reden. Da konnte man auch nichts falsch machen, ein ausgesprochen sicheres Terrain. Dennoch war auch dieses Thema nach einigen Minuten erschöpft. Bevor sich eine unangenehme Stille ausbreiten konnte, fragte ich: „Und, was sind deine Pläne heute?“

„Ich weiß noch nicht. Muss gleich mal raus zu den Pferden. Die sind gestern ein wenig zu kurz gekommen. Habe gestern Abend nichts mehr gefüttert.“

„Soll ich dir helfen?“

„Lass gut sein, Lilja. Ich schaff’ das schon.“

Okay. Dann halt nicht.

„Ich wollte mich nur nützlich machen“, antwortete ich leicht verschnupft.

Erst wollte er mich zu Dienstleistungen zwingen und dann wollte er meine Hilfe doch nicht. Sollte mir noch mal jemand erzählen, Frauen wären kompliziert.

„Ist in Ordnung. Aber ich kriege das wirklich selbst hin. Wenn du magst, nehme ich dich nachher zu einem Ausritt auf einem Handpferd mit.“

Paaanik!

Aber hier fiel mir die Decke auf den Kopf.

„Das ist ja toll. Da sag ich nicht nein. Was ist ein Handpferd?“

Jetzt grinste er: „Ha, du bist eine schlechte Lügnerin. Eigentlich dachte ich, du könntest das als Chefin eines Imperiums besser. Handpferd heißt es deswegen, weil das Pferd mit meinem Pferd verbunden ist.“

„Tja. Es ist, wie es ist. Vielleicht ist das Imperium auch zerbrochen. Wer weiß. Ich muss auf dem Handpferd also nichts tun außer sitzen?“

Er lächelte müde. Unter seinen Augen lagen tiefe Schatten. Offensichtlich hatte ihn die Nachricht über seinen Nachwuchs ganz schön mitgenommen. War also vermutlich nicht geplant gewesen. Für mich völlig unverständlich, wie so etwas passieren konnte. Verhütung war doch kein Glücksspiel. Ich überließ das jedenfalls niemals dem Zufall.

„Völlig richtig. Außer im Sattel bleiben hast du nichts zu tun.“

„Wunderbar, ich kann es kaum abwarten.“ Ich versuchte zu lächeln, was mir vermutlich nicht überzeugend gelang, denn ich hatte schreckliche Angst.

Tristan erhob sich und verschwand im Bad. Einige Minuten später stand er in Pferdemontur vor mir und verabschiedete sich mit einem: „Ich hol’ dich nachher ab, Prinzessin.“

Was sollte das mit der Prinzessin?

Nach meinem Fund im Badezimmer war ich noch nicht wieder ganz auf der Höhe. Mir fiel keine passende Antwort ein, daher sagte ich nur: „Bis später. Danke, dass du eingekauft hast.“ Auch wenn die Schokovorräte bedenklich geschrumpft waren.

„Keine Ursache. Du sollst ja nicht noch mehr abnehmen!"

Damit war er samt Bingo aus der Tür.

Abnehmen? Der Gedanke, ich könnte abgenommen haben, war tröstlich. Wenigstens etwas. Aber wen interessierte das bei meiner jetzigen Lage schon. Ich hatte andere Sorgen. Was konnte ich nur tun, um mir die Zeit bis zum Ausritt zu vertreiben? Ich war schrecklich nervös. Was, wenn ich vom Pferd fiel und mich verletzte?

„Sei kein solcher Angsthase. Und wenn schon. Dann fällst du eben vom Pferd. Stell dich nicht so an, Lilja", meldete sich eine innere Stimme.

Die Selbstgespräche wurden häufiger, aber die Auswahl an Gesprächspartnern auf dem Pferdehof war leider mehr als dürftig. Ich war es gewohnt, täglich stundenlang zu telefonieren, in Meetings zu sitzen und Menschen zu treffen. Es tat mir ganz und gar nicht gut, die ganze Zeit alleine zu sein. Ich fragte mich, wie es in meinen Firmen aussah. Hoffentlich hielt sich der Schaden, der durch die Führungslosigkeit entstand, in Grenzen.

Mittlerweile fiel mir die Decke dermaßen auf den Kopf, dass ich in Erwägung zog, zu putzen. Lilja Ósk Stefansdóttir mit einem Feudel. Bis vor kurzem unvorstellbar! Ich vergewisserte mich, dass Tristan nicht im Anmarsch war, mein Ego hätte es nicht verkraftet, wenn er mich dabei erwischt hätte, und holte anschließend den Wischmopp aus der Abstellkammer. Ich wischte den Eingangsbereich, Wohnzimmer und Küche so schnell wie möglich durch. Das Wasser im Eimer starrte vor Dreck und auf der Oberfläche schwammen Millionen von Hundehaaren. Igitt! Und es gab nicht einmal Gummihandschuhe in diesem Haushalt. Diese Aktion würde sicher einmalig bleiben. Nach getaner Arbeit wusch ich mir gründlich die Hände und ließ mich erschöpft aufs Sofa plumpsen.

Wie lange konnte das hier noch dauern?

Demnächst würde hier womöglich das Flittchen vorbeischneien, das Tristan geschwängert hatte. Ich rollte mit den Augen und wunderte mich, welche Auswüchse meine Fantasie nahm. Wie sie wohl aussah? Bestimmt hübsch. Er sah echt gut aus und würde sich garantiert nicht mit einer hässlichen Tussi abgeben. Vielleicht hatte er sie bei einem Konzert von sich gesehen und sie danach abgeschleppt, der Troubadour.

„Scheiße, Lilja", meldete sich die Stimme wieder, „hör auf, zu grübeln. Es geht dich auch gar nichts an. Und es interessiert dich auch gar nicht."

Ich entschied, etwas Nervennahrung würde mir gut tun, und genehmigte mir eine weitere Tafel Schokolade zu einer Tasse Kaffee. Herrlich! Ein Junkie zurück auf Droge. Die Kombination aus Kakao, Fett und Zucker schoss mir sofort ins Blut und es wurden Glückshormone ausgeschüttet. Die Welt sah schlagartig viel besser aus und es war alles gar nicht mehr so schlimm. Da sollte doch noch mal jemand behaupten, Schokolade mache nicht glücklich. Ich war plötzlich in so guter Stimmung, dass ich mich aufs Sofa schmiss, mein Notebook hochfuhr und mich den Tageszeitungen stellte. Ich hatte trotzdem wie immer Angst, schlechte Neuigkeiten zu finden. Zuerst checkte ich den Hotmail-Account. Eine Nachricht von Kristín: „Ruf mich an. Dringend!"

Mein Herz hämmerte gegen meine Brust und mir stockte der Atem. Gute oder schlechte Nachrichten? Hop oder Top? Ich sprang vom Sofa und lief zur Ladestation des hauseigenen Festnetztelefons. Meine Finger zitterten, als ich die Nummer von Kristíns Desktelefon tippte und betete, dass es keine schlechten Nachrichten waren.

So oder so würde man nachverfolgen können, woher Kristín den Anruf erhielt, falls ich immer noch gesucht wurde. Aber das war mir für den Moment egal. Alles war besser als diese verdammte Isolation in einem fremden Leben.

Das Freizeichen ertönte.

Kristín nahm beim dritten Klingeln ab.

„Hallo?"

„Ich bin's. Lilja."

„Lilja! Meine Güte! Wie geht es dir? Wo hast du gesteckt?"

„Es geht mir gut. Was ist los?"

„Es hat sich aufgeklärt. Die Seðlabanki hat die Untersuchungen eingestellt und du hast wieder eine reine Weste! Ende gut, alles gut!"

Man konnte den Fels, der von meinem Herzen plumpste, bestimmt mindestens bis nach Reykjavík hören.

„Die Sache ist erledigt? Wirklich?", hauchte ich in den Hörer. Meine Beine drohten unter mir wegzusacken. Ich konnte es kaum fassen.

„Die Untersuchungen haben nichts ergeben. Punkt. Mehr weiß ich auch nicht. Die Details wollen sie mir natürlich nicht erzählen."

„Ich komme so schnell wie möglich zurück. Bitte buch mir einen Flug von Akureyri nach Reykjavík. Ich kann in einer Stunde am Flughafen sein." Ich hatte mich mittlerweile auf den Boden gesetzt und mein Atem kam stoßweise.

„Ist gut. Lilja?"

„Ja?"

„Ich bin sehr erleichtert. Ich habe nie an deiner Unschuld gezweifelt."

„Danke. Bis gleich."

Meine Augen füllten sich mit Tränen und ich legte schnell auf. Das musste Kristín nicht mitbekommen. Woher kam es, dass ich plötzlich so rührselig wurde? Derart emotional war ich früher nicht. Es dauerte ein paar

Minuten bis ich mich wieder berappelt hatte, aber dann war plötzlich alles ganz klar.

Ich schlüpfte in meine Schuhe und rannte nach draußen, um Tristan zu finden. Ich fand ihn im Stall, wo er gerade einen Braunen absattelte. Ich lief auf ihn zu und umarmte ihn: „Es ist aufgeklärt. Ich bin wieder ein freier Mensch! Das ist so toll! Ich bin so aufgeregt!"

Er wirkte etwas steif, erwiderte meine Umarmung aber nach kurzem Zögern.

„Das ist ja toll. Ich freue mich für dich." In seinen grünen Augen zeichnete sich Bedauern ab. Aber ich war in einem Tunnel und nahm es nur am Rande wahr. Ich war frei!

„Ich muss sofort zurück nach Reykjavík. Kannst du mich zum Flughafen bringen?"

Er stockte und löste sich von mir. Eine Sekunde später lächelte er: „Natürlich, Prinzessin. Ich bin gleich fertig."

Ich drückte ihm einen Kuss auf die Wange und lief zurück zum Haus: „Danke! Bis gleich." Ich war so euphorisch, dass ich wahllos alles in die Tasche stopfte, was in meinem Zimmer lag. Bingo lief aufgeregt neben mir her. „Willst du mit, Dicker?" Er hechelte und hüpfte an mir hoch. „Das wird nicht gehen, aber ich besuche dich mal, okay?" Wir gingen zusammen ins Wohnzimmer, ich klappte meinen Laptop zu und verstaute ihn im Rucksack. Auf dem Küchentisch lag ein Stapel Post. Tristan musste ihn dort abgelegt haben. Die Briefe waren an Alfreð Sigurdsson adressiert. Irgendwo in meinem Hinterkopf klingelte es, aber ich konnte es in meiner Aufregung nicht zuordnen. Ich schnappte mir die Sporttasche und meinen Rucksack und lief nach draußen. Tristan kam mir auf halbem Weg entgegen und lächelte mich an, aber das Lächeln erreichte seine Augen nicht.

„Bin sofort da, hole nur noch die Autoschlüssel."

„Ist gut." Ich kramte mein Handy aus dem Rucksack und schaltete es an. Adrenalin pumpte durch meine Adern. Ich hatte höchstwahrscheinlich eine Million Mails, Anrufe und Textnachrichten und ich konnte es kaum abwarten, erhobenen Hauptes zurückzukehren. Tristan öffnete den Jeep und wir stiegen ins Auto. Bingo sprang auf den Rücksitz und legte sich hin, als der Jeep auf die Straße abbog. Tristan hatte noch kein Wort gesagt, was mich nicht sehr störte, ich war zu beschäftigt mit meinem Handy und mir selbst. Ich plapperte über Gerechtigkeit und Ehrlichkeit und dass ich es denen jetzt zeigen würde. Wir erreichten den Flughafen nach zwanzig Minuten. Da wurde mir erst bewusst, dass das für uns den Abschied bedeutete. Falls es ein „Uns" gegeben hatte, dann war die gemeinsame Zeit jetzt beendet. Ich würde gleich in ein Flugzeug zurück in mein altes Leben steigen.

„Ich ruf' dich an", versicherte ich ihm.

„Ja, klar.“ Tristan lächelte traurig.

„Ach so, ich habe deine Nummer gar nicht. Gib sie mir, bitte.“

„Meine Nummer ist 755869. Ich freue mich für dich, Lilja. Wirklich. Jetzt muss ich wohl alleine ausreiten, hm?“

Er spielte mit dem Autoschlüssel und schaute mich nur kurz an. Er war so offensichtlich bekümmert über mein Weggehen, dass ich einem Impuls folgte, die Arme um seinen Nacken schlang und ihn küsste. Seine Lippen öffneten sich bereitwillig und unsere Zungen berührten sich. Blitze zuckten durch meinen Körper. Tristan löste sich von mir: „Du solltest jetzt gehen, Lilja. Sonst verpasst du den Flieger.“ Ich brauchte einige Sekunden, um mich zu sammeln. Er brachte mich immer wieder völlig aus der Fassung und ich konnte nicht klar denken. Aber er hatte Recht. Ich sollte gehen. Ich zögerte. Nur eine Sekunde, dann stieg ich aus und holte meine Taschen aus dem Kofferraum und ging zu seiner Tür und öffnete sie.

„Mach's gut, Tristan. Ich bin dir so unendlich dankbar. Das weißt du doch?“

„Ist schon okay, Prinzessin. Ich hoffe, du meldest dich wirklich.“

Ich umarmte ihn noch einmal und sog seinen Duft ein. Er roch männlich, nach Aftershave, frischem Schweiß und Pferden. Noch vor einer Woche hätte ich es als unangenehm empfunden, jetzt konnte ich mir keinen verlockenderen Geruch vorstellen.

„Lilja, wenn du jetzt nicht gehst, lasse ich dich nicht mehr. Also lauf!“

Ich schaute in seine grünen, traurigen Augen und hauchte einen letzten Kuss auf seine Wange.

„Danke.“ Plötzlich hatte ich einen dicken Kloß im Hals. Ich räusperte mich und versuchte es zu überspielen: „Bingo, mein Dicker. Dich werde ich auch vermissen. Besuch mich mal.“ Danach drehte ich mich wortlos um und lief davon. Wäre ich jetzt nicht gegangen, hätte ich es nicht geschafft. Meine Augen füllten sich mit Tränen und ich lief geradeaus weiter, direkt auf das Flughafengebäude zu.

„Lilja! Reiß dich zusammen. Hier kennt dich jeder!“ Das Schimpfen half.

Ich atmete ein paar Mal tief durch, unterdrückte den Drang, zu weinen, straffte meinen Rücken und ging schnurstracks zum Check-in-Schalter, um den Bordingpass abzuholen. Meine Haare hatte ich zu einem Knoten zusammengebunden und ich trug meine Trekking-Kleidung. Ich sah aus, als käme ich von einer der im Sommer so beliebten Hiking-Touren. Das würde ich auch jedem erzählen, der nach meinem Verschwinden fragte. Out of reach für ein paar Tage. Mehr musste die Welt nicht über mein plötzliches Abtauchen wissen. Gleichgültigkeit im Angesicht von scheinheiliger Anteilnahme konnte ich sofort üben. Die Dame am Schalter starrte mich mit großen Augen an, als wäre ich ein Gespenst.

Ja, ich war wieder da. Zurück im realen Leben. Lilja Ósk! She's back!

In der Wartezone traf ich ein paar Geschäftspartner und Bekannte und alle begrüßten mich gleichermaßen überschwänglich und scheißfreundlich. Noch vor einer Woche hätten sie mich alle den Raubtieren übergeben. Scheinheilige Businesswelt. Jetzt beteuerte natürlich jeder einzelne, dass er oder sie immer an meine Unschuld geglaubt habe und dass die Vorwürfe ihn völlig schockiert hätten und fragte, ob denn alles aufgeklärt sei. Bla bla. Ich konnte es kaum ertragen. Trotzdem setzte ich mein Business-Lächeln auf und gab die Standardantworten, die ich mir zurechtgelegt hatte. Das gleiche würde ich der Presse und jedem erzählen, der es hören wollte.

Meine Anspannung steigerte sich auf dem halbstündigen Flug ins Unermessliche. Ich konnte es kaum abwarten, endlich in mein Büro zurückzukehren, um mir einen Überblick über die Ereignisse in meiner Abwesenheit zu verschaffen. In Reykjavík sprang ich in ein Taxi und ließ mich nach Hause bringen. Im Trekking-Outfit würde ich auch nach diesem Abenteuer nur unter Folterandrohung ins Büro gehen. So viel Zeit musste sein.

Während ich im Lift nach oben fuhr, dachte ich kurz über die vergangenen Tage nach. Bereits jetzt wirkten sie so unwirklich, als wären Jahre seitdem vergangen. Was Tristan wohl gerade machte? Er war sicher auf dem geplanten Ausritt – ohne mich. Schnell verwarf ich den Gedanken, verließ den Lift und ging in mein Penthouse. Nachdem die Tür hinter mir ins Schloss gefallen war, ließ ich Tasche und Rucksack fallen, schlüpfte aus den Stiefeln, entledigte mich der Kleidung und lief ins Badezimmer. Ich roch ohne Zweifel nach Hund und Pferden, daher duschte ich und wusch meine Haare mit den teuren Pflegeprodukten, die ich gewohnt war. Es fühlte sich seltsam an. Plötzlich war der Luxus, in dem ich lebte, nicht mehr so selbstverständlich für mich.

Die letzten Tage hatten mich verändert.

Nachdem ich die Haare angefönt und mir ein dunkles Kostüm angezogen hatte, trug ich ein leichtes Tages-Make-up auf und fand, dass ich gewappnet sei und in mein Büro zurückkehren könne. Da der Cayenne – hoffentlich – noch vor dem Restaurant auf mich wartete, musste ich heute meinen Zweitwagen, einen roten Porsche Boxter, nehmen. Ich kramte kurz im Küchenschrank und fand eine angefangene Packung meiner Lieblingspralinen. Bis vor kurzem war das alles selbstverständlich für mich gewesen, jetzt nicht mehr so sehr. Ich ließ mir einen der Trüffel auf der Zunge zergehen und schloss die Augen, um den Moment auszukosten, bevor ich mein Penthouse verließ.

Auf dem Weg in die Firma schoss mir allerhand durch den Kopf. Ich war tatsächlich ein bisschen aufgeregt. Am Empfang grüßte ich, als wäre ich nie fort gewesen, und nahm den Lift nach oben. Ich dachte an Tristan und wie er mir vor ein paar Wochen prophezeit hatte, dass ich nur noch die Treppen nehmen würde. Wie man sich irren konnte. Ich seufzte. Ach, Tristan. Die Türen des Lifts öffneten sich und ich straffte meine Schultern. Ich grüßte jeden, dem ich auf der Etage begegnete, höflich und erntete Blicke, als wäre ich von den Toten auferstanden. Aber es war ihnen nicht zu verdenken, der Vergleich lag nah. Als Kristín mich erblickte, sprang sie hinter ihrem Schreibtisch auf, umrundete ihn und stürmte auf mich zu.

„Lilja! Es ist so gut dich zu sehen! Gott, bist du dünn geworden. Du musst dringend mehr essen, Kind!"

„Es ist schön, dich zu sehen, Lady. Ich hoffe, du hast hier die Stellung gehalten."

Kristín erdrückte mich fast und ich musste lachen. Nach einigen Sekunden ließ sie mich los und trat einen Schritt zurück. Normalerweise wahrten wir eine gewisse Distanz in unserem Verhältnis, die sie nach diesem Ausbruch wieder einnahm.

„Ich muss einige Telefonate führen und mir einen Überblick verschaffen. Bitte besorge mir Reports über die Ereignisse während meiner Abwesenheit."

„Selbstverständlich. Ich kümmere mich darum."

Ich stapfte ins Büro, packte mein Notebook aus und ließ mich in den großen, schwarzen Chefsessel fallen. Wie ich diesen Raum vermisst hatte. Mein Blick fiel auf den iPod, der noch auf meinem Schreibtisch lag, und ich dachte erneut an Tristan. Er fehlte mir doch tatsächlich bereits nach ein paar Stunden. Aber alles würde sich normalisieren, wenn ich mich nur wieder eingelebt hatte. Ganz bestimmt. Ich zögerte kurz, tippte dann eine SMS an Tristan.

Lieber Tristan, bin gut angekommen. Danke für alles, xo Lilja

Ich atmete langsam aus und schüttelte den Kopf. Es gab viel zu tun und ich hatte jetzt keine Zeit, um über Musikanten nachzudenken, die Pferde zähmten. Ich schickte noch an Gabríel eine SMS, dass ich wieder in Reykjavík sei und dass es mir gut ginge. Er war garantiert halb krank vor Sorge gewesen, als ich spurlos verschwunden war. Ich hatte ungefähr hundert Nachrichten von ihm auf der Mailbox, von denen ich noch keine abgehört hatte. Ich konnte mir gut vorstellen, dass er mindestens eine Flasche Baldrian gebraucht hatte, als ich spurlos verschwand. Dann hatte ich Dringendes zu erledigen, das Seelenwohl meines besten Freundes musste noch mal warten. Ihn würde ich später treffen. Nachdem das erledigt war, telefonierte ich als erstes mit einigen Personen im Ministerium und vereinbarte Termine für die kommenden Tage. Ich verlangte Aufklärung und wollte eine Entschuldigung. Außerdem stellte sich mir die Frage, auf wessen Geheiß dieses ganze Trara angezettelt worden war. Irgendjemand würde in ernsthafte Schwierigkeiten kommen. Dafür konnte ich garantieren! Kaum war ich damit fertig, sprang die Tür zu meinem Büro auf und Gabríel stürmte herein.

„Lilja, Schatz! Mein Gott, komm her! Wieso hast du dich nicht früher gemeldet?"
Er rannte förmlich auf mich zu und riss mich in seine Arme. Gabríel roch wie immer sehr stark nach seinem herben Aftershave und ich schloss einen Moment lang die Augen. Es tat gut, wieder zuhause zu sein.

„Ich wollte dich nicht in Schwierigkeiten bringen. Es ist wundervoll, dich zu sehen, Gabbí!"

„Schwierigkeiten, was redest du da für einen Unsinn! Ich müsste dir die Ohren lang ziehen, dass du einfach abgehauen bist, ohne mir etwas zu sagen!"

„Reg dich ab. Ich bin ja wieder da."

„Wo warst du überhaupt?"

„Lieber Gabríel! Ich erzähle dir die ganze Geschichte, aber ich muss jetzt arbeiten. Können wir uns später treffen?"

„Punkt zwanzig Uhr stehe ich bei dir auf der Matte und wehe du bist nicht da. Und, ach, ja. Ich bringe was zu essen mit, du bist ja völlig abgemagert. Warst du bei Kate Moss im Trainingslager?"

Ich kicherte: „So ähnlich. Bis später, Gabbí. Ich muss echt was tun und sehen, was meine Geschäftsführer an Mist gebaut haben, während ich weg war."

„Alles klar. Bis nachher."

„Ciao." Er gab mir einen dicken Schmatzer auf die Wange und ich musste ihn aus meinem Büro schieben, sonst wäre er wahrscheinlich niemals gegeangen.

Gabríel und Kristín gaben sich praktisch die Klinke in die Hand. Sie kam mit einem Stapel Unterlagen und einem Tablett herein, auf dem sich Möhrentorte und ein Chai Latte befanden.

„Kristín, du bist die Beste. Vielen Dank."

„Bitte. Ich dachte, das würde dir gut tun."

„Es ist wunderbar, genau das, was ich brauche. Bitte schick noch eine Rundmail an die Geschäftsführer, ich möchte morgen um zehn Uhr eine Telefonkonferenz. Statusmeeting, Business-Update und Financials. Alles klar?"

„Selbstverständlich. Ach, äh …"

„Ja?"

„Ich bin so erleichtert, dass es dir gut geht und du wieder da bist. Deine Eltern haben sich bestimmt im Grabe umgedreht."

Ich nickte traurig: „Ja. Es war gut, dass sie das nicht miterleben mussten. Aber einige Menschen werden zu spüren bekommen, dass man das nicht mit mir machen kann." Ich fühlte mich ganz ruhig. Und stärker als jemals zuvor. Ein Bootcamp war ein Sonntagsspaziergang gegen das, was ich in den letzten Tagen durchgemacht hatte.

Es war schon fast sechs und ich hatte bis acht noch einiges zu tun, daher schob ich Kuchen und Latte zur Seite und widmete mich den Unterlagen. Beim ersten Durchgang brach mir stellenweise der kalte Schweiß aus. Es war schlimmer, als ich befürchtet hatte. Konnten diese Vollidioten nicht mal ein paar Tage ohne Supervisor auskommen? Schrecklich. Ich seufzte und raufte mir die Haare. Einige würden mir morgen ziemlich genau erklären müssen, wie sie solch schwachsinnige Entscheidungen hatten treffen können. Ich kritzelte Anmerkungen in mein Notizbuch und die folgenden zwei Stunden verflogen wie nichts. Mein Telefon klingelte seit dem Nachmittag ununterbrochen, aber ich beantwortete nur die wichtigsten Anrufer. Tristan hatte mir noch nicht geantwortet. Aber warum sollte er auch … trotzdem war ich etwas enttäuscht.

Kurz vor acht sprintete ich zum Boxter und raste nach Hause. Wenigstens heute wollte ich vor Gabríel da sein. Aber ich hatte kein Glück. Er stand schon vor der Tür und hatte zwei Pakete Sushi und eine Flasche Bollinger im Gepäck, dabei war es zwei vor acht. Die auf dem Weg nach Hause kurz wieder aufgeflammte Frage, was ich von Tristan wollte, wo unser Leben doch so unterschiedlich war, blieb unbeantwortet, denn Gabríel stürmte mit tausend Fragen auf mich ein, während wir nach oben fuhren. In meiner Wohnung angekommen öffnete ich den Champagner und stellte zwei Teller auf den Tresen in der Küche.

„Hol doch mal Luft, Mann. Du brauchst ja gleich ein Sauerstoffzelt."

„Wenn du zur Abwechslung mal was sagen würdest, könnte ich ja …"

„Also gut. Wenn du es genau wissen willst – aber nur weil du es bist. Die ersten drei Nächte war ich im Hilton, danach war mein Bargeld alle und ich bin bei Tristan untergetaucht. Das bleibt aber unter uns. Offiziell war ich auf einer Trekkingtour."

Gabríel riss den Mund weit auf und starrte mich an. Er schluckte und fand dann die Sprache wieder: „Du bist … was?"

„Ich glaube, deine Ohren funktionieren noch ganz gut, oder? Cheers."

Ich trank einen Schluck und setzte mich neben ihn auf einen der Hocker, packte Stäbchen aus und begann zu essen.

„Warte mal, Lilja. Habe ich etwas verpasst? Als wir uns das letzte Mal gesehen haben, wolltest du diesen Tristan noch töten!"

Ich kaute und brachte mit vollem Mund hervor: „Tja. Besondere Umstände, besondere Maßnahmen."

Er starrte mich weiter ungläubig an: „Das war's?"

„Jepps."

Er sprang auf und lief durch die Küche: „Come on! Du kannst doch nicht so viele Tage in zwei Sätzen zusammenfassen."

Ich nahm ein weiteres Nigiri mit Lachs: „Doch."

Er schlug sich mit der Hand an die Stirn, nahm das Champagnerglas und trank einen großen Schluck: „Hattet ihr noch mal Sex?"

„Nebb."

„Du lügst."

„Hey, Gabbí! Warum sollte ich lügen?"

„Warum warst du sonst bei ihm?"

„Was hatte ich für Alternativen?"

Er setzte sich wieder hin und wickelte endlich seine Stäbchen aus. Auf Gabríels Stirn hatten sich Falten gebildet.

„Ich dachte, der Sex mit ihm sei der Hammer gewesen?"

„War er auch."

„Ja, und?"

„Nichts, und."

Er seufzte und nahm ein Thunfisch-Maki: „Du machst mich fertig. Wenn du dann bereit bist für mehr Story, sag Bescheid. Ich gebe auf."

„Ach, komm schon, sei lieb. Was gibt es bei dir Neues?"

Das war sein Stichwort. Es sprudelte aus ihm wie Cola aus einer geschüttelten Flasche. In fünfzehn Minuten versorgte er mich mit dem Klatsch und Tratsch der letzten Tage und allen relevanten und irrelevanten Informationen, die sein Liebesleben betrafen. Es war wirklich schön, wieder da zu sein. Ich hatte Gabríel vermisst. Nach zwei Gläsern Champagner war ich leicht beschwipst.

„Ich vertrage ja gar nichts mehr. Ich bin schon angetrunken."

„Das kann nur daran liegen, dass du so abgemagert bist. Wo ist dein Hintern geblieben?"

„Du Spinner. Vielleicht passt mir jetzt endlich mal Größe 36."

„Das brauchst du doch gar nicht. Du warst perfekt, wie du warst."

„Willst du mir etwa sagen, ich sollte zunehmen?"

„Das habe ich nicht gemeint. Ich wollte nur zum Ausdruck bringen, dass du es nicht nötig gehabt hättest. Wie viel wiegst du denn?"

„Eine Dame schweigt dazu. Außerdem weiß ich es nicht. Habe mich nicht gewogen, ich hatte andere Sorgen, falls ich dich daran erinnern darf."

„Ich glaube dir immer noch kein Wort, wenn du behauptest, du hättest keinen weiteren Sex mit dem Fitness-Trainer gehabt."

„Nenn ihn nicht so. Er hat einen Namen."

Gabríels Augen weiteten sich: „Oohhhhh. Madame ist verliebt!"

„Quatsch. Du solltest jetzt gehen. Ich muss schlafen, habe morgen einen anstrengenden Tag." Damit schob ich ihn behutsam Richtung Tür und aus meiner Wohnung hinaus. Nachdem sich die Tür hinter ihm geschlossen hatte, seufzte ich. Verliebt in Tristan? Wie lächerlich. Nachdenklich goss ich mir ein weiteres Glas Champagner ein und ging ins Wohnzimmer. Dort setzte ich mich mit dem Handy aufs Sofa und genoss für ein paar Minuten die atemberaubende Aussicht. Touristen tummelten sich an der Skulptur aus Metall, die den Rumpf eines Schiffes darstellte. Ich trank einen Schluck und checkte den SMS-Ordner. Es waren viele Eingänge, aber keiner von Tristan. Besaß er nicht mal den Anstand, zu antworten? Ich war enttäuscht und tippte kurzerhand:

Herr Troubadour, aus den Augen aus dem Sinn?
So sind sie die Männer! ☹ Lilja

War mir doch egal, was er dachte. Sollte er ruhig merken, dass ich es nicht mochte, wenn ich ignoriert wurde.

Ich trank einen Schluck und genoss das Prickeln in meinem Mund. Dann schloss ich die Augen für einen Moment und schwelgte in der Erinnerung an den letzten Kuss im Jeep. Was könnte man mit diesem Mann alles anstellen. Es war tatsächlich pure Verschwendung gewesen, die Möglichkeit nicht zu nutzen, als ich sie hatte. Aber zu dem Zeitpunkt war ich eine andere Lilja als die, die jetzt auf dem Sofa in 101 Reykjavik saß. Mein Handy vibrierte.

Hallo Prinzessin, ich dachte du hast etwas Besseres zu tun als einem arbeitslosen Musiker nachzutrauern, einem kleinen Fisch im großen Ozean … Tristan

Ich freute mich wie ein Teenie. Das musste am Alkohol liegen. Ich war echt aus der Übung und antwortete ohne nachzudenken:

Hallo du Fisch, Trauer kommt in meinen Gedanken an dich nicht vor … Lilja

Ich grinste, legte das Handy zur Seite und genoss den Ausblick. Es dauerte nicht lange und es vibrierte erneut.

Prinzessin, wenn du mich foltern willst. Es klappt. Tristan

Ich kicherte und überlegte, was ich ihm antworten sollte. Ich wünschte, er wäre hier und ich könnte seine starken Arme spüren.

Wir haben nicht zu Ende gebracht, was wir oft begonnen haben ... Lilja

Ich wollte ihn. Mit Haut und Haaren. Gott, wie verführerisch seine Lippen sein konnten. Ganz zu schweigen von seinen Händen und dem Rest. Ich konnte kaum klar denken.

„Mann, Lilja. Es sind nur Textnachrichten. Wahrscheinlich macht er sich einen Spaß daraus. Hast du das schwangere Flittchen vergessen?“, holte mich eine gemeine kleine Stimme in die Wirklichkeit zurück.Das brachte mich zur Raison. Seine Antwort änderte daran nichts.

Liebe Prinzessin, glaube mir. Das wäre nur der Anfang. Tristan

Ja, sicherlich. Der Anfang vom Ende vielleicht.

Ich reagierte nicht mehr, stellte das leere Glas in der Küche ab und ging ins Badezimmer. Ich warf das Kostüm über die Badewanne und schaute mich im Spiegel an. Es war Lilja. Aber eine andere Lilja als noch vor kurzem. Ich hatte mich verändert. Äußerlichkeiten hatten immer eine große Rolle für mich gespielt. Die letzten Tage hatten mir allerdings gezeigt, dass es nicht nur auf Geld und Schönheit ankam. In meiner dunkelsten Stunde stand mir ein Mann zur Seite, den ich bis dahin wie Müll behandelt hatte. Wieso tat er das? War das der Grund, warum ich ihn liebte?

O Gott! Liebe!

Ich trat einen Schritt zurück und gestand es mir ein: Ich hatte mich in Tristan verliebt. Aber was sollte ich mit dieser plötzlichen Erkenntnis anfangen? Im Geschäftsleben wusste ich immer, was zu tun war. Da gab es klare Regeln. Aber in der Liebe? Ich verstand es nicht. Hatten wir überhaupt eine Chance? Wollte er mich denn? Was war mit dem Kind? Ich wälzte mich an diesem Abend lange in meinem Bett hin und her, bevor ich in einen tiefen, traumlosen Schlaf fiel.

13

Reykjavík - Nordisland

Ich wachte früh auf und musste wie so oft in letzter Zeit überlegen, wo ich war.

Die Erkenntnis kam schlagartig: zuhause!

Ich sprang aus dem Bett und genoss eine heiße Dusche. Während das Wasser über meinen Körper lief, sortierte ich meine Gedanken für den heutigen Tag. Fürs Büro wählte ich einen schlichten Hosenanzug mit einer weißen Bluse. Meine Wangen waren etwas blass, also legte ich Rouge auf. Dann steckte ich meine Locken hoch und ließ ein paar Strähnen lose heraushängen. So gefiel ich mir und fand mich sogar hübsch. Die Waage hatte mir unglaubliche achtundfünfzig Kilo angezeigt, aber ich konnte mich nicht so richtig darüber freuen. Es war mir fast egal. Auf dem Weg zum Büro fuhr ich beim Kaffitár vorbei, stoppte aber nicht. Ich hatte keinen Appetit; wenn es das war, was die Liebe mit einem machte, konnte ich auf sie gut und gerne verzichten.

Im Büro konzentrierte ich mich auf die Arbeit. Es war wirklich viel zu tun und ich musste einige Entscheidungen meiner Mitarbeiter rückgängig machen und neue treffen. Am späten Nachmittag brachte mir Kristín ein Sandwich, einen Salat und einen Schokomuffin.

„Du musst etwas essen, Lilja."

„Danke, du bist ein Goldstück."

„Ich hoffe du isst es auch. Nicht wie gestern."

„Es war so viel zu tun. Ich hatte einfach keine Zeit."

„Ich verstehe das. Wenn es okay ist, mache ich jetzt Feierabend."

„Ist in Ordnung. Noch mal vielen Dank."

Kristín verließ mein Büro und ich machte eine Pause, um meinen späten

Lunch zu verspeisen. Ich checkte nebenbei meine Nachrichten und fand eine von Tristan.

Liebe Prinzessin, Ich wünsche Dir einen erfolgreichen Tag. Ich denke an Dich. Dein Tristan

Ich seufzte. Warum war das Leben so kompliziert? Wieso hatte er … hatte er was? Ach. Ich wusste es selbst nicht. Ich legte die Hälfte vom Muffin zurück auf das Tablett. Mein Magen war plötzlich wie zugeschnürt.

Mein Tristan, bist Du das wirklich, Mein? Lilja

Mein Selbstvertrauen war bei der ganzen Sache offenbar auf der Strecke geblieben. Normalerweise nahm ich mir, was ich wollte, was war nur los? Ich hatte keine Zeit, den Gedanken zu vertiefen, denn in zehn Minuten war ein Termin im Ministerium vereinbart und ich war bereits spät dran. Die Arschlöcher konnten aber auch gut fünf Minuten auf mich warten. Ich machte mich ohne Eile auf den Weg, gleichermaßen angespannt und sauer. Keine gute Kombination.

Die Sitzung dauerte drei Stunden und die drei Herren schrumpften in dieser Zeit um einige Zentimeter. Mein Anwalt stand mir zur Seite und ich forderte lückenlose Aufklärung, wie es zu diesen unglaublichen Anschuldigungen hatte kommen können. Außerdem kündigte ich an, die Seðlabanki wegen Rufmordes zu verklagen. Besser, sie würden einen Schuldigen ausfindig machen, sonst hatte die ganze Behörde Ärger am Hals. Das verstanden die Pinguine. Selbstzufrieden lenkte ich meinen Boxter nach Hause.

Ich stellte fest, dass der Cayenne wieder in der Tiefgarage stand. Kristín war einfach Gold wert, sie kümmerte sich um alles. Es war eindeutig eine Gehaltserhöhung für sie fällig. Ich ging davon aus, dass sie auch meiner Haushälterin gesagt hatte, sie solle etwas zum Essen vorbereiten. Ich hatte keine Lust, noch rauszugehen. Nach Gesellschaft und den neugierigen Blicken stand mir heute nicht der Sinn.

Ich fand Gemüsegratin mit fettarmem Käse im Kühlschrank. Dieses Festmahl stellte ich in die Mikrowelle und wechselte meinen Hosenanzug gegen einen dunkelgrauen Jogginganzug von Juicy Couture. Lustlos stocherte ich im Auflauf und zappte durch das Fernsehprogramm. Da ich nichts finden konnte, schaltete ich aus und brachte den kaum angetasteten Teller in die Küche zurück. Ich ging früh ins Bett, fand aber keinen Schlaf und grübelte stattdessen über Tristans Antwort:

Meine Prinzessin, ich war Dein nach der ersten Sekunde und werde immer Dein sein. Du musst es nur zulassen. Dein Tristan

Ich kam zu keinem Ergebnis, wie ich darauf reagieren sollte und vertagte das Problem.

Die nächsten Tage hatte ich alle Hände voll zu tun und kaum eine ruhige Minute. Ende der Woche musste ich für ein paar Tage verreisen, es gab Querelen in der Fabrik in Frankreich. Die Froschfresser streikten ja wegen jedem Scheiß und es brannten bereits Reifen vor dem Eingang. Mein Geschäftsführer vor Ort war so ein Hosenschisser, dass er sich höchstwahrscheinlich bereits vor Angst bepinkelt hatte. Da musste ich eingreifen. Passenderweise hatte sich Stéphane vor ein paar Tagen gemeldet, aber ich gab vor, keine Zeit zu haben. Was ja auch stimmte.

Zwischen mir und Tristan war nach seiner SMS Funkstille. Ich wusste einfach nicht, wie ich damit umgehen sollte. Was war das mit uns? Und was war mit dem Kind? Und der Mutter zum Kind? Zum ersten Mal in meinem Leben war ich wirklich ratlos. Da kam es mir ganz recht, dass ich mehr als genug zu tun hatte, um mich mit gutem Gewissen ablenken zu können.

Als ich aus Frankreich zurückgekehrt war, stellte ich meine Tasche in den Hauswirtschaftsraum. Meine Haushälterin konnte sich um die Wäsche kümmern, wenn sie morgen kam. Die Wohnung wirkte leer und ich strich unruhig durch die Räume. Warum hatte Tristan sich überhaupt nicht mehr gemeldet? Ob er sauer war, dass ich mich nicht gemeldet hatte? Es war zum Haareraufen. Ich vermisste ihn. Sehr. Kurzerhand schnappte ich mir mein Telefon und schickte ihm eine Nachricht. Es dauerte knapp zehn Minuten, denn ich tippte eine Nachricht nach der anderen und löschte sie wieder, bevor ich sie abschicken konnte. Schließlich hielt ich es kurz, etwas Besseres fiel mir nicht ein.

Lieber Tristan, wie geht es Dir? Lilja

Ich war völlig aufgewühlt und mein Herz klopfte wie verrückt. „Du bist doch seltendoof“, kommentierte meine innere Stimme meinen Zustand. Ich schüttelte den Kopf und lief wie ein aufgescheuchtes Huhn durch die Wohnung. Was war nur los mit mir? Wie lange konnte es dauern, bis er antwortete? Wahrscheinlich hatte er mich sowieso schon abgehakt. Das war bestimmt das Schlaueste, was er tun konnte. Oder er saß gerade bei seiner schwangeren Freundin. Meine Laune sank auf den Nullpunkt und ich ärgerte mich, dass ich so dumm gewesen war, mir Hoffnungen zu machen. Mein Handy summte und ich las die Nachricht in der gleichen Sekunde.

Meine Prinzessin, Du fehlst mir. Wann sehen wir uns wieder? Tristan

Mein Herz machte einen Sprung und plötzlich war ich der glücklichste Mensch auf Erden. Aber was sollte ich tun? Konnte ich es wagen? Lilja Ósk Stefánsdóttir mit einem Musiker?

Wieso nicht. Das ging doch nur mich etwas an. Ich schmiedete Luftschlösser und legte mir einen Plan zurecht. Heute war es zu spät, es war fast Mitternacht. Aber morgen. Ja, morgen würde ich es angehen. Ich antwortete Tristan:

Tristan, ich hoffe bald. Wie lange bleibst Du noch im Norden? xo Lilja

Ich freute mich riesig und machte mich bettfertig. Das Handy lag auf meinen Nachttisch. Die Antwort von Tristan sah ich erst, als ich schon unter der Decke lag.

Prinzessin, ein paar Tage. Ich liege in „Deinem“ Bett und stelle mir vor, Du wärst bei mir … Tristan

Ich stellte mir vor, was wir in diesem Moment dort tun würden. Eines stand fest, sicher nicht schlafen.

Troubadour, glaub mir. Ich hätte kreative Ideen, wenn ich dort mit Dir wäre. Lilja

Die Antwort ließ nicht lange auf sich warten.

Prinzessin, ich schwöre, dass ich es kaum aushalten kann. Was würdest Du tun? Dein leidender Fisch an der Angel

An Schlaf war nicht zu denken. Mein Blut kochte. Aber ich versuchte, ihn weiter zu necken. Mir Tristan als zappelnden Fisch vorzustellen, fiel mir allerdings schwer. Ihm war bis jetzt wahrscheinlich nicht klar geworden, dass er für mich eher eine Bedrohung meines bisherigen Weltbildes darstellte, als dass er in die Opferrolle passte. Von wegen zappelnder Fisch, wenn ich ihn mir als Wassertier vorstellte, dann fühlte ich mich eher hilflos auf einem Boot ausgeliefert, das er umkreiste, während er auf den richtigen Moment zum Zuschnappen wartete.

Haie sind auch Fische ... Zuerst würde ich Dich unter die Dusche zerren. Du weißt ja, was dort passieren kann... Lilja

Ich schmunzelte bei den Erinnerungen an die Dusche nach dem Abend im Nasa. In meinem Kopf waren ziemlich eindeutige Bilder von dem, was damals passiert war. Ich löschte gerade das Licht, als mein Handy erneut vibrierte.

Jetzt muss ich tatsächlich duschen. Und zwar kalt. Ansonsten geschieht ein Unglück. Geh schlafen. Tristan

Ich kicherte und drehte mich auf die andere Seite. Es dauerte ziemlich lange, bis sich mein Puls wieder beruhigt hatte und ich endlich einschlief.

Am nächsten Morgen sprang ich voller Tatendrang aus dem Bett, duschte, schrieb einige Mails und packte eine kleine Reisetasche. Viel brauchte ich nicht. Ich zog eine, eigentlich skinny Jeans von True Religion an, die mir jetzt aber lose um die Schenkel hing. Dazu ein kariertes Hemd von Jil Sander. Ich versuchte, so casual wie möglich auszusehen ohne mit einem Bergsteiger verwechselt zu werden. Dazu wählte ich braune Wildlederstiefeletten und war zufrieden. Eine Stunde später war ich auf dem Weg zum Flughafen in Reykjavik und kaufte mir ein Ticket für die Neun-Uhr-Maschine nach Akureyri, weil ich zu ungeduldig war, um zu warten, bis meine Maschine startklar sein würde. Ich war unendlich aufgeregt und voller Vorfreude. Es war das Richtige. Ich war mir sicher. Kristín hatte ich informiert, dass sie für den heutigen Tag alle Termine absagen sollte. Es war nichts Wichtiges geplant und den Rest konnte ich per Telefon oder Mail erledigen. Es war sowieso Freitag. Ich traf einige Bekannte und Geschäftspartner am Flughafen und immer noch sprach das blanke Staunen aus den meisten Gesichtern. Was hatten die gedacht? Dass ich mich für den Rest meines Lebens verstecken würde? Sicher nicht. Der Flug dehnte sich unendlich und mein Herzschlag beschleunigte sich, als wir endlich zur Landung in Akureyri ansetzten. Das Wetter war bombastisch, es waren fast zwanzig Grad Celsius und der Himmel erstrahlte im schönsten Blau. Ein perfekter Tag!

Am Flughafen mietete ich mir einen Wagen und fuhr los. In der Garage meines Hauses wartete zwar ein amerikanischer Pickup auf mich, aber ich wollte keine Zeit verlieren. Das Auto hatte ich mir mal gekauft, weil ich Schneemobile in der Garage hatte, die ab und zu zum Einsatz kamen und transportiert werden mussten. Der Norden war ein Eldorado im Winter. Skipisten, Schnee ohne Ende und die Berge boten ein außergewöhnlich schönes Panorama. Wer brauchte da schon die Alpen. Vielleicht würde Tristan ja auch Spaß daran haben, mit mir über die Gletscher zu rasen? Bestimmt, alle Männer waren doch wie Kinder. Ich grinste und trat das

Pedal durch. Ich wollte keine Sekunde länger warten. Ich erreichte den Hof in Rekordzeit und stellte den Wagen neben Tristans dreckigen Jeep. Neben seinem Auto stand ein schwarzer Range Rover. Nanu! Was sollte das bedeuten? War der Onkel doch schon zurück? Wundersame Genesung vom Beinbruch? Unwahrscheinlich.

Ich bog um die Ecke und wollte sehen, ob er im Haus war. Wahrscheinlich war er sowieso mit den Pferden unterwegs. Aber einen Versuch war es wert. Er wusste ja nicht, dass ich kam.

Als ich wenige Schritte von der Eingangstür entfernt war, blieb ich wie angewurzelt stehen. Tristan war offensichtlich nicht auf einem Ausritt. Die Tür zum Haus war offen, Bingo sprang um Tristan und … eine blonde, hochschwangere Frau herum.

Fuck. Fuck. Fuck.

Mein Herz setzte aus und ich war zur Salzsäule erstarrt. So hatte ich mir unser Wiedersehen nicht ausgemalt. Tristan küsste die Frau auf die Wange und sie drückte sich an ihn. Scheiße.

Ich wäre gerne im Boden versunken und schickte ein Stoßgebet zum Himmel: „Lieber Gott. Lass mich verschwinden."

Da blickte Tristan auf und Überraschung spiegelte sich auf seinem Gesicht wider.

Ich wollte mich umdrehen und weglaufen, aber ich konnte mich nicht rühren. Mir wurde bewusst, dass mein Mund offen stand. Der Versuch, einen normalen, freundlichen Gesichtsausdruck aufzulegen, missglückte mit Sicherheit. Tristan fand als erster seine Sprache wieder, die blonde Frau trat einen Schritt zur Seite und schaute mich nicht minder überrascht an.

„Lilja! Was machst du denn hier?"

Ja. Was machte ich hier?

„Hallo. Äh, ja. Ich war in der Gegend. Und …"

Klar. Ich war „zufällig" in der Gegend. Was Dümmeres hätte mir jetzt echt nicht einfallen können, ich Schaf!

Bingo lief schwanzwedelnd auf mich zu und ich freute mich, dass ich mich ihm zuwenden konnte und ich nicht länger Tristan und die Mutter seines Kindes ansehen musste. Was für eine schreckliche Situation. Ich schaute stur auf den Hund. Endlose Sekunden verstrichen, bevor Tristan wieder etwas sagte.

„Ich freue mich, dich zu sehen! Willst du uns nicht auch begrüßen?"

Ich blickte auf und sah die beiden lächeln.

Lächeln? Das war doch die Höhe! Machten die sich lustig über mich? Ich räusperte mich. „Ja, natürlich." Ich lief auf die beiden zu und Bingo hüpfte freudig neben mir her. Wenigstens einer, der sich ehrlich freute.

Ich wischte die Hände an meiner Jeans ab und wappnete mich. Wie würde er sie mir vorstellen? Ich hoffte, nicht als Frau oder Freundin. Das würde ich nicht verkraften und ich glaubte, die Scham würde mich auf der Stelle töten. Tristan kam einen Schritt auf mich zu und küsste mich auf die Wange. Er legte seine Hände auf meine Schultern und ich konnte seine ureigene Mischung aus Aftershave und Pferdegeruch wahrnehmen. Augenblicklich schnellte mein Puls in die Höhe. Viel zu kurz dauerte der Moment, seine Hände hingen wieder locker an seiner Seite und meine Arme brannten an der Stelle, wo er mich kurz zuvor berührt hatte.

„Mann, das ist echt eine Überraschung, Lilja."

Ja, das konnte ich mir denken.

„Tja…"

„Ach, wie unhöflich von mir. Das hier ist …" Ein kurzes Schweigen, die beiden tauschten schmunzelnde Blicke aus und ich spürte, wie meine Wangen brannten.

O Gott, jetzt nicht auch noch rot anlaufen! Wie dumm ich gewesen war, hierher zu fahren. Ich hätte es besser wissen müssen. So ein Mann blieb nicht lange alleine.

Ich fühlte mich zutiefst beschämt.

„... also, das hier ist meine Schwester, Auður [Äuzür]."

Wie bitte? Ich spürte wie mein Kiefer nach unten klappte. Schwester? Unendliche Erleichterung machte sich in mir breit. Auður reichte mir eine feingliedrige Hand mit manikürten Fingernägeln und grinste mich an.

Scheiße. Sie hatte es gemerkt.

Klar. Sie war eine Frau.

Mann, ich war so bescheuert! Mein Herz setzte einen Moment aus.

Es schlug wieder, aber es schlug dreimal so schnell, wie es sollte. Das Blut rauschte durch meine Adern und ich hatte das dringende Bedürfnis, mich zu setzen. Ich fürchtete, meine Knie würden unter mir nachgeben. Ich reichte ihr meine Hand und ihr Händedruck war kräftig und selbstsicher. Das gefiel mir.

„Hallo, hm ..."

„Entschuldigung. Ich bin so unhöflich. Ich bin Lilja. Es ist nett, dich kennenzulernen."

„Ganz meinerseits."

Tristan meldete sich wieder zu Wort: „Da sind sie zusammen, die zwei Damen meines Herzens. Aber meine Schwester wollte sowieso gerade gehen. Du hast sie fast verpasst."

Er grinste mich an und schaute seine Schwester – seine Schwester!!! – mit großen Augen an, als wolle er ihr zu verstehen geben, dass sie sich vom Acker machen sollte. Das Strickkleid war fast bis zum Zerreißen über dem riesigen Schwangerschaftsbauch gespannt. Es musste bald so weit sein. Die Erleichterung, dass es nicht so war, wie ich angenommen hatte, war wie intravenöser Champagner. Ich grinste und senkte den Blick zu Boden. Der Schock ließ nach, mit ihm verschwand das Gefühl, gleich ohnmächtig zu werden.

„Ach, ja. Es tut mir leid. Ich muss wirklich los. Alles Gute für euch. Ich hoffe, wir sehen uns bald mal wieder, Lilja, war nett, dich kennengelernt zu haben. Bis bald!" Sie zwinkerte mir zu und watschelte davon. Auður hatte eigentlich eine schmale Statur und von hinten sah man kaum, dass sie schwanger war. Nur hatte ihr Gang jegliche Leichtigkeit verloren. Ich blickte ihr nach, war mir aber zugleich Tristans Nähe deutlich bewusst; er stand dicht neben mir. Der Range Rover setzte zurück und ich hörte die Steine unter den Reifen knirschen, als der Wagen vom Hof verschwand. Ich spürte Tristans Blick auf mir ruhen und plötzlich war ich furchtbar schüchtern. Untypisch für mich. Ein merkwürdiges Gefühl. Diese Liebe trieb mich noch in den Wahnsinn!

„Willst du nicht reinkommen? Kaffee?"

Ich schaute in seine grünen Augen und verlor mich kurz darin. Mein Herzschlag beschleunigte sich auf altbekannte Weise und ich hatte Mühe, mich zu konzentrieren. Ich räusperte mich: „Ja, gerne. Das wäre nett."

Tristan drehte sich auf dem Absatz um und lief ins Haus.

„Komm mit, oder willst du da anwachsen?"

Wollte er gar nicht wissen, wieso ich hier war? Ich trottete ihm hinterher und überlegte, was ich sagen sollte. Ich hatte mir auf dem Flug eine ganze Rede überlegt, aber es war nach dem Erlebnis mit seiner Schwester weg.

Tristan hantierte in der Küche und das vertraute Geräusch der Kaffeemaschine beruhigte meine Nerven etwas. Ich stellte mich an den Küchentisch und beobachtete seine sicheren Bewegungen. Das Shirt spannte sich über seinem athletischen Rücken und mein Blick blieb an den schmalen Hüften hängen. Zu gerne hätte ich ihn angefasst und seine Wärme gespürt. Da drehte er sich um, mit zwei Tassen Kaffee in der Hand, und ich fühlte mich ertappt. Mal wieder! Meine Wangen brannten. Er grinste. Ich grinste auch.

„Erwischt!"

„Ha, ha. Und, gefällt dir, was du siehst?"

„Sehr."

„Du willst also nur meinen Körper benutzen?" Er zwinkerte mir zu und stellte die Tasse vor mir auf den Tisch. Seine grünen Augen blitzten schelmisch, aber es lag noch etwas anderes in seinem Blick. Etwas Fragendes.

„Tristan. Ich …"

Mir fehlten die Worte und meine Kehle war wie ausgetrocknet. Ich setzte mich und trank einen Schluck Kaffee. Der war natürlich noch siedend heiß und ich verbrannte mir die Zunge.

„Autsch. Heiß!"

Tristan lächelte und setzte sich ebenfalls.

Mann, der machte es einem aber auch nicht leicht.

Ich umklammerte die Kaffeetasse und schaute ihn an. Sein Blick war so intensiv, dass ich alles vergaß. Mein Atem beschleunigte sich und ich öffnete leicht den Mund, um besser atmen zu können.

„Wenn du so dasitzt, lebst du in großer Gefahr. Weißt du eigentlich, wie verführerisch du aussiehst, wenn du schüchtern bist, deine Lippen dabei leicht geöffnet sind und du mit deiner Zunge darüberstreichst, um sie zu befeuchten? Weißt du, was du mit mir anstellst, Lilja?"

Es klang leicht vorwurfsvoll und höchst erotisch. Das Blut rauschte durch meine Adern. Ich wollte etwas sagen. Was war es noch mal? Er brachte mich völlig aus dem Konzept. Mir ging es genauso!

Ich seufzte. Und er fuhr fort: „Ich habe jede Sekunde an dich gedacht. Aber es liegt an dir. Es lag immer an dir."

Okay. Ich war dran: „Lass es uns versuchen."

Tristans Blick verdunkelte sich. Er stellte seine Kaffeetasse auf dem Tisch ab, schob den Stuhl zurück und stand auf. Mit einem Schritt war er bei mir und zog mich auf die Beine. Er hielt mich fest, sein Gesicht war nur wenige Zentimeter von meinem entfernt. Sein warmer Atem roch nach Kaffee und mein Atem stockte. Er flüsterte: „Du wirst es nicht bereuen. Ich schwöre es dir. Und jetzt komm, Weib! Ich halte es nicht mehr aus!"

Seine Lippen senkten sich auf meine. Ganz sanft, fast zögerlich küsste er zuerst meine Unterlippe und wartete darauf, dass ich den Kuss erwiderte. Ich konnte keinen klaren Gedanken mehr fassen, als ich seine Zunge spürte. Seine Hände hinterließen glutheiße Spuren auf meinem Körper. Sie waren überall. Ich klammerte mich an ihn und die Welt um uns verschwamm.

Mit einem Ruck hob er mich in seine Arme und lief mit großen Schritten in sein Schlafzimmer. Dort stellte er mich vor dem Bett ab, nahm mein Gesicht zwischen seine Hände, schaute mich mit verschleierten grünen Augen an und sagte: „Lilja. Ich liebe dich. Ich hatte gehofft, dass du es wagen würdest. Es bedeutet mir unglaublich viel."

„Ich … ich glaube, ich liebe dich auch. Ja. Sehr sogar." Ich grinste ihn an und küsste ihn erneut.

Ich krallte mich an ihm fest, als wollte ich ihn nie wieder frei geben. Die Leidenschaft übermannte uns und wir rissen uns tatsächlich die Kleider vom Leib. Ich sog alles in mir auf. Der Geruch von harter Arbeit und Frische vermischte sich mit dem Duft der Liebe. Ich vergaß Zeit und Raum. Es gab nur noch Tristan und mich. Er liebkoste jeden Zentimeter meines Körpers und ich zitterte vor Erregung. Ich stöhnte auf und schob ihn von mir. Tristan war erstaunt und seine Augen weiteten sich.

„Jetzt bin ich dran. Was glaubst du, wie lange ich mir das gewünscht habe?"

„Es ist gut, Prinzessin. Jetzt ist alles gut." Er streichelte mich zärtlich und sog scharf die Luft ein, als ich mit meinem Mund die intimsten Stellen seines Körpers erforschte. Seine Stimme war heiser und atemlos: „Lilja. O Lilja! Hör auf!"

Aber ich wollte nicht aufhören, ich genoss es, ihn zu spüren, ihm zu zeigen, wie sehr ich ihn brauchte und liebte. Er schob mich zur Seite und rollte sich schwer atmend auf mich. „Das war sehr, sehr knapp!"

„Ich will dich!" Damit zog ich ihn auf mich.

14

Nordisland – Reykjavík

Ich lag in seinen Armen und hatte die Augen geschlossen, völlig überwältigt und erschöpft. Ich war so glücklich, unendlich glücklich. Tristan strich mir über den Kopf und ich genoss die Wärme seines Körpers. Seine Brust war glatt und sein Bauch flach. Eine dünne Linie mit hellen Haaren führte vom Bauchnabel nach unten und verschwand unter der Decke. Ich strich mit meinen Fingern die Konturen des Nabels nach und spürte, wie er sich anspannte.

„Pass auf, was du tust. Das könnte gefährlich werden!"

Ich kicherte: „Das ist wunderbar. Ich liebe die Gefahr."

Er hielt mich ganz fest in seinem Arm und strahlte mich an. „Du machst mich sehr glücklich, Lilja. Aber wenn du mich so anfasst, kann ich nicht mehr denken. Du machst mich verrückt."

Einige Zeit später saßen wir in der mir mittlerweile so vertrauten Küche und aßen simple Pasta mit Tomatensoße. Wir waren beide sehr hungrig und futterten alles bis auf den letzten Krümel auf.

„Und jetzt?", fragte mich Tristan, als er sein Besteck beiseitelegte. Ich trank einen Schluck Wasser und schaute ihn an.

„Wie, und jetzt?"

„Naja. Wie geht es weiter?"

„Ich weiß nicht. Heute ist Freitag, ich kann das Wochenende hierbleiben."

Er sah erleichtert aus.

„Das ist schön. Mein Onkel sollte noch eine Woche im Krankenhaus bleiben. Aber Mitte kommender Woche sind die anderen beiden wieder da."

„Das ist doch gut."

„Ja. Und dann?“

„Was meinst du denn?“

„Du weißt, was ich meine, Lilja. Du hast doch hysterische Anfälle bekommen, als der Artikel in der Seð og Heyrt erschienen ist.“

„Das war etwas ganz anderes. Jetzt sind wir zusammen. Die können schreiben, was sie wollen.“

Er lachte und stand auf.

„Du bist echt einsame Spitze. Bei dir weiß man nie, woran man ist. Hast du jetzt auf einmal nichts mehr gegen Musiker?“

„Ich hatte nie etwas gegen Musiker, du Idiot.“

„Nein. Natürlich nicht.“ Er spielte den Unwissenden und ich konnte einen dezent ironischen Unterton ausmachen.

„Ist schon gut. Ich kann doch meine Meinung ändern. Jetzt bist du aber mal an der Reihe. Wer ist dieser ominöse Onkel?“

Tristan seufzte und fuhr sich durch die Haare. Was war so schlimm an dem Onkel?

„Du kannst echt nerven, Lilja. Mein Vater ist Gísli Sigurdsson, mein Onkel ist …“

„Wie bitte?!“ Ich war überrascht. Oder vielmehr: schockiert.

„Mein Onkel ist Alfreð Sigurdsson. Die Brüder haben sich geschäftlich vor Jahren getrennt und mein Onkel wurde ausbezahlt.“

Ich merkte, wie die Überraschung in Wut umschlug.

„Wann hattest du denn vor mir zu sagen, dass er dein Vater ist?“

„Was tut das zur Sache?“

„Was es zur Sache tut? Bist du nicht ganz dicht? Der Mann ist mein größter Konkurrent, wir mögen uns nicht! Er steht ganz oben auf meiner Liste der Verdächtigen, die dafür verantwortlich sind, dass ich des Insiderhandels beschuldigt wurde! Er hätte den größten Nutzen davon!“

Tristan zuckte nur mit den Schultern und räumte den Tisch ab. Ich schrie ihn an: „Mehr hast du nicht zu sagen?“

Er stellte die Teller in die Spüle und drehte sich um.

„Jetzt beruhig dich erst mal wieder, Lilja. Meine Güte!“

„Beruhigen? Ich mich BERUHIGEN? Ich will mich nicht beruhigen!“, brüllte ich weiter.

Er rollte mit den Augen und machte mich damit nur noch wütender.

„Das schlägt doch dem Fass den Boden aus! Wie kannst du es mir nicht sagen? Was ist das denn für eine Basis? Was hast du mir denn noch alles nicht erzählt? Lässt mich hier antanzen und erzählst was von Liebe und überhaupt!“

„Es hat mit uns nichts zu tun. Er hat mit uns nichts zu tun. Und ich habe dich nicht antanzen lassen, du bist freiwillig gekommen.“ Tristan blieb erstaunlich ruhig, während ich tobte und ihn provozierte.

„Ach, ja?“

„Ja."

„Geht es auch ausführlicher? Was noch?!"

„Ich rede seit Jahren nicht mehr mit meinen Eltern. Das einzige, was mich mit ihnen verbindet, ist meine Schwester."

Ich war verwirrt und meine Wut ließ etwas nach, so dass ich wieder klarer denken konnte. Das machte Sinn. Deshalb die ärmliche Wohnung und die Musik. Aber wieso?

„Was ist passiert?"

„Einiges."

„Muss man dir alles aus der Nase ziehen?"

„Come on, meine Liebe. Das ist nicht fair."

„Nein?"

„Nein. Wir haben uns gestritten. Ich war mit seinen Ansichten nicht einverstanden und habe es vorgezogen, meine eigenen Wege zu gehen. Reicht das als Antwort?"

Ich atmete tief durch.

„Fürs erste, ja. Hast du für ihn gearbeitet?"

„Nur kurz. Nach dem Studium sollte ich eine Firma übernehmen und wir waren geteilter Meinung, wie die Restrukturierung ablaufen sollte. Geld. Menschen. Punkt."

„Das war's?"

„So in etwa. Lilja, du kennst ihn nicht. Oder doch, du kennst ihn. Magst du ihn?"

„Nein. Ich mag ihn nicht. Und es beruht auf Gegenseitigkeit. Aber er ist dein Vater! Und was ist mit deiner Mutter?" Es war für mich völlig unverständlich, wie man mit seinen Eltern nichts mehr zu tun haben wollen konnte. Wobei – bei dem Vater … andererseits, meine Eltern waren tot und ich hätte alles dafür gegeben, noch einmal mit ihnen sprechen zu können. Aber ich beließ es fürs Erste dabei. Tristan würde mir mit der Zeit sicher mehr darüber erzählen. Mein Ärger war verpufft.

„Meine Mutter hat mich vor die Wahl gestellt. Entweder ich würde mich mit meinem Vater versöhnen oder sie wollte mit mir auch nichts mehr zu tun haben."

Ich war erschüttert. So etwas sagte man doch nicht zu seinem eigenen Kind. Wie herzlos waren diese Frau und dieser Mann? Ich ging zu Tristan und hielt ihn fest umarmt.

„Es ist okay, Lilja. Alles in Ordnung. Komm, lass uns etwas unternehmen. Wenn wir nicht schnell hier rauskommen, kann ich für nichts garantieren."

Er zwinkerte mir zu und ich akzeptierte seinen Wunsch, das Thema zu wechseln.

„Gut. Soll ich dir mein Haus zeigen?"

Er runzelte die Stirn.

„Was wird das? Eine Gute-Nacht-Geschichte à la ‚mein Haus, mein Boot, mein Auto, mein Schwimmbad'?"

Jesus, der hatte echt Komplexe.

„Nein. Aber du wirst dich daran gewöhnen müssen. Denn wenn wir zusammen sind, wirst du auch ab und zu mal mit in meinem Haus oder meiner Wohnung sein, oder? Beeinträchtigt das deine Männlichkeit, oder wie? Ich werde sicher nicht in deiner Pissbude leben", versuchte ich, ihn zu necken.

Er lachte.

„Nein. Sicher nicht. Dein Geld interessiert mich nicht. Ich war immer glücklicher ohne."

„Trotzdem. Gewöhn dich lieber daran. Ich habe nämlich nicht vor, alles, was ich habe, zu verschenken, nur weil du Streit mit deinen Eltern hast."

„Das musst du auch nicht. Aber erwarte nicht von mir, dass ich werde wie mein Vater."

„Nein. Ganz sicher nicht. Ich hoffe nicht! Ehrlich."

„Gut, dann lass uns gehen. Du fährst. Wo du doch so emanzipiert bist und für dich selbst sorgen kannst, kannst du mich auch kutschieren." Er zwinkerte mir zu und kniff mir in den Po. Ich klopfte ihm auf die Finger und lachte: „Machoschwein. Aber wieso nicht. Natürlich kann ich fahren!"

Der restliche Freitag gestaltete sich äußerst angenehm. Ich spürte zwar, dass sich Tristan in meiner Villa nicht sonderlich wohlfühlte, ging aber nicht darauf ein. Mit den Eltern musste er Reichtum schließlich gewöhnt sein. Immerhin gehörten sie zu den reichsten Isländern und ich konnte nur schwer nachvollziehen, dass ich Tristan bisher nie im Leben begegnet war. Eine Erklärung konnte natürlich sein, dass ich in Reykjavík meinen Wirkungskreis hatte und seine Familie im Norden, aber so groß war Island auch wieder nicht und Akureyri nicht aus der Welt. Wie auch immer, ich zerbrach mir darüber nur kurz den Kopf und ließ mich nur zu gern von Tristan ablenken …

Ich schwebte im siebten Himmel. Wir verbrachten die meiste Zeit im Haus von Tristans Onkel, ich ließ sein Argument mit den Pferden und Bingo ausnahmsweise gelten. Er würde schon noch früh genug damit klarkommen müssen, wie ich lebte. Fürs Erste genoss ich es einfach, mit ihm zusammen zu sein und wir wagten uns am Samstag tatsächlich auf einen Ausritt. Ich hatte, erwartungsgemäß, schreckliche Angst, aber Tristan war sehr fürsorglich und mein Pferd war die Ruhe auf vier Beinen. Wir gingen nur im Schritt und er sicherte mich durch das Einhaken meines Pferdes bei seinem Pferd. Trotzdem tat mir der Hintern am Ende schrecklich weh, ich würde die nächsten Tage sicher keinen Vierbeiner mehr besteigen.

Vor Tristan durfte ich das Wort „Islandpony“ nicht mehr benutzen, die kleinen Plüschviecher waren natürlich keine Ponys, sondern Pferde. Ich konnte es nicht lassen, ihn damit zu provozieren und war erfolgreich, was in einer kleinen Rauferei und natürlich mit Sex endete. Am Ende fragte ich mich, wie ich es nur so lange hatte aushalten können, nicht mit ihm ins Bett zu gehen. Wie dumm von mir. Jetzt hatten wir einiges nachzuholen und konnten kaum die Finger voneinander lassen. Es war wie ein Rausch und ich verlor zwischendurch jedes Zeitgefühl.

Doch auch ein noch so schönes Wochenende hatte ein Ende und als wir am Montagmorgen kurz vor sieben am Küchentisch saßen, war die Stimmung ein wenig getrübt.

„Schade, dass ich gleich los muss ... Vielen Dank für das tolle Wochenende. Sehen wir uns, wenn du in Reykjavík zurück bist?“

Tristan schaute überrascht von seiner Kaffeetasse auf. Er wirkte etwas genervt: „Was ist das denn für eine blöde Frage? Natürlich sehen wir uns, wenn ich da bin. Ich vermisse dich jetzt schon und werde keine Sekunde länger als nötig von dir getrennt sein.“

Ich grinste: „Dann ist es ja gut. Frau muss sich immer vergewissern!“

Er schüttelte den Kopf, sagte aber nichts. Bingo lag unter dem Tisch und schlief. Meine Abfahrt rückte immer näher und ich hasste diese Abschiedsstimmung. Deswegen versuchte ich es kurz und knackig zu machen, bevor ich aufbrach. Ich küsste Tristan und tätschelte Bingos Kopf. Dann schnappte ich mir mein Gepäck und stieg in den Mietwagen. Tristan stand mit Bingo an der Tür und winkte, als ich vom Hof fuhr. Ich atmete einmal tief durch und straffte den Rücken.

So. Jetzt ging es wieder ab in die Realität.

Ich war spät dran, und beeilte mich, um rechtzeitig an den Flughafen zu kommen. Die Übersichtlichkeit des Flughafens von Akureyri hatte den Vorteil, dass man eigentlich gar keinen Flug verpassen konnte, außer man kam tatsächlich viel zu spät. Ansonsten drückten die Mitarbeiter dort gerne mal beide Augen zu. Ich genoss die staunenden Blicke der anderen immer noch ein wenig, ein weiterer Grund, dass ich nicht den Privatjet genommen hatte. Ich wollte mich nach den Anschuldigungen etwas mehr zeigen, um sicherzugehen, dass die Botschaft ankam: Seht her, ich habe nichts zu verbergen und vor allem – ich bin wieder da!

Nach der Landung fuhr ich kurz in meine Wohnung und tauschte Jeans und Sweater gegen ein graues Kostüm mit schwarzen Louboutin-Pumps, legte etwas Make-up auf und bändigte meine Locken zu einem Pferdeschwanz. Punkt 9 Uhr saß ich im Büro und der Alltag hatte mich wieder. Ich checkte meine Termine für diese Woche und mein Magen fuhr

Achterbahn. Mist. Die Gala am Freitag hatte ich total vergessen. Das im Geiste bereits geplante Liebeswochenende mit Tristan in Rom war voreilig gewesen. Daraus wurde nichts, an der Benefizgala führte kein Weg vorbei. Er würde mich begleiten, dann konnten alle sehen, dass wir ein Paar waren. Das war eine prima Idee. Ich grinste und malte mir aus, wie er wohl im Smoking aussehen würde. Garantiert eine Bombe! Sein Gesicht war nach den Wochen im Norden von der Sonne gebräunt, was seine grünen Augen noch besser zur Geltung brachte. Ich war glücklich. Kurzerhand schickte ich ihm eine SMS.

Tristan, ich vermisse Dich! Komm doch etwas früher zurück … xxx Lilja

Am späten Nachmittag hatte ich diverse Sitzungen hinter mir und fühlte mich total zerschlagen. Die letzten Wochen lagen mir doch in den Knochen. Ich musste mich beeilen, denn zum Abendessen war ich mit Gabríel verabredet. Er hatte mich das ganze Wochenende mit Nachrichten bombardiert, wo ich denn stecke, was ich machte und wie ich ihn so sträflich vernachlässigen könne. Ich hatte ihm nur kurz und knapp geantwortet, dass ich viel zu tun hätte und mich melden würde. Er kannte das von mir, ich hatte häufig auch Termine am Wochenende. Ich wollte ihm die News nicht mein Leben lang verschweigen oder riskieren, dass er es aus der Klatschpresse erfuhr, aber der richtige Moment sollte es schon sein. Schließlich war das nicht alltäglich für mich. Liebe! Lilja Ósk Stefánsdóttir hatte sich verliebt! Ein völlig neues Gefühl; und noch dazu ein schönes!

Drei Stunden später war ich auf dem Weg zum Domo. Ich hatte nach dem langen Bürotag Lust, mir ein wenig die Füße zu vertreten. Das Wetter war grandios und ich genoss die frische Luft, nachdem ich den ganzen Tag eingesperrt gewesen war. Gabríel wartete schon auf mich und lief freudig auf mich zu, als er mich entdeckte. Er begrüßte mich überschwänglich und drückte mich fest – hatte ich eine Brandmarke auf der Stirn, die sagte, hey, in meinem Privatleben hat sich was getan? Ich erwiderte seine Umarmung und fragte ihn mit strengem Blick: „Was ist los Gabbí? Ist was passiert? Du bist so aufgedreht!“ Wir nahmen Platz und er bestellte bei der bereitstehenden Kellnerin zwei Gläser Grauburgunder für uns.

„Was soll denn los sein? Es ist alles in bester Ordnung. Ich freu mich nur, dich zu sehen.“

„Alles klar. Und sonst freust du dich nicht?“ Ich musste wohl etwas vorwurfsvoll geklungen haben, denn er spielte nun den Beleidigten: „Du bist ja eine. Also wie man es macht, macht man es verkehrt.“

„Schon gut. Was ist los? Raus mit der Sprache!“

„Mir hat ein Vöglein gezwitschert, dass du am Wochenende in Akureyri warst.“ Er zog eine Augenbraue nach oben und grinste mich verschmitzt an. Daher wehte also der Wind. Man konnte in diesem Land wirklich nichts geheim halten. Ich lächelte ihn an: „Ja. Das stimmt. Und?“

Die Kellnerin brachte unseren Wein und ich prostete ihm zu.

„Spuck es endlich aus, oder ich sterbe.“

„Du bist ja kaum neugierig, was?“

„Meine liebe Lilja, NATÜRLICH bin ich neugierig. Was denkst du denn!“

Ich kicherte und nahm noch einen Schluck: „Also schön. Ich bin jetzt mit Tristan zusammen.“

Gabríels Augen wurden groß und er verschluckte sich. Hustend bracht er hervor: „Was? Zusammen? Hab ich etwas verpasst? Wie geht das denn? Du bist verliebt! Krass!“

„Geht es noch lauter? Dann kannst du ja gleich einen Artikel in meiner Lieblingszeitung schreiben“, zischte ich ihn an.

„Ja, ja, schon gut. Ich war ein wenig überrascht. Wirklich und wahrhaftig – ihr seid ein Paar?“

„Ja.“

„Come on. Spann mich nicht so auf die Folter – details, please!“

„Also, bitte!“, spielte ich die Entrüstete, grinste dann und fuhr fort: „Okay – die romantischen oder die schmutzigen?“

Er rutschte gespannt auf seinem Stuhl hin und her.

„Alles. Bis auf die letzte Unterhose!“

15

Reykjavík

Es war bereits später Nachmittag und ich wurde langsam nervös. Heute wollte Tristan wiederkommen. Er hatte mir gegen Mittag eine Nachricht geschickt, dass er nun losfahren wolle. Er sollte eigentlich längst hier sein. Hoffentlich war ihm nichts passiert. Ich wies mich selbst zurecht: „Lilja, hör auf. Deine Phantasie geht mit dir durch."

Aufgeregt tigerte ich durch mein Büro und schaute auf das spiegelglatte Meer. Touristen tummelten sich auf dem Fußweg und ein paar Möwen suchten nach Futter. Eigentlich hatte ich noch eine ganze Menge zu erledigen, aber meine Gedanken kreisten nur um ihn. Ich erinnerte mich an den letzten Abend mit Gabríel und seine Reaktion, als ich ihm erzählt hatte, aus welcher Familie Tristan kam. Eigentlich legte ich viel Wert auf seine Meinung, und gerade deshalb fand ich seinen Kommentar, dass das ja niemals gut gehen könne, ziemlich blöde. Ich war immer noch leicht sauer auf ihn.

Dieses Familiending würde niemals zwischen Tristan und mir stehen. Es war ein schönes Gefühl, nach all den Jahren endlich wieder jemanden zu haben, nach dem ich mich wirklich sehnte. Meine Eltern wären sehr glücklich gewesen, wenn sie hätten sehen können, wie gut es mir mit Tristan ging. Wer hätte das gedacht? Noch vor ein paar Wochen war das für mich kaum vorstellbar gewesen.

Die Krise hatte mich verändert und ich musste dem Verursacher fast dankbar sein. Aber nur fast. Es war immer noch unklar, wer die Fäden im Hintergrund gezogen hatte. Ich hatte Privatdetektive engagiert und darauf angesetzt, aber die Person oder die Personen waren sehr vorsichtig. Zum Glück hatte mein Freund aus dem Ministerium nach seinem Warnanruf keine Probleme bekommen. Ich war ihm zutiefst zu Dank verpflichtet. Was für ein Alptraum, wäre ich tatsächlich in der Untersuchungshaft gelandet. Das hätte mich mit Sicherheit mehr aus der Bahn geworfen. Aber Glück im Unglück – stattdessen war ich nun verliebt und stärker denn je!

Aus diesen Überlegungen wurde ich durch ein Klopfen an meiner Bürotür gerissen und Tristan trat ein. Er strahlte und sah umwerfend in einem ausgewaschenen Jeans und einem hellblauen Hemd aus. Die Ärmel hatte er locker hochgekrempelt und ich konnte seine muskulösen, sehnigen Unterarme bewundern.

„Hallo, meine Schöne! Da bin ich!“

Ich lief auf ihn zu, schmiss die Tür ins Schloss und küsste ihn. Meine Mitarbeiter mussten ja nicht unbedingt live miterleben, was sich in meinem Privatleben abspielte. So viel Offenheit besaß ich dann doch nicht.

„Hey, Tristan! Endlich! Ich habe mir schon Sorgen gemacht.“

Wir küssten uns stürmisch und mein Körper reagierte sofort auf ihn. Er hielt mich eng umschlungen und ich konnte auch sein Verlangen spüren. Atemlos schob ich ihn von mir.

„Das geht hier nicht!“

„Wieso denn nicht? Ich wollte dich schon beim ersten Mal auf deinem Schreibtisch flachlegen. Das wäre mir viel lieber gewesen, als dich auf die olle Waage zu stellen.“ Er grinste mich verschmitzt an. Ich kniff ihn in den Oberarm und strich meinen Rock glatt.

„Vergiss es. Das wird hier nicht stattfinden. Wenn du das willst, müssen wir heute Nacht hier einbrechen.“

„Dann pack zusammen, Weib! Du hast jetzt Feierabend.“

Er ließ sich auf das Sofa fallen und streckte seine langen Beine lässig von sich.

„Ein Dominanzproblem hast du nicht zufällig? Fängst du jetzt zuhause auch an, mich ans Bett zu ketten und ich muss dich ‚Sir’ nennen?“ Ich zwinkerte ihm zu und begann meine Unterlagen zusammenzuschieben. Er hatte eine Augenbraue nach oben gezogen und fasste sich ans Kinn, als ob er wirklich darüber nachdenken würde.

„Das ist tatsächlich eine fabelhafte Idee, meine Liebe! Du hast wohl zu viel ‚Shades of Grey’ gelesen, hm?“

Ich blickte auf und legte den Kopf schief. „Ein paar Dinge waren gar nicht so übel in dem Buch. Aber ehrlich, versuch bloß nicht, mir irgendwelche Dildo-Dinger in den Arsch zu schieben, klar?“

„Klar, was?“

„Klar, äh, Sir?“ Wir lachten beide und ich verstaute meinen Laptop im Rucksack.

„So. Ich bin fertig. Wollen wir los? Zu dir oder zu mir?“

„Was ist näher?“

„Bei mir. Das wäre dann also entschieden. Mein Wagen steht in der Tiefgarage. Lass doch deinen stehen, den holen wir später."

„Wie Sie befehlen, Herrin." Er lief mir hinterher und hielt den Kopf übertrieben gesenkt. Ich flüsterte ihm zu und setzte gleichzeitig ein professionelles Lächeln auf: „Hör doch auf, du Idiot. Hier arbeiten noch Leute. Meine Angestellten."

Wir standen gerade an einer Ampel, als er anfing mit seinen Fingern meine Beine zu streicheln. Seine Hände fuhren unter meinen Rock und störten mich erheblich in der Konzentration.

„Tristan! Hör sofort auf! Wenn uns jemand sieht!"

Er äffte mich nach: „Wenn uns jemand sieht …", ließ aber nicht von mir ab und mir wurde ziemlich heiß auf der kurzen Strecke vom Büro in die Tiefgarage. Auf dem Weg zum Lift versuchte ich ihm klarzumachen, dass der Lift hier öffentlich war und er seine Finger bitte bei sich behalten solle. Nicht sehr erfolgreich. Als sich im dritten Stock die Türen des Lifts öffneten und ein älteres Ehepaar einsteigen wollte, sahen wir höchstwahrscheinlich so beschäftigt aus, dass es sich das Paar anders überlegte. Mir blieb nicht viel Zeit, ihn zu maßregeln, und ich war froh, als wir das Penthouse erreichten. Ich öffnete die Tür, was gar nicht so einfach war, während Tristan seine Hände überall hatte und ich kaum einen klaren Gedanken fassen konnte. Ich hatte äußerste Mühe, die Schlüssel in meiner überdimensionalen Birkin Bag zu finden. Endlich! Die Tür ging auf und wir stürzten hinein. Er ließ für einen Moment von mir ab und stieß einen Pfiff durch die Zähne aus.

„Holy moly! Das ist mal eine bescheidene Hütte!"

Ich rollte mit den Augen. Wollte er schon wieder damit anfangen? Ich gab ihm keine Gelegenheit dazu, begann meine Bluse weiter aufzuknöpfen und die schwarze Spitzenunterwäsche von Kiki de Montparnasse freizulegen. „Willst du lieber meine Wohnung inspizieren oder mich?"

Das genügte und ich hatte wieder seine volle Aufmerksamkeit …

Ziemlich.

Viel.

Später.

Standen wir in der Küche und ich schenkte uns beiden Mineralwasser in Kristallgläser ein.

„Hast du auch was zu essen in deiner Luxuswohnung?"

„Hm. Das weiß ich nicht so genau. Du weißt ja, wie gut ich kochen kann. Und Schokolade brauche ich momentan nicht …" Wir grinsten beide bei der Erinnerung an meinen Versuch, etwas Essbares zuzubereiten. Ich öffnete den Kühlschrank und zeigte ihm, was sich darin befand.

„Meinst du, du kannst daraus etwas zaubern?"

Er wirkte erstaunt: „Wieso ich?“

„Na, ich dachte …“

„Das wird dich einiges kosten. Zu zahlen in Liebesdiensten an mich.“

„Das lässt sich einrichten.“

„Gut.“

Tristan öffnete Schränke und Schubladen und suchte sich zusammen, was er benötigte. Offensichtlich gab es genug Gewürze, Gemüse, Protein und Kohlenhydrate für eine Mahlzeit nach seinem Gusto. Mit flinken Handgriffen schnippelte er Gemüse und packte alles in eine Auflaufform. Er trug jetzt nur Shorts und ein weißes T-Shirt, was mir sehr gefiel. Ich liebte seine geschmeidigen Bewegungen und das Spiel seiner Muskeln. Nach zwanzig Minuten stand die Auflaufform in der Röhre und er setzte sich zu mir an die Theke.

„Jetzt müssen wir nur noch warten.“

„Ich bin echt hungrig. Ähm. Mir ist da gerade noch was eingefallen.“ Ich war etwas nervös und rutschte unsicher auf meinem Stuhl hin und her.

„Was ist los?“ Er wirkte besorgt.

„Nichts Schlimmes. Was machst du am Freitagabend?“

„Lass mich kurz überlegen. Ähm.“ Er legte den Zeigefinger auf die Lippen und schaute in die Luft. „Am Freitagabend werde ich dich flachlegen!“

„Du Idiot. Nein, im Ernst!“

„Das ist mein Ernst.“

Ich rollte mit den Augen: „Okay. Dann hast du also nichts vor. Prima. Dann kannst du mich ja zur Benefizgala begleiten.“

Er hustete, nachdem er sich an seinem Rotwein verschluckt hatte. „Bist du irre? Da bringen mich keine zehn Pferde hin.“

Ich versuchte mein liebstes Engelsgesicht aufzusetzen, oder wie ich mir ein Engelsgesicht vorstellte, und blinzelte ihn an: „Bittteeeee. Du musst mitkommen.“

„Nein.“ Sein Gesichtsausdruck blieb ernst, jeglicher Schalk war aus seinen Augen verschwunden.

„Wieso nicht? Was ist denn jetzt los?“

Er drehte sich zu mir: „Pass mal auf, Lilja. Das ist deine Welt. Nicht meine. Ich will mit diesen Menschen nichts zu tun haben.“

„Hm. Das ist schade. Ich dachte, du und ich, wir wären jetzt ein Paar?“

„Das sind wir auch.“

„Aber wie soll das funktionieren, wenn du dich nicht auf meine Welt einlässt? Das gehört zu mir wie die Musik zu dir, nehme ich an.“

Er grübelte, sagte aber nichts.

„Mann, Tristan. Ich komme auch zu Konzerten von dir, lerne deine Freunde kennen. Das ist es doch, was man macht in einer Partnerschaft. Wenn ich mich auf dich einlasse, dann musst du das auch bei mir.“

„Es ist nicht so einfach. Ich habe dieser Welt den Rücken gekehrt. Verstehst du?“

„Nein. Das verstehe ich nicht. Es geht hier nicht um dich, sondern um mich.“

„Es geht immer um dich.“

„Das ist nicht fair, Tristan.“ Ich stand auf und ging zum Fenster. Dann drehte ich mich wieder zu ihm um. Er wirkte nachdenklich und schaute mich an.

„Okay ... ich komme mit.“

„Aber?“

„Erwarte nicht von mir, mich als Tristan Gíslason zu präsentieren, der in Harvard studiert hat, der aus dieser mächtigen Familie stammt und der den verlorenen Sohn und Thronerben gibt. Ich bin einfach nur Tristan.“

„Alles klar. Damit kann ich leben.“ Ich war erleichtert. Er würde es früher oder später schon noch akzeptieren, woher er kam. Da war ich mir sicher.

„… Moment mal – du hast in Harvard studiert?“

Er schüttelte den Kopf: „Ja, habe ich. Siehst du! Genauso wie du jetzt schaust, das gefällt mir nicht. Ich bin nicht der Tristan, der in Harvard studiert hat, von Beruf Sohn.“

Ich nahm einen Schluck und seufzte: „Ich hab’s verstanden. Ist in Ordnung. Dann bist du eben der Musiker. Ist mir doch egal, ich war nur überrascht. Okay?“

„Wir nähern uns. Das ist gut!“

„Wunderbar! Dann brauchen wir morgen Gabríel. Du hast doch sicher keinen Smoking, oder?“ Ich klatschte aufgeregt in meine Hände und lächelte ihn an.

„Smoking? Gabríel?“ Er rollte mit den Augen und trank sein Glas auf Ex aus. „Ich dreh durch. Worauf hab’ ich mich da eingelassen!“

Ich hüpfte durch die Wohnung: „Ich freue mich so sehr! Ich glaube, ich habe mich nicht ein einziges Mal gefreut auf eine dieser Veranstaltungen zu gehen, bis jetzt.“

Mit Tristan an meiner Seite. Es erfüllte mich mit Stolz und Vorfreude. Nach dem Essen verabschiedete sich Tristan. Er sagte, er müsse in seiner „Bude“ nach dem Rechten sehen. Ich fand die Idee, allein zu schlafen, zwar nicht besonders verlockend, wollte ihm aber auch keine Ketten anlegen. Ganz konnte ich ein paar Gedanken aber nicht unterdrücken. Warum wollte er nicht, dass ich ihn zu seinem Auto brachte? Oder dass ich mitkam? Vielleicht war er doch nicht so glücklich mit mir, wie er es sagte?

Ich wischte sie schließlich beiseite und telefonierte mit Gabríel. Er brachte mich schnell auf andere Ideen und wir verabredeten uns für morgen. Ich brauchte ein neues Kleid und Tristan einen Smoking. Wie aufregend!

Es klingelte.

Wie spät war es? Welcher Spinner wollte jetzt was von mir?

Tristan?

Ich sprang aus dem Bett und ein Blick auf die Uhr sagte mir, dass es 6:30 Uhr war. Sponn er? War was passiert?

Ein Blick in die Kamera bestätigte mir, dass es Tristan war, und ich drückte den Buzzer. Kurze Zeit später klopfte er an die Haustür. Ich hatte es in den wenigen Sekunden gerade mal geschafft, mir die Zähne notdürftig zu putzen. Ich öffnete ihm die Tür und ließ ihn rein. Er nahm mich in die Arme und küsste mich.

„Guten Morgen, Prinzessin! Hast du gut geschlafen?"

„Bis eben. Naja. Es war etwas einsam ohne dich."

„Wunderbar! Jetzt bin ich ja da und habe Brötchen dabei."

„Wow. Was für ein Service!"

„Ich habe es nicht mehr ausgehalten ohne dich. Wie sieht es eigentlich aus. Habe ich noch einen Job?"

„Wie meinst du das?"

Ich schaltete die Kaffeemaschine an und drehte mich zu ihm um. Bis vor einer Sekunde hatten seine Hände meine Pobacken umfasst und mich gestreichelt.

„Wie ich es sage. Willst du noch, dass ich offiziell mit dir an deiner Fitness arbeite?"

„Machen wir das nicht mehrmals am Tag?" Ich grinste und fasste ihm in den Schritt.

Er trat einen Meter zurück, sein Blick wurde ernst.

„Ich meine es ernst. Ich muss arbeiten, um meinen Lebensunterhalt zu verdienen."

„Hey, hey. Alles gut. Also, du musst eigentlich nicht arbeiten. Du könntest dich in Ruhe deiner Musik widmen, ich verdiene genug."

Er zog eine Augenbraue hoch.

„Klar, ich lasse mich von dir aushalten. Super Idee."

„Ist schon gut. Also wenn du es so haben willst. Ja, bitte. Ich möchte, dass du mein Fitnesstrainer bleibst. In der offiziellen Sportstunde gibt's dann aber keinen Sex, klaro?"

Ich verstand nicht ganz, warum er deswegen einen Aufstand machte, aber wenn er es unbedingt so haben wollte – meinetwegen. Nach ein paar Monaten würde es ihm hoffentlich nichts mehr ausmachen, dass ich für unseren Lebensunterhalt aufkam. In gewisser Weise konnte ich ihn auch verstehen, sein Ego hatte Probleme damit, sich von mir das Leben finanzieren zu lassen. Mit der Zeit würde das Vertrauen wachsen. Ganz bestimmt.

„Bist du dann jetzt beruhigt, und ich kann einen Kaffee trinken, oder was ist noch?“

„Alles klar. Aber Kaffee kriegst du jetzt keinen. Ich bin ja nicht im Dienst, also kann ich auch Sex haben, oder?“

Ich kicherte und er zog mich ins Schlafzimmer.

Der Arbeitstag gestaltete sich recht angenehm. Meine Mitarbeiter waren derzeit handzahm und es lief hervorragend. Beschwingt machte ich mich auf den Weg zum Kaffitár, um Tristan abzuholen. Er hatte um neunzehn Uhr Feierabend und dann waren wir mit Gabríel verabredet. Es war erst zehn vor sieben, als ich dort eintraf, also bestellte ich mir einen Café Latte und ein Stück Kuchen. Mein Appetit war zurückgekehrt und ich genoss die sündigen Kalorien, bis Tristan sich an meinen Tisch setzte und verkündete, dass er Feierabend habe. Er schnappte sich ein Viertel meines Kuchens und ließ ihn mit einem Happs im Mund verschwinden. Auf dem Weg zum Auto liefen wir Hand in Hand und ich genoss es, seine starken Finger zu spüren. Die Fahrt zu Gabríels Laden dauerte nicht lange, und er erzählte mir etwas von seinem Tag, dass er in der kommenden Woche ein paar Auftritte habe und sich dieser Sommer ganz gut anlasse. Ich nahm mir vor, mindestens bei einem Auftritt dabei zu sein. Hoffentlich waren da keine minderjährigen Groupies, die ihn permanent anschmachteten.

Mein schwuler Freund hatte sich für den Tag besonders herausgeputzt. Er trug eine pinkfarbene, skinny Jeans und ein schwarzes Hemd mit Pailletten, bei dem viel zu viele Knöpfe nicht geschlossen waren. Man konnte praktisch auf seinen Bauchnabel schauen. Die dunklen Haare waren wie üblich perfekt gestylt und mit viel Gel zu einer aufregenden Frisur drapiert, die eines Modezars würdig gewesen wäre.

„Hallo, ihr beiden. Ich freue mich so, dass ihr da seid!“

Er küsste mich auf beide Wangen und streckte Tristan die Hand entgegen.

„Das ist Tristan, das ist Gabríel“, stellte ich die beiden vor. Gabbí musterte Tristan ausführlich von oben bis unten und grinste mir dann zu.

„Du hast nicht zu viel versprochen, Lilja. Er sieht aus wie ein Gott. Was für eine Verschwendung, du würdest mir auch gefallen.“ Er zwinkerte Tristan zu, der amüsiert zurücklächelte.

„Tja, so ist es nun mal im Leben. Da war Lilja schneller.“

„Hach.“ Er seufzte und verschwand, um ein paar Smokings zu holen, die er auf einem großen Glastisch ausbreitete.

„Bei deiner Statur probieren wir erst mal eine 52. Das dürfte hinkommen. Lilja, für dich habe ich auch etwas Außergewöhnliches gefunden. Aber um dich kümmern wir uns nachher. Zuerst mal dein Freund hier.“

„Das ist eine großartige Idee. Ich mache es mir solange gemütlich.“

Gabríel rief nach hinten: „Simone, bring uns doch bitte drei Gläser Champagner!"

Tristan schaute mich an und sah ein wenig verloren aus, als Gabríel ihn hinter einen Vorhang schob. Ich zuckte nur mit den Schultern und grinste ihn an. Da musste er jetzt durch. Simone kam mit einem Tablett und drei Gläsern, ich nahm ihr eines ab, die anderen beiden stellte sie auf den Glastisch. Er schmeckte köstlich, ich genoss das Prickeln und das fruchtige Aroma. „Gabbí, willst du da nicht rauskommen? Tristan kann sich auch alleine anziehen!"

Er kam hinter dem Vorhang hervor und wirkte enttäuscht: „Mann. Wie oft habe ich denn mal so gut gebaute Männer hier. Musst du einem immer den Spaß verderben?"

Ich kicherte und prostete ihm zu.

Es dauerte nicht lange, und wir hatten einen passenden Smoking für Tristan gefunden. Die Hosenbeine mussten leicht gekürzt werden, das würde die Schneiderin des Hauses übernehmen und mir den Smoking morgen nach Hause liefern. Nach einer weiteren Stunde hatten wir auch das passende Kleid für mich ausgesucht. Es war perfekt. Rot, sündig und eng. Ich konnte es kaum erwarten, morgen mit Tristan über den roten Teppich zu laufen.

16

Reykjavík

Perfekt. Meine Haare waren kunstvoll hochgesteckt, das Make-up glamourös und das Kleid war eine Bombe! Ein bodenlanger Traum von Michael Kors. Es war im Rücken hochgeschlossen und hatte vorne einen Wasserfallauschnitt, der meinem Dekolleté schmeichelte. Die Schultern waren züchtig bedeckt, was ganz im Widerspruch dazu stand, wie sich das Kleid um jede Kurve meines Körpers schmiegte. Es war kurz vor acht und höchste Zeit zu gehen. Tristan war noch nicht da. Er hatte sich den Smoking vor einer Stunde abgeholt und gesagt, er müsse noch etwas erledigen. Ob er kalte Füße bekommen hatte? Wir hatten zuvor eine heiße Diskussion über die Bezahlung des Smokings gehabt. Ich hatte darauf bestanden, den Smoking zu bezahlen, und er hatte sich vehement dagegen gesträubt. Männer! Am Ende konnte ich ihn mit diplomatischem Geschick davon überzeugen, dass dies eine Veranstaltung auf meinen Wunsch war und ich daher die Kosten dafür tragen musste. Dafür durfte er dann für alles aufkommen, wenn ich zu einem seiner Auftritte erschien. Das war doch nur fair!

Nervös schaute ich erneut auf die Uhr.

„Bitte, lieber Tristan! Versetz mich nicht!“, betete ich vor mich hin.

Es klingelte. Das konnte jetzt entweder Tristan oder das Taxi sein.

Mir fiel ein Stein vom Herzen, als ich sein Gesicht auf dem Monitor der Überwachungsanlage erkannte. Ich rief durch die Sprechanlage „Warte, ich komme gleich runter“, und war auch schon aus der Tür. Als ich Tristan im Erdgeschoss traf, war ich sprachlos. Er sah wirklich umwerfend aus und hatte einen riesigen Strauß roter Rosen in der Hand.

„Wow. Du siehst toll aus!“

„Du aber auch, meine Liebe. Unglaublich. Ich weiß nicht, ob ich wirklich will, dass dich jemand so sieht! Das sollte nur mir gestattet sein. Hier, die sind für dich."

Er reichte mir den Strauß und küsste mich.

„Danke. Kannst du sie vielleicht kurz nach oben bringen? Das Taxi müsste gleich kommen."

„Klar." Ich gab ihm einen Schlüssel und er verschwand für einige Minuten. Mein Herz klopfte und ich war aufgeregt. Wie ein Teenie vor dem Abschlussball. Ich stieg im Taxi hinten ein und zwei Minuten später war Tristan neben mir und nahm meine Hand.

Auf der Fahrt wirkte er etwas bedrückt, vermutlich war auch er aufgeregt.

„Ist alles in Ordnung?"

„Du weißt ja, wie ich diese Veranstaltungen liebe."

„Du schaffst es. Ich bleibe an deiner Seite."

„Das rate ich dir auch. Wehe du läufst mit einem anderen davon." Er grinste und ich gab ihm einen Kuss.

„Niemals."

Als wir angekommen und ausgestiegen waren, hakte ich mich bei ihm unter. Wir liefen den roten Teppich entlang. Blitzlichter und unendlich viele Gesichter beobachteten das rege Treiben. Islands Prominenz traf sich zum Ereignis des Sommers und das Volk wollte sein Scheibchen Glamour abhaben. Sollten sie doch. Ich genoss es, mit Tristan hier zu sein. Ich fühlte mich großartig und war glücklich. Ich drückte aufmunternd Tristans Hand und reichte ihm ein Glas Champagner, das uns im Foyer angeboten wurde.

Ich flüsterte ihm zu: „Das beruhigt die Nerven, du wirst sehen. Es wird dir sicher auch Spaß machen."

„Ich fürchte nicht. Was man nicht alles tut für die Liebe!"

Er trank das Glas in einem Zug aus und ich machte große Augen. Na, gut. Wenn er meinte, dass er das brauchte. Ich war ja nicht sein Kindermädchen. Alle Leute, die an uns vorbeiflanierten, musterten uns unverhohlen. Ich straffte den Rücken und setzte ein professionelles Lächeln auf. Das konnte ich und auch Tristan war außergewöhnlich gewandt darin, sich nichts anmerken zu lassen, wenn ihm die Leute offensichtlich belustigt ins Gesicht schauten. Manche schienen zu sagen: „Seht her, da ist er, der Musiker, der an die Millionen von Lilja Ósk Stefansdóttir will!"

Eine gute Schlagzeile für die nächste Ausgabe der Klatschpresse.

Ein wenig schämte ich mich für diese Leute. Früher hätte ich wahrscheinlich selbst mitgemacht. Jetzt war ich nur sauer, ließ mir aber nichts anmerken.

Wir suchten unseren Tisch und begrüßten die anderen drei Paare, die bei uns sitzen würden. Wir hatten Glück, unsere Tischgesellschaft war angenehm. Man plauderte über Belangloses und keiner verhielt sich so unverschämt, wie einige der Gäste zu Beginn. Niemand fragte nach Tristans Herkunft, nachdem er erklärt hatte, Musiker zu sein und damit seinen Lebensunterhalt zu bestreiten. Ich lächelte ihn oft an, wir tauschten Blicke und ich fand, es sei ein schöner Abend. Das Dinner dauerte fast drei Stunden, zwischen den Gängen wurden Spenden für die Hilfsorganisation Helpdirect Islands gesammelt.

Nach dem Essen begann die Musik zu spielen und ich tanzte mit Tristan. Wir hatten beide einen kleinen Schwips und ich genoss seine Nähe.

„Siehst du, es ist doch gar nicht so schlimm."

„Wenn du wüsstest."

„Ach, komm. Sei doch ehrlich."

„Ich mag es nicht."

Das versetzte meiner Stimmung einen ordentlichen Dämpfer und ich spürte, wie sich Tristan versteifte.

„Was ist los?"

„Nichts."

In diesem Moment sah ich seinen Vater und höchstwahrscheinlich seine Mutter am anderen Ende der Tanzfläche. Tristan war eine Kopie seines Vaters, nur jünger. Der Senior bewegte sich ebenso geschmeidig und kraftvoll. Seine Mutter war schmal und hatte dunkle Haare, sie trug ein helles Kleid mit vielen funkelnden Applikationen. Ich folgte einem Impuls und zog Tristan mit mir. Wir liefen geradewegs auf die beiden zu. Seine Mutter sah uns als erstes. Ihr Lächeln erstarb und ich sah Trauer in ihren Augen. Es musste das Richtige sein, was ich da tat.

Wir standen direkt vor ihnen und nun hatte auch sein Vater uns entdeckt. Die beiden stoppten und waren wie versteinert. Ich sagte: „Was für eine nette Überraschung! Wie geht es euch?"

Seine Mutter hob die Hand, ließ sie dann aber wieder sinken.

„Tristan …"

Unendlich lange Sekunden standen wir wortlos da, bis Tristan mich fortzog. Er umklammerte meine Hand und zog mich mit schnellen Schritten nach draußen. Uns folgten die Blicke vieler Gäste. Wir mochten ein merkwürdiges Bild abgeben, wie er mit schnellen Schritten vor mir herlief und ich auf meinen hohen Absätzen und dem engen Kleid hinterher.

„Nicht so schnell, Tristan! Warte doch mal."

„Sei still." Seine Stimme war kalt und unnachgiebig, er lief noch schneller. Wir verließen das Gebäude und erst, als wir um die Ecke waren, blieb er dicht vor mir stehen. Ich war außer Atem und schaute ihn an. Der Blick seiner grünen Augen war hart und unerbittlich.

„Tristan, was ...?"

„Hör auf! Hör endlich auf!" Er fuhr sich mit der Hand durch seine zerzausten Haare.

„Es funktioniert nicht, Lilja. Ich habe es von Anfang an gewusst. Es geht nicht!"

„Was … was meinst du damit?"

„Du verstehst mich schon. Es war eine schöne Idee, romantisch und alles. Aber die Realität hat uns wieder eingeholt. Wir leben in unterschiedlichen Welten und werden niemals klarkommen. Du mit all deinem Geld und …"

„Sag das nicht!" Ich klang verzweifelt. Ich war verzweifelt, wusste ich doch, was gleich kommen würde.

„O doch. Und wie ich es sage. Ich hasse diese verlogenen Menschen, ich hasse deine Welt! Es hat Gründe warum ich mich davon verabschiedet habe. Und du rennst bei der erstbesten Gelegenheit zu meinen Eltern? So viel zum Thema Respekt. Du wirst dich niemals ändern. Ich will nicht in deiner Welt leben, Lilja. Es tut mir leid."

„Was? Du meinst, du machst Schluss?"

„Ich kann das nicht. Liebe ist nicht genug. Liebe ist niemals genug. Leb wohl."

Er küsste mich auf die Wange, drehte sich auf dem Absatz um und lief davon. Ich verharrte in Schockstarre und folgte seiner Silhouette mit den Augen, bis er aus meinem Sichtfeld verschwunden war.

Passanten hatten die Szene beobachtet und starrten mich nun an. Ich würde nicht weinen. Nein. Diese Genugtuung würde ich niemandem geben. Ich straffte meine Schultern und stieg ins nächste Taxi. Erst als sich die Tür hinter mir in meiner Wohnung schloss, weinte ich. Ich weinte, bis keine Tränen mehr kamen. Ich erinnerte mich nicht, wie lange ich in meinem roten Kleid im Wohnzimmer saß, aber es musste bereits der nächste Morgen gewesen sein, bevor ich in der Lage war, mich wieder zu bewegen. Mein Telefon blieb stumm. Keiner kam und klingelte. Die Rosen auf dem Tisch begannen zu welken und ich schleuderte sie gegen die Wand.

„Scheiße, Tristan! Fuck!"

Ich fühlte mich unendlich müde, traurig und verlassen. Ich zog das Kleid aus und warf es achtlos über die Badewanne, wusch mir mechanisch das Gesicht und putzte meine Zähne. Jetzt war ich wieder allein. Es hatte ja so kommen müssen. Glück hielt nie lange in meinem Leben.

Das erste Mal seit langem sehnte mich nach meiner Mutter. Wenn sie jetzt hier sein könnte. Ich vermisste sie. Sie hätte mich in den Arm genommen und mir über den Rücken gestrichen, bis ich mich besser gefühlt hätte.

Ich verkroch mich im Bett und starrte an die Decke, bis mir die Augen zufielen. Ich träumte von Tristan, sah ihn davonlaufen, wollte hinterher, aber meine Beine bewegten sich nicht. Am Ende wurden meine Beine zu Stein und der Stein nahm meinen Körper in Besitz. Ich erwachte schweißgebadet und wusste einen Moment nicht, wo ich war.

Ach, ja.

Zuhause.

Allein.

Ohne Tristan.

Er hatte mich verlassen.

Ich begann erneut zu weinen und blieb so lange im Bett, bis ich es nicht mehr aushalten konnte und aufs Klo musste.

Auch an diesem Tag blieb mein Handy ohne Nachrichten von Tristan. Ebenso wie am kommenden Tag. Und am Tag darauf. Und in der folgenden Woche. Und im folgenden Monat. Ich sah ihn nicht wieder und vermied es um jeden Preis, ins Kaffitár zu gehen. Wer wusste schon, ob er nicht zufällig dort eine Schicht hatte? Das Risiko wollte ich nicht eingehen. Er hatte mich bis ins Mark getroffen. Ich hatte Angst, ihn jetzt wiederzusehen, weil ich fühlte, dass ich mich ihm an den Hals werfen und ihn anflehen würde, zu mir zurückzukehren. Und das wollte ich niemals tun.

Ein Rest Selbstachtung blieb mir noch. Ich war unglücklich und jeder in meiner Umgebung bekam das zu spüren. Ich arbeitete von frühmorgens bis spätabends. Ich gönnte mir keine Pause und keine Ruhe. Sobald ich alleine war, dachte ich nur an ihn. Und das wollte ich um jeden Preis vermeiden. Dies war meine bitterste Niederlage. Ich war mir so sicher gewesen, dass er es überwinden würde. War mir so sicher, dass er es akzeptieren würde. Dass er zu mir gehörte und dass alle Annehmlichkeiten sowie Unannehmlichkeiten dazugehörten, zu unserer Liebe. Aber bereits bei der ersten Gelegenheit lief er davon. Das konnte ich nicht verkraften. Mein Herz war gebrochen.

Gabríel hingegen war unermüdlich. Er rief mich ständig an und wollte viel mit mir unternehmen. Aus Freundschaft spielte ich ihm etwas vor, war aber am liebsten für mich. Ich hasste die Wochenenden. Wartete auf den Montag, dass endlich wieder ein Arbeitstag begann und ich der schrecklichen Einsamkeit entfliehen konnte. Nach einem weiteren Monat kehrte langsam Normalität in mein Leben zurück.

Aber vergessen konnte ich Tristan nicht.

17

Reykjavík

„So, du lahme Ente. Heute Abend lassen wir es mal so richtig krachen."

Ich war dabei eine E-Mail zu tippen, als Gabríel unangemeldet in mein Büro schneite.

„Was?"

„Hallo. Erde an Lilja. Heute ist Freitag und ich habe Geburtstag. Was natürlich keiner erfahren darf, ich bleibe für immer 35!"

„O nein!"

Ich hatte seinen Geburtstag vergessen. Wie konnte ich nur. Ich sprang auf und umrundete meinen Schreibtisch, um ihn in die Arme zu nehmen. Ich drückte ihn fest und gab ihm einen Kuss auf jede Wange.

„Alles Gute zum Geburtstag!"

„Himmel! Du klapperst ja nur noch! Hast du schon wieder abgenommen?"

„Ach, Gabbí. Lass es gut sein. Ich weiß es nicht und es ist mir auch egal."

„Na, gesund ist das auf jeden Fall nicht." Während er das sagte, packte er eine Flasche Bollinger und zwei Champagnergläser aus. Er ließ den Korken knallen und Champagner tropfte auf das Parkett. Er reichte mir ein Glas und wir stießen auf seinen Nicht-Geburtstag an.

„So. Und tu mir einen Gefallen, Süße: Heute wird mal kein Trübsal geblasen, heute lassen wir die Sau raus!"

Ich seufzte und ließ mich auf das Sofa fallen.

„Jawohl, Sir."

„Das nehm' ich dir ja komplett ab." Er rollte mit den Augen und setzte sich neben mich.

„Außerdem muss ich dir den neusten Klatsch erzählen. Hast du nicht gehört, dass …"

Er hielt einen halbstündigen Monolog und ich genoss es, mal wieder etwas anderes zu hören als Profit-and-Loss-Ergebnisse und Finanzierungsvorschläge. Ich hatte mir in der letzten Zeit wirklich nicht viel Zeit für Gabríel genommen und ich wollte mir heute Mühe geben, nicht raushängen zu lassen, wie beschissen es mir immer noch ging.

Als die Flasche leer und ich ziemlich beschwipst war, fuhren wir mit dem Taxi in seinen Laden. Ich hatte tatsächlich noch mehr abgenommen und wenn ich mit ihm ausgehen wollte, brauchte ich dringend etwas Neues zum Anziehen, das nicht an mir herunterhing wie ein nasser Sack. Als wir aus dem Taxi ausstiegen, zündete ich mir eine Zigarette an und blies den Rauch geräuschvoll in die Luft.

Gabríel riss mir den Glimmstängel aus der Hand und zertrat ihn auf dem Boden: „Willst du dich umbringen?"

„Na, und wenn schon. Wen interessiert's?"

„Mich!"

Ich seufzte. „Ist ja gut. Lass uns was zum Anziehen aussuchen."

Als wir erstmal angefangen hatten, machte es sogar richtig Spaß. Wir wollten heute schick Essen gehen und dann mal wieder durch die Kneipen Reykjavíks ziehen. Die Touristenschar war größtenteils abgereist und wir hatten Reykjavík wieder für uns Isländer. Vom goldenen Oktober war bisher aber noch keine Spur zu sehen, das Wetter war in den letzten beiden Wochen mehr als schlecht gewesen. Regen, Wind und im Hochland hatte es bereits mehrmals Schnee gegeben. Nach verschiedenen Outfits entschieden wir uns schließlich für eine schwarze Lederjeans von Rag & Bone, mit einem enganliegenden Top von Roberto Cavalli, Pumps von Sergio Rossi und einer Metallic-Clutch von Zagliani.

„Du siehst aus wie ein Topmodel. Mon Dieu! Du hast ja Beine bis zum Himmel. Aber nimm bloß nicht noch mehr ab."

Ich zwinkerte ihm zu und drehte mich vor dem Spiegel. Mein Hintern sah wirklich großartig in der enganliegenden Hose aus und die mörderisch hohen Pumps verlängerten meine Beine ins Unendliche. Ich schwankte ein wenig auf dem Weg nach draußen, ich musste unbedingt etwas essen. Zudem war ich total aus der Übung beim Alkohol, er haute mich regelrecht um. Zuhause frischte ich mein Make-up auf und gegen halb neun waren wir in der Lounge, dem Restaurant des Hotels Borg.

Es war schön, mit meinem Freund unterwegs zu sein, und ich wollte mir unbedingt eine nette Überraschung als nachträgliches Geburtstagsgeschenk einfallen lassen.

Wir dinierten königlich. Er wählte für uns Forellenfilets graved art mit pochiertem Ei, als Hauptgericht zweierlei Hummer und zum Dessert eine Waldfrucht-Crème-brûlée. Mit einem gut gefüllten Magen fühlte ich mich nicht mehr so betrunken, obwohl wir zu jedem Gericht einen anderen Wein probierten. Ich begann, den Abend zu genießen und die alte Lilja stieg etwas verzagt aus der Versenkung. Ich wollte mich nicht mehr verkriechen. Ich wollte wieder Spaß haben und bei unserem Streifzug durch die Kneipen begann ich zu flirten. Hier und da ein nettes Gespräch an der überfüllten Bar. In fast jeder gab es Musik und es wurde getanzt. Eigentlich war das Reykjavíker Nachtleben ganz in Ordnung – wenn man es in Maßen genoss.

Nach den unzähligen Berichten über mich, mein Privat- und mein Geschäftsleben in der isländischen Presse war es mir mehr als egal geworden, was oder wer etwas über mich schrieb. Ich unterhielt mich sogar angeregt mit einem der letzten Touristen, einem dunkelhaarigen Spanier, der mit starkem Akzent Englisch sprach. Er sah etwas jünger aus, aber das störte mich nicht im Geringsten. Es war eine angenehme Abwechslung, mich mit jemandem zu unterhalten, der nicht wusste, wer ich war. Er hieß José und kam aus Barcelona. Der Alkohol hatte meine Zunge gelockert und flirtige Nettigkeiten kamen mir leicht über die Lippen. Ein Lächeln hier, ein kurzes Zwinkern da und schwups! waren wir auch schon wieder auf dem Weg in die nächste Bar.

„Siehst du, es war doch eine gute Idee. Amüsierst du dich?“

„Ja, mein Lieber. Es macht wirklich Spaß. Danke, dass du mich nicht aufgegeben hast. I'm back!“

„Wunderbar. Dann können wir jetzt die Tanzfläche rocken.“

Ich drückte ihn kurz und nickte. Wir gingen ins Nasa. Erinnerungen an unseren letzten Besuch kamen hoch, aber ich schüttelte sie sofort ab. Heute nicht. Heute wollte ich einmal nicht an ihn denken.

Die Luft war stickig und es roch nach Schweiß, Alkohol und künstlichem Nebel. Wir tranken einen Gin Tonic und rockten uns die Seele aus dem Leib. Es interessierte mich herzlich wenig, ob mich jemand kannte oder nicht. Diese Phase meines Lebens war endgültig vorüber. Schweiß lief mir den Rücken herunter und ich gab Gabríel zu verstehen, dass ich eine Pause brauchte. An der Bar traf ich Raoul oder Javier – ach, nein, José wieder. Er gefiel mir jetzt noch viel besser als vor einer Stunde in der anderen Bar.

Vielleicht sollte ich mich mit ihm trösten.

Ich lächelte ihn an und rückte näher.

„Hey! Let's go dancing.“

„Surrre“, antwortete er und ließ sich von mir auf die Tanzfläche ziehen.

Wir bewegten uns im gleichen Rhythmus und ich ging auf Tuchfühlung. Ich entdeckte Gabríel und gab ihm per Handzeichen zu verstehen, dass ich es hier Spitze fand. Er winkte und nickte mit dem Kopf. Aus den Lautsprechern kamen südamerikanische Klänge mit hämmernden Bässen und José fühlte sich davon offensichtlich angespornt. Er presste mich an seinen Körper und wir tanzten unseren eigenen Stil. Ich genoss die starken Arme und das Gefühl, dass mich jemand begehrte. Ob er nun José oder Maria hieß, war mir im Grunde genommen völlig egal. Ich wollte mich wieder als Frau empfinden! Jetzt würde es gleich passieren. Hoffentlich konnte er gut küssen. Wenn er nicht küssen konnte, war er auch eine Niete im Bett. Auf einen Rammler hatte ich überhaupt keine Lust. Rein. Raus. Rein. Raus. Fertig. Nein, danke. Ich presste meinen Mund auf seinen und schmeckte eine Mischung aus Red Bull und Wodka. Der Spanier erwiderte meinen Kuss und es war gar nicht schlecht. Meine Augen waren geschlossen und die Musik war ohrenbetäubend, aber es störte mich nicht. Ich vergaß Raum und Zeit und presste mich an ihn. Die Zunge von José forderte mehr und er versprühte eine rohe Leidenschaft.

Dann passierte etwas.

José löste sich abrupt von mir und ich verstand erst nicht, was los war.

„Take your hands off her! Capiche?"

Tristan!

Im ersten Moment war ich sprachlos. In der nächsten Sekunde schlug meine Verwirrung in Wut um.

„Was soll das? Hau doch ab! Was willst du überhaupt hier?"

„Das ist ein freies Land. Vergessen?"

„Hey guys. Seems you have a few things to discuss. See you maybe!" Damit verschwand José aus meinem Blickfeld. Vielleicht hätte ich hinter ihm herlaufen sollen, aber ich war wie gelähmt. Tristan sah gut aus. Sein Gesicht war nicht mehr so gebräunt wie im Sommer, aber man sah, dass er viel draußen war. Seine grünen Augen versprühten Funken. Eine wilde Mischung aus Empörung, Wut und Verwirrung lähmte mich. Er war der letzte Mensch auf Erden, der ein Recht hatte sauer auf mich zu sein. Schließlich hatte er mich verlassen. In meinem Kopf drehte sich alles. Die vielen Drinks, die ich intus hatte, halfen in diesem Moment auch nicht. Da standen wir nun und tauschten stumme Schläge aus. Schließlich siegte meine Wut.

„Was fällt dir eigentlich ein?! Ich bin ein freier Mensch …"

„Du kannst doch hier nicht einfach einen Südländer abschleppen!"

„Nein? Wieso denn nicht?"

„Das geht einfach nicht. Du bist nicht so … so – billig!"

Ich schrie, um den Lärm der Musik zu übertönen.

„Was – bildest – du – dir – eigentlich – ein?!" Tristan ließ mich kaum ausreden. Er schulterte mich und trug mich aus dem Nasa. Die Blicke vieler Menschen folgten uns, ich nahm Gabriel wahr, der belustigt aussah. Wieso half er mir nicht? Sah er nicht, dass ich in Bedrängnis war?

Ich roch die unverwechselbare Mischung aus Aftershave und Männlichkeit und verlor mich einen Moment in Erinnerungen. Das durfte doch nicht wahr sein.

„Hör sofort auf, Lilja!", wütete ich. „Er hat dich verlassen. Er hat jeden Anspruch verwirkt, dir nahezukommen!"

Nach einer Strecke, die mir wie mehrere Kilometer vorgekommen waren, stellte er mich auf die Füße. Ich hatte wegen der hohen Pumps Mühe, gerade zu stehen.

„Schau dich doch mal an, Lilja. Bist betrunken und machst wildfremde Männer an!"

Womöglich war mein Mascara verlaufen und ich sah total abgewrackt aus.

„Was geht dich das an?"

„Eine ganze Menge."

„Du has jegliches Recht auf ne Meinung su mir am Abend der Benfizgla verlorn."

O nein. Ich lallte.

Es war mir bewusst, aber ich hatte meine Zunge nicht unter Kontrolle.

Er seufzte und fuhr sich mit der linken Hand durch die zerzausten Haare. Er nahm immer die linke Hand. Wie oft hatte ich dieses Bild vor meinem geistigen Auge in den letzten Wochen? Er sah unverschämt gut aus in der dunklen Jeans und dem blau-weiß-karierten Hemd.

„Wie siehst du überhaupt aus", protestierte er leise.

Wusste ich es doch. Mascara verlaufen, Haare standen bestimmt in alle Richtungen. Ich wischte mir mit den Fingern unter den Augen, um etwaige schwarze Spuren zu beseitigen.

„Du bist nur noch Haut und Knochen und diese Hose ist so eng, da kannst du ja praktisch nackt gehen!"

Ich lachte. Es war ein zynisches Lachen.

„Was willsu?"

„Ach, Lilja." Er seufzte und schüttelte den Kopf. Ich öffnete meine Clutch und wollte mir eine Zigarette anstecken. Er riss sie mir aus der Hand und warf sie auf den Boden.

„Lass das, Lilja."

„Bissu bescheuert?"

„Willst du dich umbringen?"

„Selbs wenn. Geht dich doch ´n feuchten Scheiß an."

Er starrte mich an: „Glaubst du, es war einfach für mich, ohne dich?"

„Besonders schwer is es dir nich gefallen, mich auf der Gala stehn zu lassn."

„Hör doch auf. Ich habe jeden Tag an dich gedacht. Was glaubst du, wie oft ich vor deiner Tür stand und klingeln wollte?"

Wollte er? Er log doch, dass sich die Balken bogen.
„Wer's glaubt. Ich steh hier auch nich die ganse nacht rum."
„Was soll ich tun. Ich kann nicht in deiner Welt leben."
„Dann lass es. I'm over you."
Ich war keine gute Lügnerin. Ich fürchtete, mein Blick sagte etwas ganz anderes. Hoffnung war in mir aufgekeimt, bei seinen Worten. War es möglich, dass er mich doch liebte?
„Ich bringe dich erst mal nach Hause."
„Vergiss es. Ich geh weiterfeirn."
„Du kannst ja kaum mehr stehen."
„Not your business."
„Doch. Wenn ich dich so sehe ... ist es mein Business."
„Fuck, Tristan. Das geht so nicht!" Ich lief davon und ließ ihn stehen.

Er kam nicht hinterher. So viel dazu. Ich hatte es doch gewusst. Was war nur los mit dem Typen? Meine Lust auf Party war gestorben und ich stieg in ein Taxi.

Ich war wütend, enttäuscht und traurig. Zuhause goss ich mir ein Glas Bourbon ein, setzte mich ins Wohnzimmer und zündete mir demonstrativ eine Kippe an. Normalerweise rauchte ich niemals in meiner Wohnung, aber heute musste ich es mir beweisen. Ich konnte machen, was ich wollte! Um ehrlich zu sein, fand ich Rauchen widerlich. Ich hatte nur damit angefangen, weil ich wusste, es würde Tristan ärgern. Total krank. Als ob ihn das interessieren würde.

Ich hatte eigentlich genug Alkohol getrunken, aber auf ein Glas mehr kam es auch nicht mehr an. Ich genoss das Brennen im Hals nach jedem Schluck. Mein Leben war ein Witz.

Am nächsten Morgen erwachte ich mit Brummschädel und Übelkeit. Das hatte ich nun davon. Und nicht mal Sex war dabei für mich herausgesprungen. Dieser Arsch. Was fiel ihm nur ein?

Ich versteckte meine Traurigkeit unter Wut. Ich würde nicht noch einmal so tief fallen wie beim ersten Mal.

18

Reykjavík

Montag verreiste ich für eine Woche. Paris, London und Frankfurt. Ich hatte geschäftliche Termine und ein wenig Abwechslung tat mir gut. In Paris traf ich mich mit Stéphane, war aber maßlos enttäuscht, denn von der vergangenen Leidenschaft war meinerseits nichts mehr übrig. Die Szene aus dem Nasa und damit auch Tristan spukte mir immer noch im Kopf herum, und ich war nicht frei, so gerne ich es auch sein wollte. Es war Samstagnachmittag, als ich in meine Wohnung zurückkehrte.

Meine Haushälterin hatte die Post auf der Theke in der Küche abgelegt. Lustlos ging ich den Stapel durch. Ein Umschlag erregte mein Interesse. Er hatte keinen Absender und es war keine Briefmarke darauf. Ich riss ihn auf und in ihm befand sich eine CD mit der isländischen Aufschrift „Hlustaðu" [Hlüstazu], hör mich. Zwei Möglichkeiten schossen durch meinen Kopf, Erpressung oder Tristan. Ich wagte nicht zu hoffen. Meine Hände zitterten, als ich die CD einlegte. Ich drückte die Fernbedienung. Das Blut rauschte in meinen Adern und ich war zum Zerreißen gespannt.

Sanfte Gitarrenklänge tönten aus den Lautsprechern. Eine männliche Stimme begann zu Singen.

It still feels like our first night together
Feels like the first kiss
It's getting better baby
No one can better this
Still holding on
You're still the one
First time our eyes met

Same feeling I get
Only feels much stronger
I want to love you longer
Do you still turn the fire on?

So if you're feeling lonely, don't
You're the only one I'll ever want
I only want to make it good
So if I love you, a little more than I should

Please forgive me, I know not what I do
Please forgive me, I can't stop loving you
Don't deny me, this pain I'm going through
Please forgive me, if I need you like I do
Please believe me, every word I say is true
Please forgive me, I can't stop loving you

Still feels like our best times are together
Feels like the first touch
We're still getting closer baby
Can't get close enough
Still holding on
You're still number one
I remember the smell of your skin
I remember everything
I remember all your moves
I remember you, yeah
I remember the nights, you know I still do

The one thing I'm sure of
Is the way we make love
The one thing I depend on
Is for us to stay strong
With every word and every breath I'm praying
That's why I'm saying,

Please forgive me, I know not what I do
Please forgive me, I can't stop loving you…

Tränen liefen mir über das Gesicht und ich setzte mich aufs Sofa. Seine Stimme war so unbeschreiblich schön und das Gefühl im Song berührte mein Herz bis ins Innerste. Es war ein Lied von Bryan Adams, aber von Tristan gesungen war es hundertmal schöner. Was sollte ich tun? Was wollte er?

Es klingelte an der Tür. Ich sprang auf und rannte zum Monitor.

Es war Tristan. Er sah irgendwie merkwürdig aus. Ich ließ ihn herein und konnte es kaum erwarten, dass er nach oben kam. Ich öffnete die Tür und wartete, dass der Lift sich endlich öffnete. Tristan trat heraus. Er trug einen dunklen Anzug, ein weißes Hemd und eine graue Krawatte.

„Hallo!" Ich war völlig perplex.

„Hallo, Lilja. Darf ich reinkommen?"

„Ja. Sicher. Bitte." Ich winkte ihn herein. Wusste nicht, wie ich ihm begegnen sollte.

„Du siehst gut aus."

„Danke. Du, äh, siehst verändert aus."

„Habe ich für dich angezogen."

„Was?"

„Naja. Hast du die CD gehört?"

„Ja."

Er sah unsicher aus. Meine Beine würden gleich nachgeben, da war ich mir sicher.

„Willst du etwas trinken?"

„Wasser?"

„Was auch immer du magst. Warum bist du hier, Tristan?"

„Ich will mich entschuldigen."

„Und der Anzug?"

Er seufzte und war mit einem Schritt bei mir, seine Hände umklammerten meine Oberarme: „Ich liebe dich. Ich habe jede Sekunde an dich gedacht und als ich dich im Nasa gesehen habe, sind mir die Sicherungen durchgebrannt. Ich war niemals so … so besitzergreifend. Mit dir ist alles anders. Ich kann nicht ohne dich leben."

Mein Herz schmolz dahin und ich spürte Tränen aufsteigen.

„Aber du hast gesagt, Liebe sei nicht genug."

„Ich weiß. Es ist nicht genug. Aber ich weiß jetzt, dass ich dich und wie du lebst akzeptieren muss. Du hast mich immer akzeptiert und ich bin dankbar dafür."

„Okay. Und?"

„Kannst du mir verzeihen?"

„Wirst du wieder davonlaufen?"

„Ich lass dich niemals mehr gehen."

„Und der Anzug?"

„Ein Zeichen." Er grinste.

„Ein Zeichen?“ Ich verstand nicht.

„Wenn du willst, häng ich die Musik an den Nagel und such’ mir einen Job. Ich meine, hallo!, ich habe einen Harvard-Abschluss, und einen der besten noch dazu.“

Ich lachte.

„Du Spinner. Ich wollte dich nie verändern und ich werde dich niemals verändern wollen. Du kannst Musik machen, so viel du willst. Vielleicht kaufe ich eine Plattenfirma!“

Tristans Gesichtsausdruck veränderte sich und ich spürte, dass wir wohl noch einigen Gesprächsstoff für die Zukunft hatten, was mein und sein Einkommen betraf. Aber ich hatte jetzt so gar keine Lust, das auszudiskutieren. Kurzerhand zog ich ihn zu mir und spitzte meine Lippen so verführerisch wie möglich: „Willst du mich nicht endlich küssen?“

Das ließ er sich nicht zweimal sagen.

ENDE

LIEBE LESERIN, LIEBER LESER,

danke, dass Sie sich die Zeit genommen haben, mein Buch zu lesen. Ich hoffe, es hat Ihnen gefallen und ich konnte Ihnen ein paar unterhaltsame Stunden bereiten – denn darum geht es mir, wenn ich schreibe.
Alle Informationen zu meinen weiteren Veröffentlichungen finden Sie auf meiner Homepage
www.karinlindberg.info

Sie erreichen mich unter karinlindbergschreibt@gmail.com

ÜBER MICH

Wenn ich nicht schreibe, was ziemlich häufig der Fall ist, verbringe ich die Zeit mit meinen beiden Kleinsten, meinem Mann und dem Rest unserer internationalen Patchwork Familie. Manchmal wundere ich mich selbst, dass ich trotz meines Alltags überhaupt etwas zu Papier bringe. Und dann sind die Kinder im Kindergarten, der Hund schläft müde auf seinem Kissen und ich sitze wieder am PC und vergesse die Welt um mich herum. Endlich hacke ich wieder auf die Tastatur ein und schreibe, bis ich Krämpfe in den Händen bekomme. Dann weiß ich wieder wieso, denn das Schreiben ist für mich die schönste Zeit des Tages.

Ich bin Jahrgang 1979 und lebe seit vielen Jahren in der Lüneburger Heide, komme ursprünglich aber aus Süddeutschland.

Hoffentlich kann ich Euch mit meinen Büchern ein paar schöne und unterhaltsame Stunden bescheren – denn das ist es was ich möchte. Für Fragen oder Anregungen freue ich mich über Eure Kontaktaufnahme mit mir.

Bis bald
Ihre Karin Lindberg

48886266R00096

Printed in Poland
by Amazon Fulfillment
Poland Sp. z o.o., Wrocław